伊兼源太郎

ブラックリスト

警視庁監察ファイル

実業之日本社

実業之日本社文庫

目次

ブラックリスト

登場人物相関図

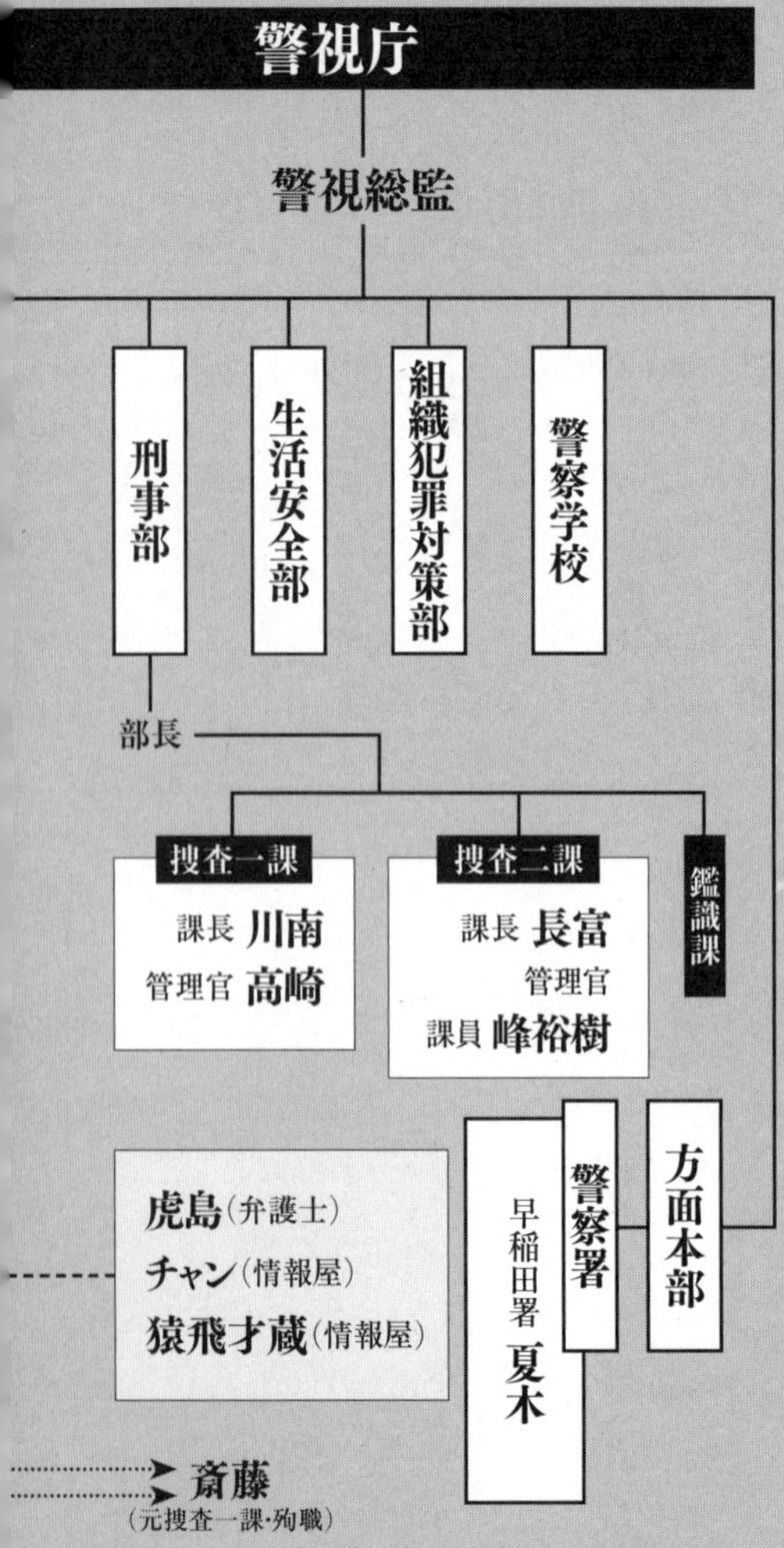

警視庁監察ファイル

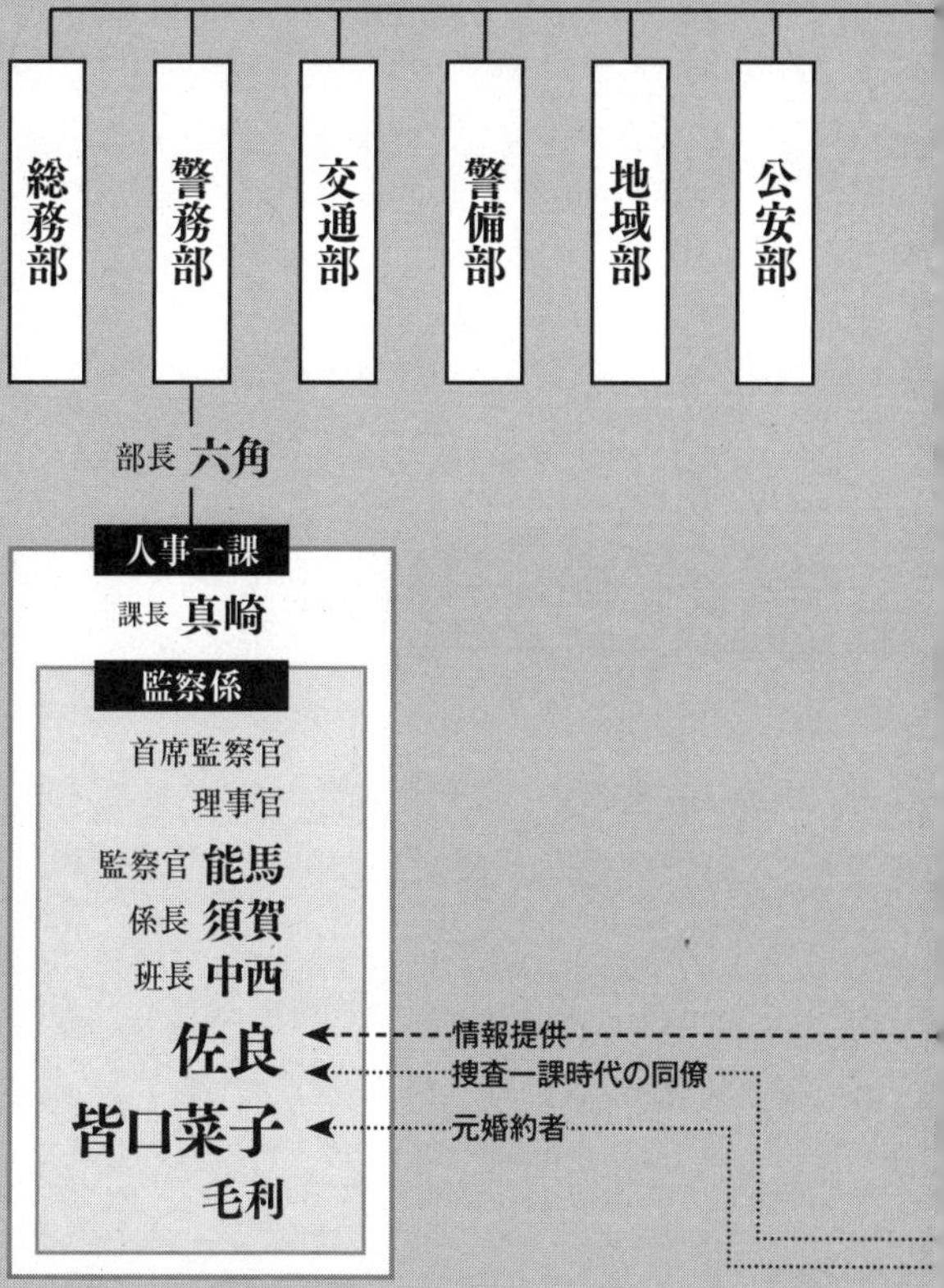
総務部
警務部
交通部
警備部
地域部
公安部
部長 六角
人事一課
課長 真崎
監察係
首席監察官
理事官
監察官 能馬
係長 須賀
班長 中西
佐良
皆口菜子
毛利
情報提供
捜査一課時代の同僚
元婚約者

一章　夜明けの銃声

1

閉まりかけたドアに、佐良《さら》は右の爪先を素早く突っ込んだ。後ろ手でドアを閉めようとしていた若い男が、慌てた様子で振り返ってくる。

午後四時、ＪＲ駒込《こまごめ》駅に近いワンルームマンションの内廊下は静かだった。佐良はドアの縁に手をかけて、一気に開けた。ドアノブを握ったままだった男が、半ばよろけて廊下側に出てくる。

佐良は男を睨みつけ、冷ややかに告げた。

「住居侵入罪の現行犯だ」

いきなり男が拳を突き上げてきた。佐良は反射的に上体を逸らしてかわす。ビュッ。

鼻先を白い光が抜けていく。刃物を呑んでいやがったか。

男がさらに刃物を荒々しく振り下ろしてきた。今度はバックステップでそれを避ける。得物は刃渡り二十センチほどの果物ナイフ。

いまだ——。佐良は猛然と踏み込み、男のみぞおちを蹴り込んだ。呻《うめ》き声があがる。間髪《かんはつ》を容《い》れずに二発目を腹部に蹴り込む。男の姿勢が崩れた。三発目を放つと、爪先が相手の腹部に深く食い込んだ。男は一度膝をつくも、しぶとく内廊下をよたよたと走り出す。

「無駄だ。やめとけ」

佐良はエレベーターに向かう背中に声をかけ、追った。さほど長さのない内廊下を、男が覚束《おぼつか》ない足取りで駆けていく。

突如、壁際から皆口菜子《みなぐちさいこ》がゆらりと出てきて、男の前に立ちふさがった。

佐良は、この皆口とコンビを組んでいる。すらりとした体型に、何度か街でスカウトされるほど人好きする顔のため、皆口は相手に舐《な》められる場合も多い。今日は丈の短いコートに白いマフラーを巻いていた。

男は腰を落として、刃物を構えた。皆口の方が与《くみ》しやすい、と踏んだのだろう。男の肩越しに皆口の体が軽く沈んだのが見え、佐良はあえて何も言わなかった。

男が膝から力なく崩れ落ちた。

すかさず皆口が男の右手首を蹴り込み、刃物が廊下に落ちる乾いた音が続く。皆口は高校時代、全国的に知られた空手選手だった。佐良は何度も彼女の力量を目にしている。皆口は涼しい顔でマフラーの位置をさっと整えた。

相勤《あいきん》に目配せして、佐良が男の腕を強く捻《ひね》りあげる。

「殺人未遂のおまけもついたな」

「アンタ、カイシャの人間だろ」男は苦しそうに首を回して佐良を見て、居直った口ぶりで続けた。「さっさと逮捕しろよ」

「カイシャの人間だと見当をつけた理由は?」

警官は大抵、警察をカイシャと呼ぶ。誰に話を聞かれているのかわからず、すぐ真後ろに逃走中の犯罪者がいる恐れもある。

「一般人がすらすら罪名を言うかよ。腕の締め方も特徴的だ。ワッパはどうした」

「逮捕は少し先だよ、巡査部長。俺たちは人事一課だ。お前を行確《こうかく》していた」

男の顔が真っ青になった。どうせ警官人生は破滅するのに——。それくらい警官にとって人事一課の名は重いのだ。

警視庁警務部人事一課は福利厚生や褒賞、配属など人事に関する職務を行うとともに、もう一つ大きな任務がある。

監察業務。いわば、警察の警察だ。四万人を超える警視庁職員の不正を突き止める役割を担っている。行確——行動確認をして、対象者の素行を徹底的に洗う。

約二年前、佐良は本庁捜査一課から、人事一課監察係に配属された。以来、何度も行確対象者を依願退職に追い込んだ。やり遂げても誰にも感謝されず、身内には仲間を刺したとのレッテルを貼られ、嫌悪される仕事。それでも、監察の一員として生きる覚悟を定めている。捜査一課で相勤だった後輩・斎藤《さいとう》の、せめてもの供養にと。

こんな心境に至れたのは昨年、皆口の行確を担当したためだった。府中《ふちゅう》運転免許試験場にいた皆口が、外部に免許証の個人情報データを流しているとのタレコミがあり、佐良はガセだと突き止めた。そして任務を指揮した監察官・能馬《のうま》が放った『現在を変えれば、過去の持つ意味を変えられるかもしれない』という一言に、頭の芯を揺さぶられた。

斎藤は武蔵野《むさしの》市での殺人事件の捜査中、荒川《あらかわ》沿いの工場で拳銃に撃たれ、佐良の目の前で死んでいった。捜査班には吉祥寺《きちじょうじ》署員だった皆口も加わっていた。犯人は捕まっていない。

いまわの際、斎藤は何を考えたのか。殉職。人は仕事で死ななければならないのか。答えは人それぞれだろう。自分には意見がなかった。ならば解答を見つけるのが、佐良に課された宿題ではないのか。能馬の一言でそう気づかされたのだ。

皆口は今年人事一課に加わった。推薦したのは佐良だ。皆口には大きな借りがある。

皆口と斎藤は婚約していた。

桜田門《さくらだもん》の本庁に戻り、佐良が書類仕事をしていると、班長の中西《なかにし》が巨体を左右に揺らして歩み寄ってきた。達磨《だるま》のような丸い体にゴマ塩頭で、垂れ目の恵比須《えびす》顔。佐良を拾ってくれた恩人とも言える。各班で佐良の――〝ババ〟の押しつけ合いがあったそうだ。無理もない。目の前で同僚が死ぬ失態を犯した人間なんて、誰だって身内にしたくない。おまけに刑事部出身でもある。監察係の大多数は、刑事部とは相容《あいい》れない公安部出身者だ。もう五十を過ぎた中西は、監察係の最年長班長として厄介者《やっかいもの》を引き取ったのだろう。

「ご苦労さんだったな」

「いえ。認めましたか」

住居侵入罪などで身柄確保した巡査部長を、別の監察係員が取り調べている。

「ああ」中西は眉を顰《ひそ》めた。「自分が守らないといけないと思った、とぬかしてる」

巡査部長は極めて悪質なストーカーだった。約半年前、繁華街巡回時にひったくりから若い女性を助けたはいいが、聞き出した住所のマンションにパトロール中に立ち寄り始め、その後、駅で待ち伏せしたり、一日に二十回以上電話をかけたり、メールも三時間で百通近く送ったりと、行動を次第にエスカレートさせていった。当初は女性も親切心ゆえの行動だと感じたものの、巡査部長に恐怖を覚え、ひと月前に転居している。……が、巡査部長はその地域が管轄外にもかかわらず、女性の転居先を三日に一度訪れていた。

「免許証照会で住所を突き止めて、女性が不在のうちに合鍵を作ってたそうだ」

「オリジナルの鍵はどうやって手に入れたんです？」

「警官の立場を利用して不動産屋を言い包めたんだと。女性に怪我《けが》がなくて何よりさ。例の後輩に連絡しとけよ」

今回の事案は早稲田《わせだ》署生活安全課の夏木《なつき》から、『同僚の様子が変なんです』と個人的に佐良にもたらされたものだった。夏木はかつて所轄《しょかつ》で一緒になり、皆口にとっては姉のような存在でもある。皆口のひとつ歳上で、さばさばした性格の持ち主だ。早々に皆口と斎藤の関係を知っていたのは、自分と夏木だけだった。

夏木は日々、件《くだん》の巡査部長と繁華街を巡回していた。最近、巡査部長が遅刻や早退を繰り返すようになり、携帯電話の待ち受け画面も一緒に助けた女性の顔になっていて、胸騒ぎを覚え、所属長に相談した。所属長は勤務態度をおざなりに注意するだけで、待ち受け画面については『私生活は知らん。若い者には若い者の考え方があるんだろう』と取り合わなかったという。そうこうするうち、当の女性から連絡がきて、夏木は早稲田署を監督する方面本部の監察への告発も考えた。だが、仲間を売ったと見なされかねず、佐良に相談してきたのだった。

――監察が動くと、どっちみち夏木が疑われる。もう上司に相談したんだろ。

――でも、佐良さんなら何とかしてくれますよね。

――なんでそんなに俺を信じられるんだ？

――だって、『困った人にとって、警官は頼りにするしかない立場だ』って言ったのはどこの誰です？　頼りにされる側のお巡りさんが相談できる相手――私には佐良さんしか思いつきません。監察は嫌いですけど、佐良さんは別です。

佐良は夏木にミソをつけずに済むよう計画を練った。そして偶然を装い、被害者が通うスポーツクラブで皆口が会員の一人として接触し、相談を受ける流れにした。本来、所轄の監察は方面本部の監察担当が請け負う。今回は、『佐良が取った話だし、皆口のトレーニングにもなる』と中西も計画を了承してくれた。

おもむろに中西が右肩を小さく一度回した。

「一言でまとめるんなら、誤った正義感の暴走だな」

「正義感なんて何の役にも立たないんですよ」

「おいおい、そいつは警官の台詞《せりふ》じゃねえぞ」中西はただでさえ細い眼を一層狭めて笑った。「ときに皆口は？　もう帰ったか」

「いえ、メシにいってます」

午後七時を過ぎていた。夕食にはちょうどいい時間だ。

「なら、戻り次第、三人でちょっと会議だ。また新しい仕事さ」

今日の晩飯も、机の引き出しにしまってある栄養補助食品か……。皆口と出ておくべきだった。

皆口は三十分ほどで戻ってきた。丁寧な手つきで白いマフラーを首からほどいている。あのマフラーは斎藤が贈ったものだ。佐良も一度、びしょびしょに濡れた状態で触った。

「お先でした。喫茶店なのにカルボナーラが絶品で驚きましたよ。さすが日比谷《ひびや》。報告書の続きは私がやっておくんで、何か食べてきて下さい」

「もう食べた」

佐良は栄養補助食品の空き袋を掲げた。

「ちゃんと食べないと、体に悪いですよ」

「知ってるよ」

佐良は苦笑して、中西に内線を入れた。

小さな会議室の長机はコの字に組まれ、窓際の席に男が端然と座っていた。人事一課監察係を実質的に仕切る、監察官の能馬だ。

監察係の上層部は現在、首席監察官をトップに、その下に理事官が二人、さらに実働部隊を率いる監察官が四人という構成になっている。中でも能馬の実績は群を抜き、首席監察官を凌《しの》ぐ発言力と影響力を誇る。

能面の能馬。異名の通りに今日も無表情で、内心は一切窺《うかが》えない。

机には分厚いファイルとともに、銀柄のタクトが横向きに置かれていた。能馬の私物で、いつも持ち歩いている。彫りの深い顔立ちに、少し長めで張りのある黒髪を整髪料で後ろになでつけ、五十代半ばにして引き締まった体。装いは常に紺無地フランネルのスリーピース。そんな能馬にはお似合いの道具だ。

佐良は皆口の視線を感じた。怪訝《けげん》そうな目つきだ。通常、業務は班長の中西から下りてくる。佐良は一度だけ能馬直々に業務を申しつけられた。他ならぬ、皆口の行確だった。

能馬の正面に中西が座り、その右に佐良、皆口の順で座った。能馬がタクトを手に取り、肩をぽんと一つ打った。

「捜査二課の資料が流出したようだ。探ってくれ」

能馬が淡々と説明を続けていく。

流出が疑われるのは大型特殊詐欺グループに関する資料だった。本庁捜査二課主導で渋谷中央署《しぶやちゅうおう》に置いた捜査本部——帳場には、本庁組織犯罪対策部や所轄の捜査員も加わっていた。この詐欺グループの犯行だとみられる被害総額は、推定約五十億円。詐欺の標的は高齢者や多重債務者ばかりで、大きな自然災害に襲われた自治体からの義援金要請を装った電話、孫の学費になるという投資話、息子を名乗って『会社の金で仮想通貨に手を出して失敗したので、穴埋めしないといけない』との泣き落とし――など手口も多様だ。夫が残した遺産を全額失った老女や、治療用の金を根こそぎ奪われた認知症気味の高齢者も多いという。

　詐欺グループは広域指定暴力団・山北連合《やまきたれんごう》の息がかかる都内の暴走族ＯＢが立ち上げ、現在は二十人の幹部がいると目されている。帳場は山北連合の絡みの意味を込め、詐欺グループを『ＹＫ団』と呼んでいた。

「五十億円か。一般人は一生目にする機会もない大金ですな」

　中西がぼそりと呟くと、能馬は素っ気なく切り返した。

「金持ちだってよほどの事情がない限り、一度に目にする機会はない」

「ごもっとも」中西が首をすくめる。「どうして資料が流出したと言えるんでしょうか」

「受け子や出し子の証言を考慮すると、ＹＫ団は限りなくクロ。だが、物証がなかった。そこで帳場は二週間前、ＹＫ団の拠点――都内のマンション三ヵ所を二十四時間体制で行確する方針を固めた。その行確開始当日、連中は姿を消していた。前夜までは三ヵ所とも人の出入りが現認されていたにもかかわらずな」

「行確前夜は二十四時間体制の監視じゃなかったんですね」

「ああ。決まったことを決まった通りにしかできない、お役所仕事の弊害さ」能馬の無機質な眼が佐良を捉えた。「何か言いたそうだな」

「ええ。今の話だけでは資料の流出より、ＹＫ団が捜査に勘づいた線の方が濃いように思えました」

「捜査班はＹＫ団幹部二十人の携帯電話通話履歴を、通信会社を通じて調べた。すると行確スタート前夜、次々に非通知着信が入っていた。その順番が捜査班で作成したリスト通りでな。偶然とは言い難い」

「非通知着信の発信元は？」と佐良が続けて尋ねる。

「捜査班が洗ったところ、発信元の携帯は五年前に死んだ男の名義で、かつ常に移動していた。おそらく車に乗り、かけてたんだろう。電波は本牧埠頭《ほんもくふとう》付近で途絶えている」

「携帯電話は地下で出回ってるもので、もう海の中でしょうね」

「だろうな。探しようもない」

「もう一ついいでしょうか。班長だけでなく、私と皆口を呼び出したのには何か理由が？」

仕事の割り振りなら、班長の中西に命じれば済む。

能馬が、佐良と皆口にタクトの先を静かに向けた。照明を浴びた先端がきらりと光る。

「君たち二人の定期試験みたいな仕事だ。佐良は配属二年の、皆口は半年の。出題は直にすべきだろう」

佐良は軽くいなされた気分だった。

じゃあ、とここまで黙っていた皆口が朗らかな声を発する。

「満点解答を楽しみにしていて下さい」

「ああ、そうしよう」

能馬はポーカーフェースを崩さずに言った。

「今回の件、捜査本部の誰からもたらされたんです？」中西が訊いた。「それによって行確や捜査の手順を練りますので」

捜査に携《たずさ》わった人間にとっては大きな失点で、監察が動く事態は避けたい。当然、普通は進んで知らせてこない。帳場は二週間監察に通報していないのだ。その間、自分たちで内部を洗ったに違いない。せめて一ヵ月は粘るのが人情だろう。

「管理官だ」

能馬の平板な声が響いた。

佐良の脳裏に疑問が浮かんだ。資料流出が真実なら、帳場を指揮する管理官が最も重い責任を負う。なのに、内々の処理を早々に諦めた？

そうか……。捜査二課長の椅子はキャリアの指定席と化している。今回失態が確定すれば、二課長にも責任の火の粉は飛ぶ。管理官はこの二週間で腹を括ったのだ。これを機に自分もろとも二課長を失脚させて、空いたポストを現場たたき上げ組にもたらす――と。

更迭されたキャリアの穴を、直ちに別のキャリアが埋めるのは難しい。相応《ふさわ》しい同年代のキャリアもしかるべき地位におり、玉突き人事が発生してしまう。したがって暫定的に現場組が二課長席に座る公算が大きい。空席期間にデカいヤマをいくつも挙げれば、現場組は『捜査二課も現場組が仕切るべき』という意見を声高に主張でき、警視庁はもちろん、警察庁の人事担当も無視できない。二課がライバル視する捜査一課の課長が現場たたき上げ組という側面も、今回の通報に至った大きな要因だろう。長期的に見れば、管理官にも人事面や退職後の職幹旋などでプラスの配慮が見込める。いわば功労者なのだ。……どうでもいい。佐良は内心で首を振った。

能馬が三冊のファイルを机に置いた。

「事件概要をまとめた資料を、人数分用意した。頭に叩き込み、差し当たっては三人で一週間から十日で目途《めど》をつけてくれ」

人事一課監察係には、ほぼ毎日密告が届く。そこから嫌がらせや逆恨みによる苦情を排除するために、その日の当番監察官の下につく主任クラスがまず選別する。しかし、能馬は違う。下に任せず密告を自分で選別して、数名に数日間行確させて感触を摑《つか》み、本格的な監察に進むか否かを決める。

「あとは頼む」

能馬は音もなく立ち上がり、会議室を出ていった。

三人は会議室に残り、ひとまず資料に目を通した。二十分後、佐良はファイルをぱたりと閉じて眉根を揉み込んだ。警官は日常的に死、暴力、人間の浅ましさを目の当たりにする。どんな事件も嫌なものだが、YK団のヤマは胃に粘着質な液体が溜まっていくようだった。良くも悪くも世の中は「カモにする側」と「カモにされる側」に二分され、誰もが「カモにする側」に回って金儲《もう》けしようと躍起になっている。その終着点を見る思いだ。社会的弱者の弱みや盲点を突き、金をせしめる——。

「どうした、皆口。浮かない顔だな」

中西が言うと、皆口は眉を寄せた。

「なんだか二課の管理官に利用されてる気がして」

皆口も管理官の『上司追い落とし』の狙いを悟ったらしい。

「資料を読んで何を感じた？」

「嫌な連中が蔓延《はびこ》ってるな、と」

「どう思う？」と中西の眼が佐良に向いた。

「嫌な連中を叩き潰すのを邪魔した奴がいる点は、決して見過ごせません。皆口は許せるか？」

「いえ」

「その心持ちを貫け。椅子取りゲームは勝手にさせておけばいい」

「なんとも、ありがたいお言葉じゃねえか」中西が揶揄《からか》ってきた。「さすが二年目。発言の重みが違う」

「ほんとですね。襟を正さないと」

皆口は目元を緩めてジャケットの襟に親指を滑らせ、真顔に戻った。

「誰かが外部に捜査情報を流したとして、何のためなんでしょう。お金ですかね。相手と何らかの繋がりがあるとか」

「金なら口座照会で目星がつく」中西が二重顎をさする。「マル暴も絡んでるんだ。連中に恩を売ろうとした捜査員って線もありうる」

「洗えば、はっきりしますよ」

佐良が締《し》め括《くく》るように割り込むと、中西が目を広げた。

「ほら、やっぱり発言の重みが違う」

それから行確手順を三十分ほど話し合った。ひとまずの方針を固め、三人が連れ立って会議室を出ると、警務部長の六角《ろっかく》が廊下を歩いていた。

大きな饅頭《まんじゅう》、はたまたガマガエルが制服を着ているという印象は今も変わらない。警務部長は警視庁では警視総監、副総監に次ぐ地位になる。六角はキャリア組では珍しい経歴の持ち主だ。警務部長に至るほどの人物は総じて公安畑を歩む。かたや六角は警察庁刑事部を根城にし、一度も公安セクションを経験していない。歴代の警視総監、あるいは警察庁長官も刑事畑の人間は数えるほどだが、六角はいずれのポストも視野に入れているだろう。

佐良は一年前、六角に『能馬の失点を探せ』と暗に示された。従う気はなく、ひたすら自身の仕事に邁進《まいしん》してきた。

「中西君、三人で飯でも行くのか」

「いえ。仕事の相談を」

肯定すれば同行してきかねず、素直に返事するしかない。

「ほう。新しいヤマね。誰の指示だ?」

「能馬さんです」

六角はわずかに目を狭めた。

「聞いてないな」

「部長の耳に入れるまでもない案件なんでしょう」

事案の重大性を鑑《かんが》みると、そうは思えない。キャリアが絡むポスト争いに六角が口を挟んできては面倒、と能馬は判断したのだ。主に公安畑が占める上層部に、六角は刑事畑でありながらも食い込んでいる。ポストを巡る相応の暗闘を潜り抜けてきたのは間違いない。今回のヤマも、ステップアップのカードとして利用しかねない。来年あたり、六角は警察庁に戻る頃合いだ。

「失礼します」

中西が恭《うやうや》しく頭を下げ、佐良も皆口と並んで六角の横を抜けた。背中に六角の視線が刺さってくるのを感じたが、佐良は振り返らなかった。

2

午前零時半、佐良と皆口は渋谷中央署の裏口を足早に抜けた。先頭には、捜査本部を仕切る捜査二課の管理官がいる。年齢は四十代半ばで黒縁眼鏡に髪は七三分け、紺色のスーツを夜中でもきっちり着ていて、さしずめ銀行の支店長を想起させた。

雲がなく、空に月が鮮やかに映える夜だった。

渋谷中央署は再開発が進むＪＲ渋谷《しぶや》駅から南の、少し恵比寿方面に歩いた場所に建つ。YK団の帳場は二時間前に今夜の捜査会議を終え、捜査員も全員帰宅した。彼らを行確するのは明朝からだ。管理官とはあらかじめ決めた時間に裏口で落ち合った。管理官は周囲に怪しまれぬよういつも通りに帰宅して、また署に出てきたのだ。

署内も当直体制となり、泥酔者対応に忙しい一階以外は森閑《しんかん》としていた。

三人は五階の大会議室に足を踏み入れた。ドアの鍵を閉め、灯りは最小限に止める。

皆口が慣れた手つきでパソコンを立ち上げ、側面の差込口に外付けハードディスクのコネクターを差し込んだ。メールの受発信記録、ネットの接続記録、USBなどの接続記録をコピーするためだった。ここには七台の共用パソコンがあり、うち二台はネット接続が可能な設定だ。

この帳場では個人用パソコンの持ち込みを禁止している。まず疑うべき情報流出経路は、帳場の共用パソコンを介した可能性だ。二〇一〇年に公安部の外事捜査関連情報が大量流出して大騒ぎとなった原因も、おそらく共用パソコンが原因だろう。いまだ漏洩者は特定されていないが。

また、職員に支給されるパソコンは統合情報通信システム――通称「けいしWAN」で管理され、使用時にIDとパスワードを入力、もしくは指紋認証でログインしなければならず、使用記録が残る。アクセスできるデータも階級や担当業務で異なり、無許可でUSBメモリを接続すれば、総務部の管理部門に即通報が入る。けれど、各課、各帳場には「けいしＷＡＮ」とリンクしていないパソコンも配備され、それで報告書や書類を作成する捜査員も多い。支給パソコンを開くのが面倒なので、帳場のロッカーなどに置きっぱなしにするベテランだっている。システム管理外のパソコンはＵＳＢも自由に接続でき、許可を受けたＵＳＢを使えば「けいしＷＡＮ」管理のパソコンからコピーしたデータも移せる。

「簡単に捜査資料に接触できる人物は？」

佐良が尋ねた。捜査情報管理用パソコンは、特定の捜査員だけがＩＤとパスワードを入力して使用するのが通例だ。もっとも、パソコンは大方開きっぱなしで、その間は誰でも使える。ネット接続はできないにしても。

管理官は思案顔でポケットに手を突っ込んだ。

「内勤班の五人だな」

警察は軍隊的な組織だ。上の人間や役割外の者は、書類のコピーといった事務作業をしない。内勤班が捜査本部に詰めて事務方に徹する。

「管理パソコンから共用パソコンに流出が疑われるデータを移管しましたか」

「いや。捜査情報をデータという形では管理パソコンから出さない。私や二課長を含め、帳場の人間は欲しい資料をその都度内勤班に言い、紙で受け取ってる」

「では、マルタイ全員分の情報を紙ベースで受け取れますか」

「いや、できない。兵隊は自分の受け持ちマルタイ以外、基本情報を受け取れない決まりを作った。担当捜査員はマルタイごとに配置してる」

「受け持つマルタイについては、住所や電話番号などが印刷された資料を持ち歩けるんですね」

「資料のままの形では持ち歩けないな。捜査員は紙で受け取った後、基本情報を手帳などに写す。その後、資料を帳場のシュレッダーで廃棄させてる」

資源の無駄遣いにも思えるが、情報が流出した場合の責任追及は楽になる。今回のような大量流出は想定外だったのだろう。

「管理官や二課長もですか」

「ああ。けど、我々がマルタイの基本情報を印刷させることはない。例えば、ヤサが六本木だとか、だいたいを把握していれば事足りるだろ」

口で言っているだけで、詳細を頭の中に叩き込んでいるかもしれない。

「各担当者に、『手帳に控えたマルタイの情報を教えてほしい』と言った者はいますか」

「いない」

帳場では監察に事態を報告するまでの間、犯人捜しが行われている。

管理官はつっけんどんに答えた。

今のところ、一人の捜査員が次々と幹部連中に連絡を入れた流れは想定しづらい。各捜査員が示し合わせ、順番に連絡を入れたとも考えにくい。マルタイ全員分の情報を把握できる、管理官と二課長の線も薄い。彼らにとって失点になってしまう。

一方、通信履歴では幹部二十人に非通知着信が入っているのも現実だ。やはり内勤班の仕業なのか。帳場で一人になる機を窺い、その時が来たら資料をコピーして、鞄《かばん》などに入れれば持ち出せる。いや。誰かが本来なら管理パソコンで扱うべき捜査情報を共用パソコンに打ち込み、保存しておいて、何者かが持ち出したケースだってある。さらには、共用パソコンに残る作りかけのデータをせっせと集めたケースも考慮すべきだろう。

捜査本部には三十人近くがいる。中西も交えた話し合いでは、まず内勤班五人の行確を決めた。能馬に与えられた時間は長くて十日。短期間で約三十人の素行に目星をつけるのは難しい。行確対象者が五人でも多いくらいだ。

約十五分で一台分の作業が終わった。皆口が二台目の作業に取りかかり、佐良は帳場全員分の住所や連絡先を仕入れた。内勤班だけで行確が終わるとは限らない。

「他に資料が漏れている節はありますか」

「現段階ではない」

管理官は先ほどから訊かれた質問に整然と答えるだけだ。密告をしておきながら、監察を嫌っている様子がひしひしと伝わってくる。利用するだけ利用する腹なのだろう。

一時半、佐良は皆口と渋谷中央署を出て、自身の運転で本庁に向かった。管理官の行確は中西に任せている。通報者を疑うのは、どんな捜査でもイロハのイだ。中西は元公安だけあって行確技術が高く、安心して任せられる。

国道二四六号を進んでいく。十一月下旬の渋谷には、クリスマス用にLED電球で飾りつけられた街路樹も多い。通り沿いにひと気はなく、周囲はタクシーばかりだった。

皆口と同じ車に乗っていると、季節に関係なく、どうしても二年前の夏を思い出してしまう。斎藤が撃たれた日、三人で車に乗り、斎藤が入手した情報に基づいて荒川沿いの倉庫に出向いた。佐良は横目で皆口を窺った。唇を引き結び、フロントガラスを見据えている。皆口も二年前の夏を思い返しているのかもしれない。

三宅坂《みやけざか》を右に折れ、桜田門にそびえる本庁の影が見えた。

「皆口は朝一番で鑑識にデータ分析を依頼してくれ」

「佐良さんは？」

「内勤班の一人のヤサに転戦する」

「私も行きますよ」

行確は通常、複数名で実施する。対象者一人を十人態勢で追う時もある。

「まだ事前行確だ。全員がくたびれる必要はない」

「水臭いですよ。死地を潜り抜けた仲じゃないですか。初日くらいは一緒に張り込みましょう」

佐良は皆口の行確で太腿《ふともも》など数ヵ所を刃物で刺され、死にかけた。皆口も死にかけた。車に轢《ひ》かれ、冬の東京湾に放り込まれたのだ。斎藤が贈った白いマフラーも濡れていた。

「朝一番と言ったって、行確してから出勤しても大して変わりませんよ」

「それはそうだが」

「なら、ごちゃごちゃ言わずに決まりです」

皆口がパンと手を軽快に叩いた。

近頃の皆口は顔色が良く、頻繁《ひんぱん》に笑うようにもなった。冗談もかつてのように言う。皆口を行確した頃とは雰囲気がまるで違う。当時は全身に翳《かげ》があった。斎藤の死を吹っ切った、というのではない。今も心に深く刻み込まれているのはわかる。斎藤の分まで生きる、という気持ちが芽生えたのだ。語り合わずともそう察せられる。誰あろう自分自身がそうなのだから。

本庁に戻ると、佐良は自席の引き出しに渋谷中央署でデータをコピーした外付けハードディスクを丁寧に入れ、施錠し、皆口とすぐにまた車に乗り込んだ。

午前四時過ぎ、ＪＲ大井町《おおいまち》駅から車で五分ほど離れた住宅街に、佐良と皆口はいた。大きな滑り台やジャングルジムがある公園脇に止めた車中でも、時折強い風の音が間近に聞こえる。車から二十メートルほど離れた大型賃貸マンションに、内勤班の一人が妻と二人の息子と住んでいる。マルタイは内勤班の取りまとめ役だ。

「中西さんといると、公安のイメージが変わってきますよね。ほんと、中西班で良かった」助手席の皆口がしみじみと言った。「佐良さんは、中西さん以外の指揮下に入った経験があるんですよね」

「ああ。前にも話した通り、係長の須賀《すが》さんだ」

「須賀機関の須賀さん、ですね。『長袖の須賀さん』ってあだ名もありますよね」

係長の須賀は監察係のいくつもの班を束ね、中西班も指揮下にある。しかし須賀が直接指示を出すのは班長までで、佐良も皆口行確以来、話していない。数ヵ月に一度、廊下で姿を見る程度だ。あだ名の通り、真夏でも長袖を着ている。中西によると、須賀は公安部時代、一緒に潜入捜査にあたった捜査員を助けるため、ビルの部屋に次々と火を放って相手を混乱させ、自身も大火傷《やけど》を負った。

須賀が以前に監察係班長として率いた班は須賀機関と呼ばれ、いまだに人事一課内で一目置かれている。四十代半ばにしてすでに十年以上も人事一課に籍を置き、首を狩った警官の数は歴代の課員でもトップクラス。このまま監察係で警察人生を終えるとまことしやかに言われている。

「須賀さんってどんな方なんです？」

「機会があれば自分で確かめてくれ」

「安易に物事を言わない慎重さと言うべきか、けちくさいと言うべきか」

皆口はお手上げのポーズをとった。

「何とでも言え」

「張り込みって暇ですよね」

「しりとりでもするか」

「眠気覚ましにもなりませんよ。佐良さんの恋話《こいばな》でも聞かせて下さい」

「何もなさすぎて、余計に眠くなるだけだ」

ふうん、と皆口は唇を意味深げに緩《ゆる》めた。

「夏木さんは？」

「俺にとっちゃ、可愛い後輩だ」

「お似合いなのにな。まんざらでもないんですよね。夏木さんと話している時の佐良さん、目元がいつになく緩んでますよ」

「いつから世話焼きババアになった？」

佐良は少し強い口調でたしなめた。

「この瞬間からです」と皆口はあっさりと受け流す。「無趣味で、愛想がなくて、『正義感なんて警察には不要だ』って言い切る警官を相手にしてくれる人なんて、なかなかいませんよ」

「無趣味で、無愛想で悪かったな」

「おまけに、『煎餅《せんべい》はしけった方がうまい』なんて言っちゃうし」

「天ぷらも揚げたてサクサクなんて食えたもんじゃない。しんなりしてる方がいい」

車内が冷えてきた。佐良はおしるこ缶を握り締める。飲むためではなく、暖をとるために買った。缶コーヒーやコーンポタージュより、おしるこ缶の方が温もりは持続する。

六時半を過ぎた頃、ようやく空が白みだした。ぽつぽつと家々の灯りがつき始めている。佐良が車中で膝を伸ばすと、関節が鳴った。

「ちゃんとした食生活を送ってないから、脂《あぶら》が関節に足りないんですよ。やっぱり食生活を管理できる人と付き合った方がいい。なんなら、一気にゴールインしたらどうです？」

「警官でいる間は結婚したって、規則正しい生活は送れないさ。だいたい、三十八歳のおじさんには大きなお世話だよ」

佐良はドアを静かに開けた。

「どこに逃げるんですか」

「外で思い切り伸びをするだけだ。また関節が鳴って色々言われたら、たまらん」

澄み、きりりとした冷気が肌に心地よい。佐良は車から少し離れ、首を左右に振った。案の定、ぽきぽきと鳴る。

急に運転席側の窓が開き、助手席から身を乗り出している皆口が、鋭い声を発した。

「跳《と》んでッ」

咄嗟《とっさ》に佐良は前方へ勢いよく跳び、アスファルトに伏せた。

パンクしたような甲高い音がした。ビシッ。何かが車のボディに当たる音が続く。

風に乗った小石？

違う、あれは——。

佐良は素早く顔を上げて、周囲に目を配った。誰もいない。車内の皆口に声をかけた。

「そのまま頭を隠してろ。相手はどこだ」

「わかるのは、右手側だったってだけです」

音がした方向と一致している。

「ここは頼む」

佐良はすぐさま立ち上がり、駆け出した。

マンションの物陰、ベランダ、都道沿いの街路樹。誰かが隠れられそうな場所に次々と視線を飛ばし、先ほど甲高《かんだか》い音がした方に進んでいく。あの音は――。

銃声。

二発目はないものの、いつ再び襲ってくるかわからない。誰が何の目的で発砲してきた？　現在日本にもかなりの銃が出回っているが、暴力団同士の抗争や処刑に利用されるケースがほとんどだ。自分たちが暴力団に間違われたとは思えない。ましてや悪戯《いたずら》で人を撃つはずもない。

佐良は狙い撃たれぬようジグザグに進んだ。息が上がり、肺が熱い。正面から吹きつける強風に抗《あらが》い、走り続ける。路地が幾筋も延びる住宅地にはまだ人影はなかった。繁華街に入る。飲食店の前にはゴミ袋が山と積まれ、カラスが突《つつ》き、猫が漁っていた。

誰も見つけられないまま、ＪＲ大井町駅前に達した。通勤通学の利用客がちらほら駅に吸い込まれていく。駅前で発砲されれば、市民に被弾する恐れが増す。佐良は追跡を諦めて電柱の陰に身を隠し、白んだ空を仰いで、息を整えるしかなかった。

張り込み場所に走って戻ると、皆口が屈みこみ、車のボディを調べていた。

「おい、中に入っておけ」

「私たちを殺す気なら、車に近づいて確実に撃ち殺してますよ。私ならさっさとそうします」皆口は落ち着き払っている。「後部に穴が開いてますね」

佐良も皆口の背中越しに覗きこんだ。穴は、ちょうど銃弾がめり込んだと思《おぼ》しきサイズだった。佐良は車の逆側に回った。弾《たま》は貫通していない。

皆口のもとに戻った。

「どうして撃たれると判断できた？」

「視界の隅できらっと何かが光ったんです。物干し竿とかの光り方じゃないので、何だか嫌な予感がして。違ったら違ったで笑い話にすればいいやと。二年前からこういうのに敏感になってるんでしょう」

「そうか」

佐良は簡潔に言うにとどめた。二年前、斎藤ではなく、自分たちが撃たれてもおかしくなかった。

「光ったのは上の方か？　自分たちと同じ目線か？」

「座ってる時に気づいたので、路上から撃ってきたんだと思います」

路地が方々に延びるエリアだ。どこに消えたのか。

「殺す気じゃないんなら、なぜ撃った？」

答えが返ってくるはずはないのに、口から疑問が零《こぼ》れ出ていた。

「わかりません」

狙われた……？　警察官である以上は逆恨みされるケースもある。監察だって例外ではない。しかし、なぜ自分たちが警察官だとわかった？

「理由が何にしろ、タイミングが妙だな」

今回の監察を始めたばかりなのだ。威嚇《いかく》？　相手が誰であれ、突き止めねばならない。下手《へた》をすれば市民に被害が出た。冬にもかかわらず、じとりと手の平が汗ばんでくる。

「行確はどうしますか」

「続行だよ」

佐良は車内に戻ると、携帯電話であらましを中西に告げた。

＊

朝の鋭利な空気を吸い、リズムよく吐き出す。アスファルトを蹴る。ふくらはぎと太腿の筋肉が躍動している。彼の全身は昂揚《こうよう》感で満ちていた。もう号砲は高らかに鳴っている。それを知る者は日本でもごくわずかしかいない。

くだらない連中をこの世から駆逐する。スローガンは不要。実行あるのみ。これは国の転覆を目論むテロや革命ではない。

世直し――あるべき社会にするための作業だ。

箱の中身を入れ換えるには、まず入っていた不用品を捨てねばならない。ちんけな社会機構や常識など蹴散らせばいい。

世の中を正しい姿に変えるのだ。無数の特殊詐欺グループが老人を食い物にして、幼児の虐待死も頻発し、ブラック企業が幅を利かせている社会。果たして今の日本は健全か？　国民は幸せか？

人生とは実に不思議なものだ。警察官として数々の事件と対した結果、現実に目を瞑《つぶ》れなくなった。学生時代、別に警察になど入りたくもなかったというのに。

彼は息を切らせながら頬を少し緩めた。まだ誰もいない、薄暗さが残る朝の街を駆け抜けていく。腕を規則正しく振り、リズミカルに呼吸し、背筋を伸ばして、一歩一歩アスファルトを蹴り続ける。

いよいよ始まる。多少の犠牲はやむを得ない。実行できる立場にいるのだ。いま己にできる役割を全うする。自分なりの正義感で世直しをする。

他にすべき事柄があるか？

誰も理解できないかもしれない。説明しようとも思わない。理解できない人間にとっては、説明される言葉が英語だろうと日本語だろうと、雑音にすぎないのだ。あるいは小鳥の囀《さえず》りや猫の鳴き声となんら変わりない。

単純に悪党を許せない。許してはならない。警察の捜査なんて不完全なのだ。法の下でしか動けない。

世の中には救いようのない犯罪者は山ほどいる。そんな輩《やから》が犯した事件について、知った風な口を叩く奴は、『確かに悲惨な事件だ。けど、それがどうした?』『人はあちこちで死んでいる。死に方が違うだけだ』などとＳＮＳで発信する。『法治国家として、どんなに酷《ひど》い犯罪も法律に基づいて処罰するしかない』と賢《さか》しらに言う者もいる。

理屈や正論などクソくらえだ。

人は都合が悪くなると、決まりきった正論に逃げ込む。正論をやたら振りかざすのは、自分の考えがない証拠だ。頭を使わないのが一番楽なのだ。正論に逃げるくらいなら、見て見ぬふりする方がまだマシだろう。頼むから邪魔するな、黙っていろ。むろん、現実を見ようともしない態度は理解に苦しむ。そもそも現実なんて不完全なのが当たり前だと、やり過ごしている人間が多い現状にも驚く。何もしないのと、何もできないのとは違う。何もしない連中は意識的にせよ無意識にせよ、ワルいやつらに加担している。

走っていると、とりとめもない考えが連なっていく。彼は軽く振り向いた。誰も追ってこない。物理的にも比喩的にも。

グッドラック。彼はこれからの自分に向け、心の中で呟いた。

＊

佐良は左手首の腕時計を見る。午前七時四十五分、マルタイが渋谷中央署に入った。視界の端では皆口が渋谷駅方面に歩き出している。

マルタイは七時にマンションを出てJR大井町駅まで歩き、京浜東北線《けいひんとうほく》に乗り、品川《しながわ》で山手線《やまのて》に乗り換え、渋谷で下車。徒歩で渋谷中央署に出勤した。途中、不審な振る舞いは見受けられなかった。

一仕事を終えた佐良は、銃撃された車について思い返した。中西に電話を入れ、あの場に乗り捨てている。後始末は中西が手配してくれた。監察業務なので、おおっぴらには鑑識活動を行えない。どうするつもりかは、電話では尋ねなかった。

皆口とは別々に電車に乗り、本庁に戻ると、ほどなく中西も顔を見せた。

「二人とも、お疲れさん」中西が親指を振った。「ちょっと昨日の会議室に来い」

移動すると、中西はキャスター付きの椅子にどすんと勢いよく座った。

「災難だったな」

中西によると、車は駆けつけた鑑識が応急処置をして本庁に運んだ。遂行したのは、監察の業務を何度も担当した鑑識課員だった。彼らは刑事部であっても、監察とは関係が深い。中西は佐良たちより少し早く帰庁して、鑑識と話をしたそうだ。

「銃弾は見つかりましたか」

「今、摘出中だと」

「報道発表は？」

街中での発砲事件だ。普通は報道発表される。中西は太い両手を外国人さながら広げた。

「さあな」

能馬たちが検討しているのだ。佐良は何とも言えない気持ちだった。一市民としては、監察業務と市民の治安のどちらが大事なんだ、と鋭く追及したくなる。けれど、監察の一員としては意見が異なる。監察は市民の治安維持を担う警察自体を取り締まっている。今回の発砲が監察行為への威嚇なら、発表すると行確が難しくなってしまう。捜査員が現場付近一帯に散らばるからだ。相手にはそんな思惑もあるのかもしれない。ただし、威嚇ではなく暴力団同士の抗争などなら、即発表すべきだろう。監察業務が困難になるとしても。

「一応尋ねておく。狙われる心当たりは？」

「長い間、警官をしてるんです。色々と逆恨みされてるでしょう。とはいえ、誰かに銃撃されるとは思えません」

佐良は厳《おごそ》かに応じた。私もです、と皆口が深沈とした口ぶりで続ける。

「だよな」と中西が腕組みする。「とすると、今回の行確が絡《から》むな」

中西が組んだばかりの腕を解き、さっと立ち上がる。

「ちょっと待ってろ」

中西が会議室を足早に出ていき、皆口が口を開いた。

「なんだか、いわくありげなヤマですね」

「後戻りできないな。誰が撃ってきたにせよ、俺たちの姿も現認されてるだろう」

「どこから撃ってきたのかはわかりませんけど、相手は相当な腕と度胸ですよね。いくら殺す気がなくたって、強風が吹き、結構な距離もあったんです。ちょっとでも銃口が狂えば、弾は私たちに当たったかもしれない。ビルとビルに張った綱をバランス棒も持たず、命綱もない状態で渡ってのけたも同然ですよ」

「改めて言葉にされると、あの銃撃が離れ業だったと痛感するな」

どんな人物なら可能だろうか。

約十分後、中西が戻ってきた。

「能馬さんに報告した。今晩から本格的な監察に移行する。中西班総動員であたるぞ」

総動員といっても、中西班は班長の中西を入れて六人。渋谷中央署の捜査本部に詰める約三十人を洗うには、かなりの時間を要する。

「別班は？」と佐良が訊いた。

「もう少し掘り下げてからだな」

当然か。監察業務はたてこんでいる。

「渋谷の分室を使える許可も出た。二人は一旦帰宅して、少し仮眠をとって分室にこい。夕方頃でいい。昨日入手したデータ解析の依頼も、銀行口座や信用組合の金の動きも探っておく」

監察も公安と同じように、都内各地に分室を持っている。オフィスビルのワンフロアもあれば、マンションの一室という場合もある。

「いいか」中西が声を落とした。「厄払《やくばら》いしろよ」

厄払い――尾行されているなら撒《ま》け。穏やかな指示ではない。自分はまだいい。佐良は皆口を横目で見た。動揺した気配はない。さすがに肝《きも》が据わっている。傍にいられない時は、自分で身を守ってもらうしかない。

佐良は昨晩入手した帳場の通信データを中西に託すと、庁舎を出た。眠れるうちに眠り、食べられる時に食べておく。刑事の鉄則だ。

普段使う地下鉄日比谷線霞ケ関《かすみがせき》駅に続く階段を素通りして、陽だまりに猫が群れる日比谷公園を通り抜け、ＪＲ有楽町《ゆうらくちょう》駅で山手線に乗った。

窓際に立ち、なにげなく周囲を窺う。乗客は多い。佐良を注視している者はいないが、油断はできない。東京駅、神田《かんだ》駅、秋葉原《あきはばら》駅と電車が停車するたびに車両を乗り換えた。佐良と同じ行動をする者はいない。

上野駅で降りた。平日でも駅の利用客は多い。不忍《しのばず》口改札を出て、店のガラスや道路ミラーに視線を飛ばし、背後を確認しながら進んでいく。

大通りからアメ横《よこ》に入った。どこか熟れた空気が全身を包み込んでくる。東南アジア系の男女、機関銃のごとく語り合う中国人、チヂミを頬張る中東の男。すれ違う人々は多彩だ。アメ横は鮮魚店や靴店などが並ぶだけの通りではない。焼き小籠包《しょうろんぽう》、チヂミ、タイヌードル、ケバブなど各国のファストフード店が軒を連ね、どの国の言葉かわからない会話が飛び交い、十数年前までは日本で嗅《か》げなかった匂いが朝から立ち込めている。

他の街に比べると例年、この時季もクリスマスムードは控えめだ。クリスマスだろうと、正月だろうと、バレンタインデーだろうと、勤労感謝の日だろうと彼らはいつもと変わらず店を開き、客をもてなす。佐良はそこに人間の営みを感じる。

アメ横から少し離れた、フォーが売りのベトナム料理店に行った。馴染《なじ》みの店だ。

屋台のように店頭のカウンター越しに注文して、カンカン照りの夏でも雪が降りしきる冬でも店先のベンチで食べる。

店長のチャンが微笑《ほほえ》みかけてきた。この男は齢《よわい》七十を過ぎても、働き続けている。息子夫妻と娘夫婦が曜日や時間帯によって仕切っているが、今日は終日チャンの日だと見当をつけてやってきた。チャンのフォーは絶品だ。

「フォーガーを一杯」

まいど、とチャンが軽快に言った。即座に慣れた手つきでチャンはフォーを湯がき、鶏肉やパクチーを刻んでいく。

「スープはいつもの?」

「当然」

店には日本人用に改良されたスープもある。以前、『それじゃ、せっかくのフォーの味が落ちる』と佐良は真剣に忠告した。チャンは、『日本人用がないと売れないよ』と嘆いた。

チャンがプラスチック製の容器に茹《ゆ》であがったフォーを入れ、透明のスープを注ぎ、鶏肉と山盛りのパクチーを投げ込むように入れた。おまちど。カウンターにフォーガーが丁寧に置かれた。五百円と引き換えに受け取る。

フォーを勢いよくすすった。昨晩から何も食べていなかったので、口中にコクのある塩味が染みわたり、鼻からパクチーの香りが抜けていった。佐良は三分かからずに食べきった。容器と割り箸をゴミ箱に捨て、カウンター越しにチャンに頷《うなず》きかける。

「今日もうまかったよ。最近はどう?」

「ぼちぼちかな。悪い噂はないね」

チャンと出会ったのは三年前だった。佐良が本庁捜査一課時代、アメ横付近で外国人殺しが発生し、その聞き込みの際に知り合った。殺された被害者がアメ横で貿易商を営んでいたのだ。

——この辺りは物騒にみえて、治安がいいんですけどね。外国人同士で協力しあってるんで。ケバブ店の店長なんかかなり屈強ですよ。

そう語るチャンからは血のニオイが遠くから漂っていた。一緒に組んだ所轄のベテラン刑事ですら気づかないほど遠くから。殺人事件が解決した後、佐良は店を再度訪れ、端的に切り込んだ。

——何人殺したんです?

——たくさん。

チャンは真顔だった。

——人間は生きてるだけでも見知らぬ誰かを傷つけ、殺してるんです。わざわざ戦争で殺し合わなくたっていい。僕はアメリカとの戦争を経験してるんで、余計そう思う。殺人事件も大嫌いです。

その日以来、佐良は折を見て店に通うようになった。都度、チャンは外国人の犯罪組織の噂などを教えてくれた。

「今度、チャンに頼み事をするかも」

「いいよ。任せて」

佐良は腰を上げ、アメ横に戻り、交通量の多い大通りに出た。昭和《しょうわ》通りをしばらく北上して細い路地を左に折れ、住宅街を進んでいく。日比谷線の入谷《いりや》駅が佐良の自宅の最寄り駅だ。上野駅からもこうして歩ける。

1LDKの殺風景なマンションに帰宅すると、シャワーを浴び、ベッドに寝転んだ。庁舎からここまでの間、尾行されている気配はなかった。今回の案件が片付くまで、注意を払い続けねばならない。鬱陶《うっとう》しくとも仕方がない。

佐良は目を瞑《つむ》った。眠りは早々にやってきた。夢もみないほどの熟睡だった。

分室はクリスマスムード漂う渋谷駅から歩いて十分ほどの、雑居ビルの一室だった。公立中学校の教室程度の広さで、スチールデスクが四台合わさった島が二つ、オフィスチェアは十台置かれ、各島にはノートパソコンと電話が二台ずつ設置されている。テレビやソファーもあるものの、無機質な雰囲気だ。

午後五時、すでに中西班は分室に揃っていた。皆口もいる。誰も口を開かず、黙々と資料を読み込んでいる。

「よし、佐良も到着したんで、ざっと現状を説明する」

奥の席にいた中西が少し声を張った。部屋は防音対策が施され、話し声が外に漏れる心配はない。

「ひとつ目は例の帳場にいる捜査員の金銭面についてだ。各自の銀行口座を洗った。特に不審な金の出入りはなかった。警信で住宅ローンを組んでる者はいるが、きちんと毎月返済がなされていて、生活に困った様子もない」

班員は誰もメモしない。するまでもない情報だからではなく、監察という仕事柄、情報は頭に叩き込むべきだと誰もが骨身に染みているのだ。万が一、メモが外に漏れると職務に支障をきたす。行確対象者が「シロ」と判明しても、監察されたという話が一人歩きすれば、組織人としての命を奪いかねない。

「次に昨晩、帳場でコピーした通信記録についてだ。先ほど簡易的な解析結果が出た。現時点では、帳場のパソコンから流出したとは考えられない」

中西が班員をぐるりと見渡す。

「定石《じょうせき》通りに潰していこう。まずタレこんできた管理官と、資料に常時接触できる内勤班を洗うぞ」

「一応いいですか」と皆口がしずしずと手を挙げた。「捜査二課の現状に憤る不満分子の仕業だとすれば、現段階で管理官と内勤班に絞らない方がいいんじゃ？」

「佐良」中西が小さく頷く。「刑事部出身としてどう思う」

「捜査二課の現状に不満を持つ課員は、数年前と比べて増えてるでしょう。彼らは伝統的に贈収賄や経済事件を主流だと捉えていて、振り込め詐欺をはじめとする特殊詐欺事件を雑魚《ざこ》扱いしてますので。おまけに振り込め詐欺は主犯筋まで辿《たど》り着くケースはほぼなく、得点にもなりにくい。なのに、最近は振り込め詐欺捜査ばかりを扱う事態になってます。ただし今回の場合、不満分子の線を洗う優先度は低い。ＹＫ団の主犯筋を逮捕できる見込みが大きかったからです」

なるほど、と皆口は身を引いた。

それとな、と中西が話を引き継ぐ。

「佐良と皆口には言うまでもないが、今回の監察には留意点がある」

中西が今朝の銃撃の件を告げると、班員の顔がさらに引き締まった。銃撃に関しては、ひとまず報道発表しない方針になったとも伝えられた。

佐良と皆口は、今朝銃撃を受けた際に張っていたマルタイの担当を外れた。狙撃者が誰であれ、二人の姿は見られており、同じ場所でまた狙われかねない。佐良と皆口の組には中西が入った。それ以外の三人がトリオを組み、今朝のマルタイを行確することになった。

「我々は誰を？」と皆口が問いかけた。

「偉い順。最初は管理官サマ。皆口も佐良も顔バレしてるから、大変だな」

中西が悪戯《いたずら》っぽく笑った。


その夜、両組の行確に収穫はなかった。

3

「おはようございます　あれ、中西さんは？」

すでに分室には皆口が出勤していた。佐良は管理官が渋谷中央署に出勤したのを見届け、分室にやってきたところだった。皆口は昨晩夜通しの張り番を外れている。中西と三人で、二日張り番をして三日目は帰宅するローテーションを組んだ。

「買い出しだ」

分室には皆口と佐良だけだった。別組もまだ戻っていない。

「行き帰り、特に異変はなかったか」

「ええ、ご心配なく。行確に進展は？」

「何も」

「ついさっき、能馬さんから連絡がありました。中西さんと佐良さんが戻ったら、電話をくれって」

「用件は？」

「わかりません」と皆口は首を小さく振った。

五分後、中西が分室にきた。手にしているコンビニ袋には、ペットボトルやサンドイッチが山盛り入っている。

「待望の朝飯にしよう」

中西がデスクにサンドイッチを六つ並べ、ハムカツサンドとコロッケサンドをすかさず手に取った。

「俺はこいつらを片付ける」

「脂っこいのばっかりじゃないですか。また奥さんに怒られますよ。健康診断で中性脂肪の数値が高かったんですよね」

皆口がたしなめるも、中西はあっさり笑い飛ばした。

「気遣いだけはありがたく受け取っておく。揚げ物は俺のエネルギー源でな」

「ったくもう、これだもんなあ」皆口が口を尖らせる。「食べる前に能馬さんに連絡をお願いします」

中西はお預け状態の犬さながら恨めしそうな顔でサンドイッチをテーブルに置き、受話器に手を伸ばした。中西です、ええ、はい……承知しました。中西は受話器を丁寧に戻すと、佐良と皆口を交互に見た。

「三人で本庁に戻る。二人を撃った弾丸について鑑識が説明したいそうだ」

「三人？　私か皆口で十分なのに」

中西だけでもいい。

「能馬さんの下知《げち》さ」

佐良の運転で国道二四六号を走り、本庁に向かった。めいめいがサンドイッチを食べる咀嚼《そしゃく》音のほか、車内は静かだった。道路はいささか混んでいて、三十分強で到着した。

いつもの小さな会議室に三人が入り、内線をかけると、早々に能馬がやってきた。傍らには、佐良も何度も顔を合わせた鑑識課員がいる。監察に慣れているはずなのに、やけに緊張した面持ちだ。

能馬が正面奥に、佐良たちはその左側、鑑識課員は右側に腰を下ろした。能馬にタクトで促され、鑑識課員がすっくと立ち上がる。

「昨日の朝に銃撃された弾丸について報告します。線条痕《せんじょうこん》が一致しました」

放たれた銃ごとに弾丸には異なる痕《あと》がつく。量産された同じ型の銃であっても、必ず個体差が生まれる。しかし、何と一致したのか。

「二年前、当時本庁捜査一課だった斎藤氏の命を奪った弾丸と」

な……。佐良は目を広げた。隣の皆口を見る。瞬きを止め、絶句している。

斎藤は真正面から喉《のど》と腹に二発の銃弾を食らい、死んだ。現場近くの河原や荒川をさらっても、銃は発見されなかった。それが浮かび上がった。おまけに何の因縁《いんねん》か、自分たちを狙ってきた——。

能馬が三人で本庁に上がれと指示したのも得心がいく。佐良の手の平には、にわかに斎藤の血の温かさが蘇《よみがえ》ってきた。

「拳銃はトカレフと推測できます」

当時と同じ見立てだ。中国経由で大量のトカレフが密輸され、ダブついている。

「監察官、一課に伝えた方がいいでしょうか」

「こちらに任せてくれ。ご苦労だった」

能馬は言下に応じた。承知しました、と鑑識課員も疑問を差し挟まなかった。長く監察と仕事をしているからだろう。鑑識課員は人数分の資料をそっと置き、会議室を出ていった。

能馬がゆっくりと机に肘をつき、手を組む。

「さて。斎藤君が殉職した原因をどう捉えているのか教えてくれ。平たく言えば、斎藤君は何の捜査に従事していた？」

佐良は皆口と目を合わせた。人事一課でともに働くようになっても、避けた話題。いや。避けたのではない。全ては推測に過ぎず、語れなかった。いい機会が訪れたのかもしれない。佐良は口を開いた。

「表向きは殉職半年前に起きた、武蔵野市での町工場社長殺しの捜査です」

「表向きは、か。実際は？」

能馬に驚いた様子はない。当たり前か。能馬と須賀の指摘で至った結論なのだ。

「公安、外事関係の仕事でしょう」

「ほう」

町工場社長殺害事件を公安事件のフィルターを通して見えた筋だ。町工場の社長と副社長はアジア各国の政財界要人とも関係が深かった。彼らは公安のエス——情報源だったのだ。あの日、斎藤が仕入れていた『町工場の副社長と電機メーカーの部長の密会場所を突き止めた』という情報に基づき、三人で現場に向かった。そして件の二人が工場に入るなり、叫び声がして斎藤が飛び出し、銃声が続いた。佐良が駆けつけた時には副社長と電機メーカーの部長は刺殺され、斎藤は撃たれていた。電機メーカーの部長は、町工場側との情報の受け渡しを担う潜入公安捜査員の「スリーパー」で、善後策を話し合う場だったのだろう。社長が殺害された事態を受け、斎藤は公安から極秘の指示を受けて彼らを守ろうとした、あるいは二人が監視されているかを確かめるため、捜査一課の捜査を利用したのだ。

傍証は多々ある。所轄時代に警備課だった斎藤の経歴、語学力、刑事部長ら当時の上層部が誰も責任をとっていない点、葬儀に届いた誰も心当たりのなかった花輪――これは公安部長からだ。

――いつまで一課にいられるのかわからないし。

斎藤はそんな発言もしていた。あれは、いつか公安に戻されるという含みだ。

また、斎藤の衣服からは火薬が検出され、至近距離での銃撃が確実だった。加えて、揉み合った跡や斎藤の爪などに衣服繊維といった検出物もなかった。おそらく誰かに飛びかかる寸前、もしくは現場で死んでいた二人の生死を確かめようとした矢先、犯人が現れたのだ。

「今回の監察は外事事件と関係があるとみるべきだと？」

「わかりません」

まだ見当もつかない。線条痕が一致したと耳にしたばかりだ。

「いずれにせよ」と能馬が続ける。「銃弾の鑑定結果で、佐良と皆口にとっては今回の監察業務が個人的な案件になった。手を引いてもいい」

個人的に付き合いのある人物が被疑者や参考人となった場合、当該捜査を外れるのが普通で、監察も同様だ。……が、能馬は手を引けとは言っていない。

「続行させて下さい」

佐良は自分でも驚くほど力みなく答えていた。

「私も」

皆口が冷静な声音で続ける。ほう、と能馬が少し声を柔らかくした。

「たいしたもんだ」

「ですね」と中西が話を引きとる。「二人とも逸《はや》った素振りがない」

「佐良さんのおかげです。池袋西《いけぶくろにし》署で一緒になった際、教わったんです。『警官には正義感もやる気も要らない。必要なのは責任感だ』って」

思わず隣の皆口を一瞥《いちべつ》した。真剣な面構《つらがま》えで能馬を真っ直ぐ見ている。佐良の視線に気づいたのか、目が合った。

二人が顔を正面に戻すと、能馬は組んでいた手を解いた。

「引き続き、きっちりやってくれ。中西も頼む」

はい、と中西が厳粛な口調で応じた。能馬が静かに立ち上がり、会議室を出ていく。

三人は会議室に残った。

「どちらでも構わん。斎藤君が亡くなった状況を詳しく教えてくれ」

「では――」

佐良が淡々と語った。皆口と斎藤の関係性も手短に伝えた。語り終えると、中西がひとつ唸《うな》り声を上げた。

「今回の監察案件との繋がりは読めんな。ＹＫ団を追う捜査員に公安出身者はいない。所轄や一課で斎藤君と一緒だった人間がいるのかを調べんと。二人とも腹を括った顔つきだな」

「このヤマを追えば、斎藤を撃った人間に辿《たど》り着けるかもしれないんです。腹を括れない方がどうかしてます」

「二人とも監察係らしくなった。銃撃されても怯《ひる》まず、いわくが浮かび上がっても感情を表に出さない」

「喜んでいいのやら」

佐良は率直な本心を吐露した。知らんよ、と中西が笑い飛ばした。

早速、本庁の端末で詐欺グループ捜査班員の経歴を調べた。斎藤との接点がある人物はいなかった。

その後五日間、管理官を行確した。不審な点はなく、別組が行確したマルタイにも特異な点は見受けられなかった。

「あとはよろしくお願いします」

佐良は運転席の中西に軽く頭を下げ、助手席を静かに降りた。後部座席の皆口が車内で、いそいそと助手席に移動している。今晩、佐良は夜通しの張り番ではない。

街灯の下を避けて木陰などを選び、なるべく暗闇を進んだ。JR武蔵小金井《むさしこがねい》駅近くの住宅街だった。今晩からマルタイが変わっている。

午後十一時を過ぎた街は静かで、時折家路を急ぐスーツ姿の男とすれ違った。

がらがらの東京方面行の中央線に乗り、佐良は吉祥寺駅で降りた。南口を出てコンビニに寄り、映画館などが並ぶ一角に近い路地を曲がる。エレベーターもない古い五階建ての雑居ビルに入った。狭くて急な階段を三階まで上り、突き当たりのペンキが所どころ剝げたドアを軽くノックする。返事はない。構わずに開けた。

薄ぼんやりした灯りの下、室内なのにベージュ色のトレンチコートを大きな体に巻きつけるようにまとう男がいる。弁護士の虎島《とらしま》だ。机に両脚を乗せてウイスキーを飲んでいる。

「こんな時間に権力の暴力装置が何の用だ？」

虎島が口元だけで笑い、佐良も同じように笑い返した。

「犯罪者の味方がデカイ口を叩くな」

いつもの挨拶だ。虎島とは小学校から高校まで一緒だった。特に中学、高校では同じ剣道部で、かなり長い時間をともに過ごした。

額と耳が隠れ、襟足も長い髪型で鋭い目つきの虎島は、弁護士には見えない。机の背後に置かれたスチール製の本棚に並ぶ判例集や六法全書が、かろうじて職業を示している。

虎島は大学在学中に司法試験に通り、弁護士となった。居候弁護士《イソベン》にはならず、いきなり一人で事務所を構えたため、仕事は弁護士会から回ってくる刑事事件の国選弁護など金にならないものばかりだ。そこで光熱費を抑えるべく、秋冬は事務所内でもトレンチコートをまとっている。自宅よりも事務所にいる時間の方が長く、冷蔵庫、テレビがあるほか、壁際には漫画まで山積みされている。

「大将、また厄介事を持ってきたのかよ」

虎島が肩をすくめた。

大将。高校時代に虎島がつけてきたあだ名で、団体戦で佐良が大将だったのが由来だ。

佐良は捜査一課時代、何度か虎島に仕事を頼んだ。虎島はある意味、情報屋さながらの仕事も請け負っている。大手弁護士事務所の下請けで調査業務を行うのだ。腕もいい。皆口の行確に取り組んだ一年前も仕事を頼み、虎島は殺人犯に疑われる羽目になった。能馬を通じて誤解を解いている。虎島はそれを冗談半分で厄介事と言ったのだろう。

「今のところは大丈夫だ」

「今のところ、ね」

佐良は冷蔵庫を開け、もらうぞ、と缶ビールを取り出した。良く冷えていて、味は感じなかった。佐良はビール缶片手に、フェイクレザーの接客用ソファーセットに体を投げ出すように座った。

「そんなら」虎島がグラスを軽やかに掲げる。「とうとうクビになったのか」

「なんでそう思うんだよ」

「世の中から事件は消えない。警官は哀しいくらいに忙しい。なのに俺の前で悠々とビールを飲んでやがる」

「ご機嫌伺いだよ」

「にしちゃあ、手土産もねえな」

虎島は半ば揶揄う物言いだった。

佐良は鞄からビニール袋を取り出した。中にはでっぷりした瓶のオールドがある。虎島はオールドを一途《いちず》に飲み続けている。品ぞろえが豊富なバーに行っても、他のウイスキーを頼まない。訳は尋ねていない。何か理由はあるんだろう。別に知らなくていい。話したくなったら、話すだろう。

「ほらよ。土産だ」

「やっぱり厄介事を持ってきたんだな」

虎島は佐良から依頼料を受け取らない。佐良は何かを頼むたび、オールドを渡してきた。

「久しぶりなんで持ってきただけさ」

実際、虎島に一年近く会っていない。皆口の行確を終えてから仕事が立て込んでいた。

「迷惑料も払ってなかったしな」

「殺人犯に間違われる経験なんて、一生に一度あるかどうかだ。楽しませてもらったよ」虎島はカラカラと笑った。「で、本当は何しにきた?」

「誰かと飲みたくてな。俺の目の前で死んだ後輩を偲《しの》びながら」

「付き合おう」

虎島は委細を尋ねてこない。佐良が捜査一課を外れた理由すら一度も尋ねてこない。何も訊かないのは無関心ゆえではなく、佐良が虎島にオールドを飲み続ける理由を質《ただ》さないのと同様、話したくなったら話すと考えているのだろう。

佐良は一気にビールを飲み干した。虎島がロックグラスを持ってきて氷を放り込み、オールドを三センチほど注ぎ、差し出してきた。

「いい奴だったのか」

「ああ。最後の最後に大きな謎を残してったけど」

佐良は一口オールドを含んだ。深い味だった。

「楽に生きるな、ってメッセージじゃねえの」

「楽に生きられる奴なんかいないだろ」

「これだから警官ってのは手に負えないな。世間知らずなんだよ。社会には溢れかえってやがるのに。誰も彼も楽に生きる道を探してんだ」

虎島は物憂げに煙草《たばこ》を咥《くわ》えた。薄暗い部屋に、ぼっとライターの火が一瞬だけ鮮明に浮かび上がる。

「まあ、大将とちょっとでも付き合えば、楽に生きようとする奴じゃないのはわかる。メッセージ説は取り下げよう」

虎島は唇をすぼめ、煙を吹きあげた。漂う煙を追い、佐良は窓の方に目をやる。

「かなり窓が汚れてんな」

「そりゃそうだ。しばらく掃除してない。サッシのレールに埃《ほこり》やら枯葉やらがたまって、もはや得体のしれない塊《かたまり》になってこびりついてるよ。なんなら、もう開かないかもな。別にいいさ。掃除したって、どうせ隣のビルの壁しか見えない」

佐良は視線を虎島に戻した。

「レールは掃除した方がいいんじゃないか。窓が開かなくなったら不便だろ。換気も

なる？」

「換気は隙間風に任せてるよ。それに申し訳なくてな。二、三ヵ月前からベランダで鳩が巣を作ってんだ。俺がのこのこ出ていったり、窓を開け閉めしたりしたら、どうなる？」

「鳩の声がうるさいとか、フンがすごいとか、近所迷惑だとか言われないのか」

「怒鳴り込まれたってクソくらえだね。法律を駆使して、逆にこてんぱんに論破してやるよ。鳩も満足に暮らせない社会で、人間が快適に生きてけるわけねえっつうの。しかも鳩は平和の象徴だぞ。無下《むげ》には扱えないだろうが」

二人で声を上げて笑った。

虎島が煙草を深々と吸い、たっぷりの煙を吐き出す。

「ところで、後輩が残したっていう大きな謎、俺にできることがあれば言ってくれ」

「また面倒な事態になりかねないぞ。いや、確実だな」

佐良は、はっきりと言い切れた。なにしろ自分は銃撃された。

虎島が手首だけを動かして煙草の先を細かく振り、オレンジ色の半円を何度か描いた。

「古今東西、謎解きに危険は付き物さ。だいたいチャレンジしない人生なんて、コクのないカレーを毎日食わされてるようなもんだろ。はたまた、『いせや』も『さとう』

もない吉祥寺とでも言おうか」

焼き鳥店の『いせや』は昼の開店と同時に平日でも客で賑わい、精肉店の『さとう』では連日メンチカツを求める行列ができる。どちらも吉祥寺の名物で、虎島の好物だ。

吉祥寺――。

「虎、前言撤回だ。厄介事を頼みたい」

「そうこなくっちゃな」

虎島はにやりと頬を緩めた。

4

ブーン、と枕元で携帯電話が震えた。佐良は即座に目を覚ますと、さっと手を伸ばし、上体を起こした。

「出るのが早いな」中西だった。「午前四時だぞ。もう起きてたのか」

「まさか。ただの職業病ですよ」

警官なのだ。いつ招集がかかるかわからず、眠っていても緊張状態は続く。捜査に揉まれた警官ほど瞬時に目が覚める。少なくとも佐良はそうだ。

「ふうん。ときに、自宅にパソコンとプリンターはあるか」

「ええ」

「なら、至急ネットで検索して、印刷してほしいページがある。ちょっとメモしてくれ」

佐良がベッド脇の棚に紙とペンを用意した後、中西はURLを読み上げた。

「いま言ったページにYK団の捜査資料が掲載されてる」

にわかに頭の芯が冷えた。

「マズイ状況ですね」

「ああ。東洋《とうよう》新聞が摑んだネタだ。皆口に手元のスマホで画面保存してもらったが、紙でもほしい。すぐに消えるかもしれんので、電話をしたんだ」

「どうして東洋がネタを握ったとご存じなんです？　まだ朝刊が届く時間じゃないですよ」

「昨晩、二課長がそのページが本物かどうか取材を受けた。さっき、能馬さん経由で連絡があってな。報道で知るより、あらかじめ耳に入れておいた方が心証は良くなるって判断だろう」

「かといって、なんでこの時間に」

「刑事部として色々対応を悩んだ結果さ。刑事部長も二課長もキャリア様だ。今後の人事への影響もある。対応を間違えられん」

中西は確信に満ちた語調だった。

「さて。サイトの資料は本物なんですか」

「捜査資料の写真をまんま張りつけるんじゃなく、YK団幹部の名前が羅列《られつ》されてるだけだ。ただ、ソースは警察だと画面の下に小さな字で記されてる」

「確認して折り返します」

佐良は速やかに寝室からリビングに移動して、机に置いたノートパソコンを立ち上げ、メモしたURLを入力した。

黒い背景に真っ赤な文字が横向きに毒々しく連なっていた。二十名の名前が一人一行ずつ書かれている。帳場が名づけたYK団という名はどこにもないが、個人の名前は、佐良が頭に叩き込んだ資料のものと一致した。ページ冒頭には扇情的な文章もあった。

この男たちは詐欺犯です。高齢者や多重債務者を食い物にしています。私たちは社会に巣食うゴミ連中を許していいのでしょうか。

画面の最下部には『ソースは警察です』とある。

フェイスブックやツイッターなどのSNSに情報をあげる方が楽だ。そうしなかったのは、どんなに注意を払ってもSNSは足がつきやすい、と知っているからだろう。画面を十枚印刷した。スクリーンショットでも保存して、佐良は中西に電話を入れた。

「悪かったな。分室に持ってきてくれ」

「東洋新聞は自力でサイトに辿り着いたんでしょうか」

最近、NHKはSNS班を作り、人海戦術で街の事件事故の端緒を拾っているというニュースを見た。東洋新聞もなのか。いや、このサイトには至れないだろう。そもそもYK団を追っていたなら話は別だが、東洋新聞が存在を把握していたとは思えない。マスコミが正体を嗅ぎつける程度の詐欺グループなら、とっくに警察が潰している。警察はそれほど甘くない。

「二課長が探りを入れても、取材源の秘匿を盾に何も言わなかったらしい。直接二課長に記者の素振りを聴かんとな」

「二課長は、記者に認めたんですか」

「サイトを見てないので知らん、と突っぱねたそうだ」

記者の質問を煙《けむ》に巻いたのか。

通話を切っても寝つけなかった。疑問が脳裏に渦巻いている。誰が何のために……。

資料を持ち出してまでＹＫ団幹部に逃げるよう告げた件と、ネットに名前を公開した件とでは行動の方向性がまったく違う。前者はＹＫ団を助け、後者は糾弾《きゅうだん》している。罪を晒《さら》して溜飲を下げたいのなら、警察に逮捕させてからでいい。逃がしてしまっては法の裁き、いわば鉄槌《てっつい》を受けさせられない。

可能性として、どんな筋道が考えられるのだろう。佐良は腕組みして正面の壁を見据え、思考を研ぎ澄ませていく。

すぐに二つの線に思い至った。

まずは資料を持ち出した警官自らが両方を行った線だ。この場合、ＹＫ団と関係の深い暴力団・山北連合に恩を売る魂胆の、マル暴刑事の仕業だと睨《にら》める。……この線ではネット上の告発との整合性がとれない。ならば二つ目の線か。

警官が資料を第三者に渡して、その第三者がやった――。

警官もタダではこんな危ない橋を渡るまい。行為が露呈すれば、免職どころか罪にも問われる。相応の見返りがあるのだ。つまり、警官は誰かに捜査情報を売った。警官はどうやって需要を知った？　第三者に持ち掛けられた？

……この線もＹＫ団を逃し、ネット上に名前を晒した齟齬《そご》を説明できない。今は帳場の捜査員を地道に洗い、サイトの件はおいおい考えていくしかなさそうだ。

眠気は完全に吹き飛んでいた。前者でも大事なのに、後者の場合は重たさが増す。

表沙汰になれば、幹部の首の一つや二つは軽く飛ぶ。個人的には幹部の首なんてどうでもいい。警官が捜査情報を外部に金で売ったのだ。市民の信用を失うのは確実で、誰も捜査に協力しなくなりかねない。しわ寄せを食うのは第一線の捜査員たちだ。組織が大きければ大きいほど、たった一人の愚行がその他大勢に大打撃を与える。もはや中西班だけで抱えきれる問題ではなさそうだ。

六時、佐良は自宅に届いた新聞を手に渋谷の分室に入った。まだ誰もおらず、部屋は冷え切っている。新聞をデスクに投げ置き、エアコンをつけ、コートを手早く脱いだ。

東洋新聞に記事は掲載されていなかった。常識的な判断だろう。彼らは二課長の言《げん》質《ち》を得ていない。しかし、捜査資料が公開されている現状は変わらない。誰かが件のサイトを発見して、ＳＮＳなどで拡散されるのも時間の問題だ。

佐良は分室のパソコンを立ち上げ、ＹＫ団幹部の名前が書かれたサイトを開き、念のためにここでも画面を保存した。

八時前、次々に中西班が分室に戻ってきた。佐良は一人ひとりに印刷したサイト画面を渡した。全員が揃うと、中西が厳粛な面持ちで見解を論じた。それは昨晩佐良が導き出した見立てと同じだった。

「増員をかけあおう。反対意見は？」

誰も何も言わない。警察にも手柄争いがある。誰が手錠をかけるのか、誰が決定的な証言を得るのか、誰が確実な証拠を発見するのか――。中西班には、そこを気にする人間はいない。これが公安的発想なのか、人事一課の特性なのか、個人差なのかは佐良にもまた判断がつかない。その全てなのかもしれない。

「じゃあ、ちょっと相談に行ってくる。各々よろしく頼む」

中西が出ていくと、隣に座る皆口がバッグからおにぎりを四つ取り出した。鮭《さけ》、おかか、高菜、昆布《こんぶ》と具材もすべて違う。

「育ち盛りだな」

「女性に言う台詞《せりふ》じゃないですよ。二つは佐良さんの分です。どうせ食べてませんよね」

「恐れ入るね、鋭い読みだ」

「佐良さんなら朝刊が届くなり家を出て、分室で色々と準備をするだろうから。尾行されてるかもしれない件はどうですか」

「問題ない。そっちは？」

「私も特に」

「そうか」佐良はおにぎりに手を伸ばした。「遠慮なくもらうよ」

「こちらもどうぞ」

皆口はペットボトルのウーロン茶を二本、デスクに置いた。

佐良は三分足らずでおにぎり二つを平らげると、パソコンを立ち上げた。

「前から言おうと思ってたんですけど、早食いは体に毒ですよ」

「生活習慣はそう簡単に変えられない」

「変えようとしないと変えられませんよ。で、何を調べるんですか」

「例の暴露サイトを誰か閲覧してないか探ってみる」

「どうやって？」

佐良はまず検索サイトでＹＫ団幹部の名前を打ち込んだ。命名サイトや各地域のマラソン大会の結果が出てくるだけだった。

「多分、まだ誰も問題のサイトを見てないな。見てたとしても、ごく少数だ」

「なんでわかるんです？」

「名前を打ち込んで、例えば『詐欺』『警察』といった補助ワードが出たら、それだけ頻繁に検索されてると踏めるだろ」

なるほど、と皆口がおにぎりに小さくかじりついた。

次の名前を打つ。何もない。次の名前を打つ。やはり何もない。

十人目の時だった。東京日報《とうきょうにっぽう》の記事が引っかかった。今日、十一月二十九日の地域版だ。

無職男　危険ドラッグで死亡
二十八日午後八時半頃、江東区《こうとう》有明《ありあけ》の国道で乗用車の運転席で渋谷区恵比寿、無職佐藤忠《さとうただし》容疑者（二五）が気を失っているのを、通りかかったトラックの男性運転手が発見した。佐藤容疑者は近くの病院に運ばれたが、間もなく死亡。有明署によると、佐藤容疑者の血液からは大量の脱法ドラッグの成分が検出されており、薬物の大量摂取で心不全を起こしたとみられる。有明署は佐藤容疑者を医薬品《いやくひん》医療機器《いりょうきき》等法《とうほう》違反（所持）の疑いで、被疑者死亡のまま書類送検する方針。

佐良は手元のファイルを捲《めく》った。帳場が摑んでいた佐藤忠の住所も、記事にある渋谷区恵比寿の高級マンションの一室だった。

「どう思う？」

佐良はパソコンの画面を皆口に向ける。皆口は読み終えると、顔を上げた。

「有明署に訊いた方が良さそうですね」

「ああ。中西さんの携帯にメールを入れてくれ。本庁で調べてもらおう」

一般的な問い合わせなら有明署に電話一本で済む。ただ、監察の場合は人事一課の名が一人歩きして、業務に支障が出かねない。

佐良は検索を続けた。十一人目、十二人目。

十三人目でまた手が止まった。今度は千葉《ちば》新聞の地域版で、記事が掲載されたのは約二週間前だった。

無職男性　駅で転落死
十五日午後十時十五分ごろ、船橋《ふなばし》市宮本《みやもと》の京成本線船橋競馬場《けいせいほんせんふなばしけいばじょう》駅の上り線ホームで東京都港《みなと》区元麻布《もとあざぶ》、無職並木周平《なみきしゅうへい》さん（二八）がホームから転落し、やってきた上野行き上り列車に轢《ひ》かれ、死亡した。船橋中央署の調べでは、並木さんの体内からは大量のアルコール成分が検出された。同署では、泥酔した並木さんが誤ってホームから転落したとみている。事故の影響で京成本線上り線に約一時間の遅れが出て、およそ一万人に影響した。

佐良は目を上げた。視線が皆口のそれとぶつかる。

「メールはもう送ったか」

「いえ。今からです」

「なら、ちょい待ちだ。こっちの件も追加してくれ」

佐良は画面を皆口に向けた。皆口の表情がみるみる険しくなる。

「偶然でしょうか」

「資料が紛失した時期と、そこに記された人物二人と同姓同名の人間が事故で死ぬ時期とが一致する――この確率はどれくらいだ？」

皆口は思案顔で顎を引いた。

「極めて低いですね。アリにアキレス腱《けん》を嚙み切られるくらいに。でも、記事の二人がYK団の幹部だとして、なんで海外に逃げないんでしょうか。せっかく忠告があったんだし、お金だってあるのに。五十億円ですよ」

佐良は懐かしかった。斎藤と組んでいた頃、こうしてよく筋読みをしあった。誰かと話し合っていると、自分だけでは到達できない線がぽんと浮かぶ時がある。佐良は少し考えた。

「山北連合への上納金が絡むんだろう。上納金が滞ると厳罰を食う。長い間、持ち場を離れられない」

「潰れたら元も子もありませんよ。山北連合にとっても、いい金づるなのに」

「詐欺グループの幹部といったって、いくらでも取り換えが可能さ。集金システムさえ残ればいい。構成員なんて使い捨ての道具に過ぎないんだ」

皆口がメールを送った後も、佐良は検索を続けた。十分後、携帯に中西の着信が入った。

「本庁に上がってこい。一緒に説明するぞ」

佐良が本庁人事一課のフロアに到着すると、中西が大股で歩み寄ってきた。

会議室には、すでに能馬が落ち着き払った佇まいで着席していた。能馬の正面に中西が座り、佐良はその右隣に腰を下ろした。

「よし、行こう」

先に中西から詐欺グループの幹部名簿がネット上に公開された状況を告げ、続いて佐良が幹部と見られる男二人の事故死を報告した。

「残りの幹部については誰か調べているのか」

能馬は面貌を微塵《みじん》も変えず、起伏に乏しい声を発した。

「はい」佐良は淡々と続ける。「皆口が。何かあれば直ちに連絡が入ります。それがない点を鑑みると、他の幹部に関する情報は現段階でないんでしょう」

「有明署と千葉県警に照会したのか」

「ええ、私が」

中西が小さく頷いた。人事一課監察係という面をカムフラージュして問い合わせたのだろう。

「有明署でも千葉県警でも、詐欺犯だという話は出ていません。両方とも死亡案件なので、捜査は通常の処理……有り体に言うとさっさと切り上げる予定です。佐藤と並木が各現場にいた理由すら明らかにされないでしょうね」

「渋谷中央署の帳場は、この二件の情報を把握しているのか」

「わかりません。取り急ぎ、私が当該署に身元を尋ねただけですので」

「確かに人員を増やした方が良さそうだ」

「お願いします」

中西が丸い体を軽く前に傾け、頭も下げた。能馬の平らな視線が佐良に向く。

「名簿の流出元を解明すれば、諸々の疑問も解消できるだろう。君を撃った者の糸口も見出せるかもしれない。君の人生にとっても重要な意味を持つ監察になりそうだな」

「はい」

佐良は簡潔に応じた。肩に無駄な力が入らないよう心掛けねばならない。

二章　計略

1

午後八時過ぎ、佐良は西新宿の高層ビル街をうつむき加減で歩いていた。視界の隅には本庁捜査二課員、峰裕樹《みねひろき》の背中がある。峰はＹＫ団を巡る渋谷中央署の帳場に詰め、一週間前に内勤班から現場班に鞍替《くらが》えになっていた。管理官によると、峰が熱烈に現場を希望したらしい。

新宿駅方面に向かう大勢の波に逆らい、峰はしっかりした足取りで高層ビル街を進んでいく。

佐良は、マルタイの略歴を頭に叩き込んでいた。峰裕樹、三十五歳、警部補。入庁五年目に下北沢《しもきたざわ》署地域課から刑事課に引き上げられた。もっとも、六年前に目黒《めぐろ》署捜査二係に異動するまでは、署長賞もなく、ぱっとしない経歴だった。目黒署で花が開き、特殊詐欺事件をいくつか挙げて、三年前に本庁捜査二課に引っ張られている。刑事も人間だ。上司や同僚次第で本来の実力を発揮するケースも多い。峰もそうだったのだろう。

峰は今夜、七時頃に相勤と渋谷中央署に戻り、三十分後に再び二人で署を出た。本日の捜査会議はまだ終わっていない。改めて捜査に出たのか判断がつかず、中西、皆口と念のために行確に入った。

そして十分前、峰は山手線で新宿駅に出ると、相勤とホームで別れた。捜査は二人一組で動くのが鉄則なのに、なぜ別行動をとったのか。峰の相勤は中西が追いかけている。

周囲を行き交う会社員らの足取りは重い。もう十一月も末で、ほどなく年末。どんな職種も仕事納めまでは忙しさが増す時期だ。警察もご多分に漏れない。十一月は検挙強化月間となる。

街路樹を彩る、クリスマス用のイルミネーションが無表情の会社員たちを照らしていた。西新宿という日本有数のオフィス街ですら、気の早いクリスマスムードに包まれている。佐良が子どもの頃、世間がクリスマスで賑わい出すのは、せいぜい二週間前からだった。それが今では十一月に入る頃には街が染まり始め、この時期はもうそれ一色だ。

クリスマスについて一度、斎藤と張り込み中に話したのを思い出す。

――子どもならともかく、みんなそんなにクリスマスを祝いたいのか。

――一分でも長く日常を忘れたいんですよ。口実なんて何だっていいんです。

斎藤はしたり顔で続けた。

――十二月二十五日はイエスの誕生日を祝うって認識ですけど、別に誕生日じゃないらしいですよ。イエスの誕生日はわかってないんで。

――どこで仕入れた豆知識だ？

――ドイツにいた時、向こうの友人が教えてくれたんです。聞いた時、そりゃそうだよなって思いました。王家でもない限り、あんな昔にきちんとした戸籍が残ってるわけがない。常識なんかにとらわれちゃダメなんですよ。

斎藤は商社マンだった父親の関係で、幼い頃から世界各国で暮らした。英語はもちろん、スペイン語、中国語、ドイツ語も堪能だった。

――となるとクリスマスは何の日なんだ？

――決まってるでしょ。日本のクリスマスは山下達郎の『クリスマス・イブ』を聞きながら、ケンタッキーのフライドチキンにかぶりつき、コカ・コーラのパッケージ色の衣装を身に着けたサンタクロースを待ち望む日です。サンタといえば、ユーミンの『恋人がサンタクロース』もいいですよね。クリスマスソングって毎年新しいのが出るけど、結局残るのはこの二曲ですよ。いいよなあ、こういう普遍性。

正面から少し強いビル風が吹いた。峰の薄手のコートの裾が揺れている。佐良は峰の背中を追いつつ、ＹＫ団の幹部名がネットに公開された——と能馬に報告した今日の午前中以降、どんな動きがあったのか振り返っていく。

あの後、能馬と中西が相談して新たに三つの班が加わる運びになり、総指揮を須賀が執ることも決まった。そして中西班に割り振られたマルタイの一人が、元内勤班の峰だった。

午後、佐良は記録係として捜査二課長・長富《ながとみ》の聴取にも参加した。長富の聴取は、警務部長の六角が刑事部長経由で話をつけた。

長富は佐良と同じ三十八歳。主に公安畑を歩み、一年前に刑事部にきたキャリアだ。キャリアといっても、ひ弱な印象はない。趣味のランニングで体は引き締まり、顔色もよく、第一線の刑事よりよほど若々しかった。朝食は野菜中心に、昼食で肉類を摂取するよう食事面にも気を配っているという。

捜査一課と捜査二課は雰囲気がまるで違う。捜査一課員は『切った張った』の事件を扱うので肉体労働者のニオイをまとい、捜査二課員は数字を多く扱う分、銀行員のニオイをまとう。その結果、一課長は現場の親方、二課長はエリート行員に近い雰囲気になる。長富は典型例だった。一課長はノンキャリ、二課長はキャリアという違いもある。捜査二課長のポストは長年、切れ者キャリアの指定席だ。この現実こそ、管理官が捜査情報の漏洩を監察に相談してきた背景だと、佐良たちは考えている。いわば現場組の反乱だ。

長富の聴取は能馬が担当した。長富の階級は能馬の一つ上の警視正なので、異例の対応だった。通常、監察の聴取は対象者と同じ階級、あるいは上の者が行う。監察では首席監察官が長富と同じ警視正だが、能馬は自身が扱う案件なのでそのまま出張ったのだろう。首席監察官もキャリアの聴取に臨む気はなかったはずだ。不手際があり、それを責められれば自分の身が危うくなりかねず、及び腰になるのは理解できる。実際、ノンキャリがキャリアを聴取するケースなんてまずない。キャリアを監察対象とする不祥事があれば、警察庁の監察担当が動く。

長富の受け答えは終始、格下相手の不満などまるでない様子だった。

——東洋新聞の様子ですか？　半信半疑といった感じでしたね。

——どんな素振りで、そうご判断を？

——私は現場経験が不足しています。ですが、記者の夜回り朝駆けは受けてきました。確たるネタをぶつけてくる時の彼らは、顔つきが解《ほぐ》れてます。いくら取り繕っていてもわかります。今回は違いました。むしろ今にも首を傾げそうでした。

長富の見解は信用に足る、と佐良には思えた。柔らかな物腰と整然とした口調からは、いつも冷静に物事を捉え、分析している節が窺える。

――彼らはネタ元について言及しましたか。

――いえ。私なりに探りを入れてみたものの、何も得られませんでした。

――名簿を外部流出させるような捜査員に心当たりは？

能馬が粛然と切り込むと、長富は数秒間瞑目《めいもく》した。小さな会議室の空気がぴたりと止まったようだった。ゆっくりと長富の目蓋《まぶた》が上がる。

――私には見当がつきません。

――捜査二課に不満を持つ課員はいますか。

――いるでしょうね、総勢四百人弱の大所帯です。しかし、捜査情報を漏洩する者がいるとは思えない。皆、悪と闘う正義感がある。

――そうですか。今後、監察が洗います。ご内密にお願いします。

――承知してます。これまでも漏らしておりません。

――これまでも？　漏洩も監察の動きも、ご存じだったんですね。

――ええ。多くの課員が様々な状況を伝えてくれるので。本当に由々《ゆゆ》しき事態です。殊《こと》に詐欺事件なんです。捜査二課員の間では今も大型経済事件や贈収賄が花形で、振り込め詐欺は傍流という考えがあるが、私は異を唱えたい。もちろん贈収賄は大きな犯罪です。とはいえ、直接的な被害者はいない。かたや詐欺事件には泣いた被害者がいる。被害者の無念を晴らすのは、警察の大きな務めです。

長富は静かに語った。管理官の反乱など、とっくにお見通しだったのだ。その上でじたばたせず、事態の推移を見守っていた。キャリアなのに現場の捜査員が情報を上げてくる点を鑑みても、相当な管理能力だ。

峰が通りを右に曲がり、少し間を置いて佐良が続く。やがて三つの高層ビルに挟まれた、少し広めのスペースに出た。あちこちに低木の植栽が設置され、オブジェもあり、広場といった趣《おもむき》だ。

ワゴン車を改造したキッチンカーが四台並んでいる。最近、オフィス街や官庁街では日中にこうしたキッチンカーを見かける。このエリアは夜でも出店しているようだ。ケバブ、インドカレー、タコライス、ビビンバ、ハンバーガー。キッチンカーでおなじみの料理が集い、広場中央のベンチでは冷え込む夜気の下で弁当を食べるOLや会社員もいる。

峰がまっすぐタコライスのキッチンカーに近づいていく。佐良は広場の隅で立ち止まり、遠目で様子を眺めた。黒ぶち眼鏡をかけた店主らしき男は、四十代前半といったあたりか。長い髪を後ろで束ね、赤いバンダナを頭に巻いている。一人で店を切り盛りしているらしい。

二人が二言三言交わした後、店主はタコライスを作り始めた。慣れた手つきだった。一分ほどで峰が金を出し、弁当を受け取った。峰がタコライス店正面のベンチに腰を下ろして、食べ始める。

捜査会議まで時間があるので食事に出たのだろうか。だとすると、わざわざ一緒に新宿まで出たのになぜ相勤と食べない？　だいたい、渋谷にも多くの店がある。新宿まで出てきて、キッチンカーのタコライス？

峰は第一線の刑事らしく五分もかからずにタコライスを食べきり、近くのゴミ箱に弁当箱を捨てた。佐良はさらに闇に紛れるよう、街路樹に身を寄せた。案の定、峰がこちらに向かってくる。

つと佐良は警察の気配を感じた。峰ではない。その背後からだ。峰の背後には――。誰もいない。タコライスの屋台があるだけだ。

店主は鋭い眼差しで峰を見ている。峰が通り過ぎてもなお、念のため佐良はしばらく動かずにいた。じっとしておいた方がいい、と刑事の本能が告げている。峰を逃してしまうが、少し後方にいる皆口に託すしかない。

背後にそびえる高層ビルの出入り口付近で笑い声があがった。今から飲み会なのか、会社員の集団だ。佐良はタイミングを見計らい、会社員の集団に紛れたが、峰の背中はもう見えなかった。

　十分後、利用客で溢れる新宿駅の山手線ホームで皆口と合流した。期待通り、皆口は峰をしっかり行確していた。峰と相勤は、駅の改札前で落ち合ったのだという。佐良と皆口は、峰たちとの間に他の乗客の列を挟み、隣の車両に乗れる位置に並んだ。

「マルタイを外すなんて珍しいですね。撒かれたんですか」

「ちょっと気になる点があってな」

　ホームには大勢いるものの、自分たちの会話を聞かれる心配はない。優秀な警察は相手にだけ伝わる声色を使える。

「何があったんです?」

「まだ何もわからない。見当がつけば話す」

　電車がやってきた。峰たちが乗り込み、佐良と皆口も隣の車両に入った。

　渋谷中央署に二人が戻るのを見届けると、佐良は皆口と別れ、暗がりで電話を入れた。呼び出し音が三つ鳴り、はい、とぶっきらぼうな声が返ってくる。

「佐良だ」

「どうも。才蔵《さいぞう》です」

　才蔵とは一年前、皆口行確の際に知り合った。情報屋も頼りにする情報屋だ。本名は知らない。猿飛《さるとび》才蔵、と本人は真顔で言っていた。根城は歌舞伎町《かぶきちょう》のゲームセンターで、匿名で購入できる地下携帯を頻繁に買い替え、都度、佐良には番号を教えてくる。

「頼みがある」

「でしょうね。我々は友達じゃないんで」

「話が早い」佐良は先ほど訪れた西新宿の広場を説明して、続けた。「出店してるタコライス店の店主を間近で見てほしい」

「西新宿ですか。東と西でまるで違う街なんで、着替えないといけませんね。少し時間を貰います」

やはり才蔵は優秀な情報屋だ。ゲームセンターに入り浸るラフな恰好《かっこう》で西新宿を歩けば、誰かの印象に残りかねない。

「ご用命のあったキッチンカーは何時まで営業してるんです?」

「わからない」

「ご丁寧な下準備ですね。何を見ればいいんでしょう」

「印象を教えてくれ」

「終わり次第連絡します」才蔵が思い出したように続けた。「タコライスはうまいんですか」

「さあな」

通話を切ると、携帯に中西からのメールが入った。峰の相勤は新宿東口でラーメンを食べたという。二人は食事のために新宿に出たのだ。だがどうして……？

九時半、携帯が鳴った。才蔵だった。

「もう店はありませんでした。明日出直します」

「頼む。ちなみにどんな服装なんだ？」

「スーツです。ＴＰＯはわきまえてるんで」

「スーツ、持ってたんだな」

「私も大人ですから」

十一時過ぎ、帳場の捜査員が渋谷中央署からちらほら出てきた。佐良は周囲に視線を配った。どこかに新たに加わった別班の監察係員もいて、おのおの対象者を追う。別班員の気配は感じられない。自分の気配も消えているはずだ。マルタイもプロの捜査員。自分が誰かに尾行されている、と察する能力がある。捜査員たる者、いつ何時犯罪者に逆恨みされるかわからず、日常的に神経が敏感になっているのだ。そのアンテナをかいくぐる技術が監察には要る。

峰はコートのポケットに手を突っ込み、気怠《けだる》そうな足取りで出てきた。佐良は行確を開始した。

峰はどこにも立ち寄らず、誰とも会話せずに電車を乗り継ぎ、午前零時過ぎに国分《こくぶん》寺《じ》の住宅街にある自宅マンションに帰宅した。佐良は少し離れた路地に入った。峰のマンションのエントランスが見える位置だ。あのマンションに裏口はない。ほどなく皆口が運転する車が到着した。今夜は二人での張り番だ。後部座席には中西がいる。

「特に異変はありません」と佐良は車中で報告した。

「ご苦労さん。そういや、二課長の聴取はどんな塩梅《あんばい》だった？」

佐良は質疑でのやり取りや、長富の様子を簡単に述べた。

「どうやら評判通りの人柄らしいな」

中西が目を細めた。キャリアだろうと、しかるべき地位に就く際は監察係が異性関係、金銭トラブル、交友関係など周辺を洗い、徹底的に行確する。彼らが不祥事を起こせば、警察全体の打撃になってしまうからだ。長富についても捜査二課長就任にあたり、身辺調査がなされている。

「どんな評判なんです？」と皆口が興味深げに訊いた。

中西が二重顎《あご》をさする。

「二課長は苦労人でな。幼い頃に両親と死別し、親類の家に引き取られた。祖父母も同居していて、余りお金がない家庭だったそうだ。新聞配達で学費を稼ぎ、東大を出た秀才さ。今でも生活に金をかけず、趣味だって休日や早朝深夜、家に近い新宿界隈を走る程度だ。偉ぶらず、エリート臭もなく、若いのに人間にも厚みがあるって話だよ。キャリアだと事件に無関心か、経験もないのに口だけ出すタイプが多いのに、どちらにも当てはまらない。不明点は素直に部下に尋ねるし、管理官や部下には逐一捜査状況の報告を求めて、自分の捜査力向上に努めてる」

「ウチのカイシャにいるのがもったいないですね」と皆口がしみじみ言う。

「いやいや」中西は笑い飛ばした。「霞が関にいること自体が珍しい。財務省には恐竜番付ってのがあるらしいぞ」

「なんですかそれ」と皆口が首を傾げる。

「厄介な上司の番付だよ」

ウチでも作りましょうよ、と皆口が軽口を叩いた。面倒くせえよ、と中西は軽く手を左右に振り、ルームミラー越しに佐良と目を合わせてきた。

「二課長は警視正だよな。そんな偉い地位に、同じ歳の人間がいる気分はどうだ」

ノンキャリアで警視正に至る者なんて、ひと握りに過ぎない。自分に縁はない。

「気分も何も、特に思うところはありません。同じ警官でも住む世界というか、すべき仕事が違いますから」

「嫉妬心は？」

「キャリア相手に？　嫉妬するくらいなら、ハナから自分もキャリアになっとけって話です」

「国家公務員一種試験に合格できた自信があんのかよ」

「全然」

佐良が肩をすくめ、三人で笑い合った。

「さてと」後部座席の中西がのっそりと体を動かした。「あとは頼む。俺は引き上げる。眠たくなっちまった。終電も近いしな」

お疲れ様でした、と佐良と皆口は声を揃え、サイドミラーで中西が駅に向かっていくのを見送った。

どうぞ、と皆口がおしるこ缶を出してくる。

「今晩、東京の最低気温は二度になるらしいですよ」

「せいぜい凍死しないよう気をつけよう」

佐良と皆口は膝に毛布をかけた。それでもたちまち靴の中で爪先が冷え始めた。車中といっても、外気との間にあるのはガラスと薄い金属一枚。エンジンはかけられない。一晩中エンジンがかかりっ放しの車なんて不審極まりなく、通報されてしまう。

「ちょっと訊いてもいいですか」

「ああ」

「こんな時、どんな話をしてたんです？」

固有名詞を出さずとも斎藤の話だとわかる。

「事件の話かサバの話が多かったな」

斎藤はサバが大好物だった。佐良にサバサンドを食べさせようと、躍起になっていた。佐良はサバもパンも好きだが、組み合わせに抵抗感があった。

「一週間に一度はへしこを食べてましたからね」

サバを糠《ぬか》に漬けた、福井《ふくい》県の名物だ。

「東京に売ってんのか」

「一般的なスーパーにはありません。吉祥寺に一ヵ所あるんです」

皆口は、斎藤との新居になるはずだった吉祥寺のマンションに今も住んでいる。

佐良はフロントガラスの向こうを凝視した。斎藤の話をしていると、胸の内に鋭利な痛みが生じる。同時に傷口が次第に小さくなっていく感覚もある。忘れつつある、慣れだした、時間が解決している――のではない。斎藤の死は忘れようも慣れようもない。真正面から向き合え始めているのだ。皆口も同じような心境なのだろう。

「佐良さん、お願いがあります。二年前の犯人が見つかったら、真っ先にやらせてほしいことがあるんです」

「なんだ？」

しばしの間があいた。街は森閑としていて、今夜も月がきれいだった。

「回し蹴りを食らわせたいんです。しかも渾身の」

思わず一瞥《いちべつ》すると、皆口は微笑んでいた。佐良も微笑み返す。

「どうぞ。目をおっぴろげて見て、スルーするよ」

「ありがとうございます」

犯人はさぞ強烈な一撃を食らうのだろう。自業自得だ。

スルーと言えば、と皆口が話を続ける。

「池袋西署時代、不思議な事件がありましたよね」

「ん？」

「ほら、幼児虐待の疑いがあった男です。ちょうど今くらいの時間に通報があった」

皆口とは池袋西署の刑事生活安全組織犯罪対策課で、しばらく一緒に働いた。名前の通り、刑事課と生活安全課、組織犯罪対策課を合わせた課で、課員は少なく、事件とあれば何でも取り組む課だった。余りにも長い課名なので〝ケイセイ〟と誰もが略して読んだ。

児童相談所から幼児虐待の通報や相談が警察にされるケースは少ない。皆口が思い出した男も各公的機関からの連絡はなく、ノーマークだった。二人そろって署の当直勤務についていた時、『池袋駅西口の公園に、顔が血まみれの男性がいる』という通報が入ったのが、男を知った発端だった。

傷害事件の恐れもあり、すぐさま二人で現場に向かうと、公園のベンチに男性がぐったりと横になっていた。右肘と右膝が逆方向に曲がり、顔は血まみれで。

——大丈夫ですか。

佐良が声をかけて覗き込むと、顔の傷は妙な具合で、喧嘩などで殴られた痕ではなかった。複数の斑点が額や頬など数十ヵ所にあり、傷口から血が流れ、肉が焼けた焦げ臭さも辺りに漂っていた。佐良はピンときた。高校時代、似た傷を同級生の手に見た経験があった。煙草を皮膚に押しつける、いわゆる根性焼きだ。

——何があったんです？

——なんでもありません。腕と脚は転んで折っただけです。

——顔の怪我《けが》はどうされたんですか。

——憶えてません。

男は声を震わせ、同じ返答を繰り返すばかりで被害届も出さなかった。

佐良と皆口は一応、翌日から捜査を始めた。暴力団や類する集団が関与していて、男が恐怖で何も言えない可能性もある。

公園で揉め事を見かけた者もいたが、男を取り囲む人影の体格が良かった点以外、有力な情報はなかった。並行して、怪我をした男の素性《すじょう》も洗った。すると近隣住民の証言で、男が五歳の息子に繰り返し悪態をついたり、蹴飛ばしたりしていた疑いが浮上した。息子は妻の連れ子で、職場でも『うるさい』『言うことをきかない』などと愚痴《ぐち》っていた。児童相談所に確認すると、男が息子の腹や背中に火のついた煙草を何度も押し当てたと思しいことも判明した。児相職員が警察に被害届を出すよう再三説得しても、妻は首を縦に振らなかったそうだ。そのため、警察にも連絡できなかったのだという。

課長に報告すると、ぴしゃりと言われた。

――このヤマは終わりだ。

渡りに船だった。佐良も続ける気がすっかり失せていた。警官は捜査する事件を恣《し》意《い》的に選ぶべきではないが、人間だ。他に捜査すべき事件も山ほどある。

「あの根性焼き男、どうなったんでしょうね」

「俺たちが素性を洗った数ヵ月後に離婚して、息子とは無関係になった。母親の再婚相手はしっかりした男で、あの子もきちんと育ってる」

「どうしてご存じなんです？」

「しばらく児相職員と連絡を取り合ってたんだ。些細《ささい》な異変があれば、事件じゃなくても俺が間に入るからと言い含めて」

児童相談所は児童虐待の恐れがあっても、強制的に家庭に立ち入れない。正確に言えば、裁判所の令状があれば踏み込めるが、そこまでするケースは稀《まれ》だ。児相は児童のケアだけではなく、保護者の更生も担うからだ。これには長い年月がかかる。強制的に踏み込んだ結果、保護者と敵対すると継続的な取り組みが難しくなる。現実的には訪問して異変がないか様子を窺うのが精一杯で、玄関先で門前払いされる場合も多い。ゆえに悲劇は各地で繰り返されている。

「隠れてフォローしてたんですね。やるじゃないですか」

「自分の手が及ぶ範囲でだけどな」

「手が及ぶ範囲、ですか。佐良さんは万引き少年への被害届を思い止まるよう、店側と粘り強く交渉した時もありましたよね」

法律的には万引きも犯罪だ。罪として裁くべきだろう。とはいえ、少年は罪に問わなくても更生できそうだった。店側が強硬に被害届を出すと言い張るので、出ていったまでだ。

——警察のくせに小悪党の肩を持つのかよッ。

店主は激しく罵《ののし》ってきた。最終的には納得してもらえた。

そういや、と佐良は照れ隠しに話題を変えた。

「皆口がケイセイにくる前、似たような出来事があった。睾丸《こうがん》を蹴り潰された男がいてな。誰にやられたのか頑《がん》として言わなかったんだ。調べてみると、そいつには婦女暴行の前科があり、泣き寝入りした女性も複数いた」

「根性焼き男も強姦野郎も、被害届がないと法では裁けませんもんね」

「ああ。両方ともなかなか被害届が出にくい犯罪って共通点もある」

「神の見えざる力が働いたのか、それとも……」

皆口が言外に秘めた意味は明白だった。

「俺も同感だよ。具体的には知らんけどな」

佐良は遠くを眺めた。『誰々が幼児虐待している』『あいつは強姦魔だ』。そういう情報が集まるのは警察だ。

現在、佐良も皆口も監察係にいる。深く知ってしまえば、数人の警官を尋問する事態になりかねない。二件とも事情を知った警官による、私刑の線が濃いのだ。犯罪に時効があっても、監察にはない。たとえ数年前の出来事だろうと、洗うべきかもしれない。今もどこかで似た事案が発生しているかもしれないのだから。ただ、佐良はやる気がまったく起きない。大前提として、警察は市民の安全を守るために存在する。いま皆口と話した、根性焼き男と強姦野郎は守るべき市民だろうか。こうした悪への悪を見逃すのと、黙認するのと一体どちらが良き行いなのか。煎《せん》じ詰めると、倫理的には正しい理由で社会的には罪となる行為を認めていいのか否か——。法では裁けない悪人や犯罪は存在する。いつもここで思考が行き止難しい問題だ。

まりに突き当たる。佐良はヘッドレストに頭を預けた。

一時を過ぎると、気温が急速に低下した。二時を迎える頃には両方の爪先が冷え切って、感覚が失せた。運転席では皆口が毛布を首元まで引っ張り上げている。周囲の家々の灯りもすっかり消え、やがて二人分の息で窓が曇りだした。空気を入れ換えるため、少しだけ窓を開ける。触れるだけでも首筋などの皮膚を削り取られていくような鋭い冷気だ。

峰が住むマンションでは、真夜中でもあちこちのベランダでイルミネーションがちかちかと瞬いている。

佐良は銃撃された一件を反芻《はんすう》していた。斎藤を撃ったトカレフ。自分たちが狙われたとすれば、今回の行確に何らかの関係がある。しかし事件は二年前。斎藤が死んだヤマに絡むのなら、もっと早い段階で狙ってくるはず。ＹＫ団幹部の捜査情報漏洩と外事事件……。関連性はまったく見えてこない。

エンジン音が近づいてきた。ルームミラーに目をやると、ライトの点が次第に大きくなっている。窓を閉め、佐良と皆口はシートに体をうずめた。

一台のタクシーが佐良たちの横を通り過ぎ、マンションのエントランス前に停まった。五分が過ぎた頃、運転席の皆口が上体を起こした。

「峰です」

佐良も体を起こして、フロントガラスを見つめる。ダウンジャケットを着こんだ峰がタクシーに乗り込んだ。タクシーが走り出し、皆口がエンジンをかけた。

「道交法違反ですけど、大通りに入るまで見逃して下さい」

皆口はライトをつけずにそろそろと発車させ、テールランプを追った。

幸い大通りに出るまで誰ともすれ違わず、二台のタクシーを間に挟めた。皆口はライトをつけ、国分寺街道を北に進んでいく。

「この時間にどこ行くんでしょう。捜査に急な進展があって呼び出されたとか？」

「にしては、渋谷に行く気配はない。身内に何かあったのかもしれんな」

現在地から渋谷方面に出るなら南下する。車はなおも北上していき、街道が東向きに変わった。峰の乗ったタクシーは道なりに進んでいく。

やがてタクシーは小金井《こがねい》公園に近い場所で止まった。峰が降りてきて、路地に入っていき、タクシーは走り去った。

「待機しててくれ」

佐良は助手席のドアをしずしずと開け、音が立たないように閉めた。足音を殺して、峰が消えた路地に向かう。

車一台通るのがやっとの道幅だった。両側には家々の塀が続き、庭の植木の枝がそこかしこに飛び出ている。街灯もぽつりぽつりとあるだけだ。三十メートルほど先をいく峰も足音をたてずに歩いていた。佐良は息も押し殺した。白い吐息が鼻から漏れるのはどうしようもない。

工事用パネルで覆われた広い一画が見えた。峰がパネルにあるドアに手をかけ、ギッと音がした。峰は躊躇《ちゅうちょ》する素振りもなく中に入っていく。

佐良は戸建ての壁際で立ち止まった。峰は何の用で、こんな深夜にあんな場所に入ったのだろう。中に誰かがいる？　色々と想像を巡らしてみるも、何も像を結ばない。

五分、十分と経った。辺りはしんと寝静まっている。パネルの内側からも物音ひとつ聞こえてこない。佐良は戸建ての駐車場に移動した。

二十分後、峰が出てきた。入った時と同じ格好で手にも何も持っていない。こちらに向かってくる。佐良は乗用車の背後に回った。

歩き去っていく峰を追わず、佐良は手で灯りが漏れぬよう携帯を覆い隠して、皆口にメールを送った。

——峰が路地を出る。どこかに向かうようなら俺を待たずに追え。返信不要。

十分ほどその場にいた。峰以外に誰かがあのパネルの内側にいたとしても、出てくる頃合いはとっくに過ぎた。佐良はゆっくり路地に戻った。

パネルに歩み寄り、工事計画書をチェックする。解体工事中の病院だ。息を止め、峰が出入りしたドアを潜った。空気が余計に冷えたように感じた。ぷん、と埃の臭いが舞っている。

大きなショベルカーが二台あり、奥には鉄筋が突き出た瓦礫《がれき》が山積みだ。まだ二階建ての建物も一棟残っている。建物の中は真っ暗で、一歩踏み出すと靴が足元の砂利を噛んだ。携帯の灯りもかざせない。万一、今も建物に誰かいるなら、こちらの存在に気づかれてしまう。峰は十中八九、あの建物に入った。区画内で二十分も時間を過ごす場所は他にない。

建物のガラス戸に鍵はかかっておらず、何の苦労もなく侵入できた。リノリウムの狭い廊下には、薬品のニオイがほのかに漂っている。壁や床に染みついているのだ。歩くたび、みし、みし、と大きく床が軋《きし》む。もともと古い建物である上、別棟の解体工事で足元が緩んでしまったのだろう。長居したくない場所だ。佐良は五感を研ぎ澄ませ、目を慣らすためにしばらく壁際に身を寄せて留まった。あまりの静寂に、自分の呼吸音や心音が空間に響き渡っている錯覚すら覚える。警棒を持ってくればよかった。武器になる上、何より気休めになる。

徐々に暗闇が薄れていき、再び歩み出した。

少し進むと、がらんとしたスペースが広がっていた。ロビーだったのだろう。大きな窓ガラスから街の灯りが少しだけ入っている。都会にいる限り、完全な闇はどこにもない。床には数ヵ所、長椅子を置いていた痕跡があった。ロビーにはコンクリート製の太い支柱が四本立っているだけで、棚などのオフィス家具は残っていない。

支柱に手を置いた。氷のように冷たく、指先に亀裂の感触があった。亀裂を辿っていくと、あちこちにひびが何本も走っている。やはり相当古い建物だ。なぜか亀裂に何本も釘《くぎ》が打ち込まれている。

ロビーを抜けると、左右に部屋があった。耳を澄ます。物音はしない。まず右側の木製扉を開けた。十畳ほどの部屋だった。何もない、ただの空間だ。廊下に戻り、今度は左側のドアを開けた。やはり空っぽの空間だった。

さらに廊下を進むと、右に階段があった。踊り場を挟み、二階に続いている。佐良は妙な事実に気づいた。床にも階段にも埃が積もっていない。病院はどれくらい前に閉鎖したのだろうか。埃が積もる間もなく解体工事が始まったのだろうか。ないとは言えない。しかし、何年も解体工事がされないままの病院や建物なんて無数にある。都内の再開発ラッシュに加え、東日本大震災の復興事業で業者が五年先の予定まで詰まっている、と新聞でも読んだ。誰かが掃除した？　解体するのに？　気を引き締め直し、佐良は階段に足をかけた。

二階には四部屋あり、階段から近い順に確かめていく。いずれも誰もおらず、何もなく、廊下の先に進むほど闇が深まっていった。

最後の、最も奥まった部屋のドアを開けた。右足を踏み出した途端、足首に何かが引っかかった。細い紐？　思った刹那《せつな》、右側から轟音がした。

どっと黒い塊が崩れ落ちてくる。佐良は咄嗟《とっさ》に右足で後方に踏み込んだ。間に合わない――。

ぐいと襟首を強く引っ張られて、体の勢いが加速した。鼻先を無数の長くて黒い棒がかすめていく。佐良が廊下に背中から倒れ込むなり、つい数秒前まで自分がいた位置で野太い音が重なった。黒い塊の正体はおびただしい量の鉄筋……。

「間一髪だったな」

見下ろしてくるのは、中西だった。

「なぜここに？」

「お前と皆口をつけてたからさ。何しろ銃撃されてんだ。美しく言い換えりゃ、見守ってたんだよ」

車中でも建物に入ってからも、まるで気配を感じなかった。

ひとつ息を吐き、佐良は床に手をついて立ち上がった。錆の臭いが濃厚に漂っている。崩れ落ちた鉄筋の量は半端ではない。あの中に埋もれていれば身動きが取れなくなり、何本かは体に突き刺さっただろう。ふるいそうな怖気《おぞけ》を腹の底に封じる。

「助かりました」

「怪我はなさそうだな」

ええ、と佐良は腕や足を動かした。痛みもない。

「さっさと消えよう。なんせ二人して不法侵入だ。今の音で近所の住民が通報したら面倒だ」

歩き出すと、先ほどより廊下が柔らかく感じた。階段も微妙に揺れている気がする。足早に一階のロビーまで戻ると、何かが折れる大きな音がした。頭上からは埃が落ちてくる。振り返ろうとした時、建物全体が揺れた。

いきなり背中を勢いよく押されて、佐良はつんのめるようにエントランスのガラス戸から外に転げ出た。ゴゴオウッ。耳を圧する激しい音と風が背中を追ってきて、細かな白い埃が辺り一面に舞う。体勢を立て直して慌てて振り向き、粉埃の中、佐良は目を見開いた。

中西の下半身が、崩れ落ちた一本の支柱の下敷きになっていた。四本の支柱のうち、三本が崩れている。

「今、そっちに行きます」

「バカ野郎ッ」頭から血が流れていても、中西は強い声だった。「共倒れになっちまう。外にいろ」

「消防と救急車をすぐ手配します」

「やむを得んな」

中西は一転、弱々しい声だった。

佐良は二本の電話をし終えると、中西が止めるのを無視して建物に戻り、その下半身を覆うコンクリートの塊に手をかけた。救助が到着するまでに、できるだけ取り除いておきたい。一メートル近い塊から、三十センチ大のもの、拳大の破片まで丁寧に素早く外していく。冬でもたちどころに汗だくになった。

ミシ……。嫌な音がした。ぱらぱらと頭上からまた埃が落ちてくる。佐良は視線を方々に散らした。少し離れた支柱が揺れている。残り一本の支柱だけで、いつまで二階の重量を支えられるだろうか。

「……外に出てろ……班長命令だ」

「従えません」

「コンクリートを床に置く振動もきっと影響してんだよ」

「消防隊員らが作業しても同じです」

「バカ野郎、二人が生き埋めになったら、余計に手間がかかって、助かるもんも助からなくなっちまう」

ミシ。また嫌な音がした。佐良は唇をきつく嚙み締めた。中西の言い分には一理ある。ここは救助の力を中西一人に集中させるべきだ。

「わかりました」咽喉《のど》から言葉を押し出す。「私は出ます」

「それでいい」

中西が目を皺のように細めて微笑んだ。

佐良は建物に刺激を加えぬよう、そっと後じさって外に出た。直後、中西の首が力なく落ちた。

まさか――。佐良は全身が凍りついた。駆け寄りたくても堪《こら》える。病院自体が崩れ落ちれば、中西の意思を無視する状況に陥ってしまう。

「中西さんッ」

返事はかえってこなかった。

2

静けさが耳に痛い。薄暗く、誰もいない病院の廊下に佐良はいた。武蔵野市内の大学病院だ。簡素なベンチの背もたれに体をゆっくりと預け、飾り気のない無機質な壁に視線を置く。

午前四時前。一年前にも似た夜があった。

あの時は自分と皆口が病院に運び込まれた。皆口を行確する最中、刃物で太腿など数ヵ所を刺されたのだ。佐良は太腿をさする。まだ痛む時がたまにある。

遠くから足音がして、佐良は視線を振った。須賀だった。足音を立てずに歩ける男だ。こちらに気づかせるよう、あえて音を立てたのだろう。

佐良は現場で一一九番するとともに、須賀にも連絡を入れた。今回の行確の指揮官だからだ。一年前に仕事をともにしており、電話番号を知っていた。

須賀は立ったまま声をかけてきた。

「意識不明だってな」

「はい」

「回復を願おう」抑揚のない語調だった。「現場の始末はしてきた」

中西の救出には一時間以上を要した。消防だけでは人手が足りず、最寄りの所轄の手も借り、数本のジャッキで天井を支える処置を施した後、二次被害が出ぬよう注意を払い、崩れ落ちた支柱片を取り除いた。救出時点で中西の意識はなかった。内臓の損傷が酷く、出血も大量で、頭も強く打っており、あばらや足、腕など数十ヵ所も骨折していた。事故直後に佐良と話せたのは奇跡的だった。

「所轄は事故だと納得したんですか」

「してようがしてまいが、こういう時、人事一課の名は便利だ。誰も深く関与しようとしない。さっさと引き上げていった」

いくら小金井が都心ほど住宅の密集率が高くなく、深夜の出来事だったとはいえ、どこからともなく野次馬が集まっていた。

「野次馬は？」

「問題ない」

須賀が言うのなら、大丈夫なのだろう。

「ちょっとこい」

須賀は親指を振ると、返事を待たずに歩き出した。中西の容態が気になるが、佐良は後を追うしかなかった。

階下のカフェテリアのドアを開け、須賀が電気をつけた。

「病院の許可はとった。中西に変化があれば、看護師が知らせに来てくれる」

須賀はつかつかと進み、窓際の席に腰かけた。佐良は須賀の正面に座った。ブーン、と壁際に並ぶ自動販売機が低く唸っている。

「経緯を言え」

佐良は峰の行確から順に説明した。

「なるほど。廃病院を出た後の峰は？」

「大通りに出てタクシーを捕まえ、自宅に戻ったのを皆口が現認してます」

「ならいい。本題に移ろう。原因をどう思う？」

「鉄筋が崩れ落ちた衝撃で支柱の亀裂がより一層悪化して、耐えきれずに折れたのではないでしょうか」

「私が訊きたいのは、そもそも鉄筋が崩れ落ちる積み方を誰がしたのかだ」

佐良もこの数時間考えていた。解体工事の作業でわざわざ鉄筋を持ち込むのかどうかさえ、知識がない。誰の仕業かは見当がつかず、正直にそう述べた。

「峰が二十分で構築した線は？」

「ない、かと。鉄筋はかなりの量です。作業していれば、物音が聞こえてきたはずです。辺りはしんと寝静まってました」

「支柱はどんな状態だった？」

「私が触った一本には、亀裂に釘が打ち込まれてました。他の支柱については触ってないので何とも言えません」

須賀の眼差しが鋭くなり、頰が引き締まった。今の報告で何かに気づいたのか？

須賀が顎を振った。

「支柱に刺さった釘の件、どう思う？」

佐良は頭の芯が強張《こわば》った。解体しやすいよう強度を下げる仕掛けだとしても、今回のように何かの拍子で人がいるのに建物が崩れ落ちる事故は起こりうる。そんな危険な方法をとるだろうか。もしかすると――。

「罠《わな》かもしれません。建物を壊すべく、亀裂を加速させる仕組みです。だとすると鉄筋を崩れやすく積んでおくのも建物を崩壊させる仕掛けの一つになります」

廃病院の床や階段に埃がなかったのは、罠を仕掛けた人間が拭き取ったからではないのか。足跡を残さないために。

「同感だ。本当は峰が狙われたものの、引っかからなかったのか――」須賀の声つきが心持ち険しくなった。「監察が標的だったのか。我々の動きが察知されているのかもしれない」

「峰から探り出すしかありません。私にやらせて下さい」

「だめだ」

須賀はにべもなかった。佐良は腹の底が熱くなりかけた。なんとか咽喉の力を抜いて普段通りの声色で尋ねる。

「どうしてです」

「佐良は今後も峰の行確を担当する。顔を見られるのは得策じゃない」

「中西さんは私を助けてくれたんですよ。私が当たるべきでしょう」

「理由はもう一つ。峰を叩く予定の時間に、佐良には出席すべき会議がある」

会議……？　佐良は苦々しさを覚えた。

「午前十時に捜査一課と会議を持つ。刑事部長経由でねじこんできた。所轄がご注進したんだろう。警察官が一人、意識不明に陥った事故だ。捜査一課としても、腰を上げるか否か考慮しているポーズを示さねばならん。事故でも業務上過失傷害で動ける」

「芝居じみた会議ですね。警務部長は撥《は》ね返さなかったんですか」

「あの人がわざわざそこにエネルギーを使うと思うのか」

「なぜ私が出席しないといけないんです？」

「佐良に探りを入れても無駄だと身に染みてもらうためだ」

「ご心配なく。私は一課の上層部に嫌われてます。彼らには私と接触する気なんてないですよ」

　刑事部にしてみれば、自分は元刑事のくせにハム——公安が牛耳る監察にいる鼻つまみ者。もっとも、監察内では元刑事として白い目で見られている。中西班員は例外だ。能馬や須賀の胸中は定かでない。

「向こうの心中がどうあれ、現場にいた君が会議に出て通り一遍の応対をすれば、こちらは情報を一切出す気がないと示せる」須賀は衣擦《きぬず》れ音を立てずに腕を組んだ。

「どうせ一課もさほど熱心じゃない。彼らは我々を同僚と思ってない。だろ？」

　ええ、と頷いた。捜査一課時代の佐良も人事一課監察係を『首狩り族』などと忌み嫌った。

「皆口は、峰のヤサを張っているのか」

はい、と短く応じた。須賀は少し考え、口を開いた。

「まず皆口と合流し、朝の行確後に帰庁しろ」

「中西さんを病院に一人にすると？」

「しばらく私が残る。親族にも状況を説明しないとならん。あと、中西班は私が直接仕切る」

佐良は頭を下げ、病院を引き上げた。中西に付き添っていたい気持ちはあるが、業務もまっとうしなければならない。中西なら業務を優先するよう望むはずだ。

念のためにタクシーを三台乗り継ぎ、峰のマンションを見張る車にそっと乗り込んだ。

「中西さんは？」

皆口は開口一番に尋ねてきた。

「意識不明のままだ」

新聞配達のバイクの音があちこちで聞こえ出し、部活の朝練のためなのか自転車を力強く漕《こ》ぐ高校生の姿もちらほら見え始めた。誰が大怪我をしようと世界は回る。彼らにとってはいつもの朝だ。

「こんな時でもすべき業務がある。因果《いんが》な仕事だな」

「だからこそ、私たちがやるしかありません」

皆口は唇を引き結んだ。

六時半、峰がマンションから出てきた。眠気が顔に貼りついている。佐良はひそやかに車を降りて、尾行を始めた。最初の数歩はいつもより自分の足が浮ついた。一分もすると、いつも通りの歩調に戻り、頭の中もクリアになっていた。

渋谷中央署までの間、峰に変わった様子はなかった。

*

「わかった」

彼は短く言い、同士との通話を切った。警官が一人、小金井市の廃病院で大怪我を負ったとの連絡だった。

意識不明の警官。その胸中に思いを巡らす。警官になった以上、少しは社会に貢献したいという志はあっただろう。世直しで心中を汲《く》んでやろう。

今後どれほどの血が流れるのかは予想もできない。なるべく少なければいいが、世直しはそんなに甘くないという確信もある。

被害者が警官なのだ。明らかな事故でも、本庁捜査一課が出張りかねない。監察も動くかもしれない。けれども、と彼は思う。自分に到達する恐れはない。達したとしても手はある。しばらくは注視しておこう。殊に監察の出方は見物だ。彼らは実に世直しには邪魔な存在だ。たった数日でも警察に所属すれば、監察は公安と同族だとわかる。いずれも治安維持部隊で、刑事部や生活安全部などの発生した犯罪に対処する組織とは発想が違う。

彼らの役目は、現在を現在のまま固めること——。

規律の維持は大切だ。しかし、それは維持すべき体制である時の話。現代社会は果たして維持する価値があるのか。

これは警察だけの問題ではない。政治、ひいては日本に暮らす一人一人の問題だ。誰か一人に起きる事件事故は、誰にでも起こりうる。

世の中には善悪があり、法にも善悪がある。法に不服があるなら、改正を提案できる人物を選挙で選ぶべきだろう。投票したい人物がいない、としたり顔で権利を放棄するのは簡単だが、何の解決にもならず、力量のない政治家の思う壺だ。投票したい候補者がいないのなら、自分で何とかするしかない。

なぜ誰も今まで行動しなかったのか。仮に行動したとしても、どうしてまるで効果的でない方法をとったのか。

SNSやインターネットでは、誰しも他人について『ああしろ』『こうしろ』『こう思う』と盛んに意見する。にもかかわらず、自分自身に対する考えや方向性はない。結論が出るまで何も意見を言わず、ひとたび方針が決まると最初から自分の提案だったかのように嘯《うそぶ》く者もいる。誰も彼も御《ぎょ》しやすい連中だ。結局、流れさえこちらで作ってしまえば、バスに乗り遅れるなとばかりに一緒になって進んでいく。

彼の脳裏に一つの事例が浮かんだ。二〇〇三年、『イラクに大量破壊兵器がある』とのアメリカの主張で始まった戦争。世界中のほとんどは真顔のブッシュの言い分を鵜呑みにして、支持した。結果、大量破壊兵器は存在せず、イラクの混乱は現在も続いている。もっともらしい呼びかけは、実直な者をより実直にする仕掛けにもなる。

そして、日本人のほとんどは実直だ。加えて、どの店で何を食べるのか、どの映画を観るのか、どこに旅行に行くのか――そういった様々な選択を、自分ではない何者かが投じた星の数で決める者が多数派になって久しい。

幸い目的遂行の同士もいる。まだ要所で数名は取り込みたい。すでに候補の目星はつけている。

彼はちぎったレタスを口に運んだ。歯ごたえがよく、十一月下旬にしては瑞々《みずみず》しいレタスだった。次に真っ赤なフレッシュトマトを頬張る。

以前、誰かがトマトは血の味がすると言った。さしずめ生き血の味か。本物の生き血を啜《すす》ってでも、許せない連中を屠《ほふ》ってやる。

二の矢を放つ頃合いだ。料理同様、仕込みには時間がかかる。グッドラック。彼は鏡の中の自分に声をかけた。

＊

人事一課の広い会議室――。コの字に組まれた長テーブルの一辺に、能馬と佐良は並んで座っていた。正面には捜査一課長の川南《かわなみ》と管理官の高崎《たかさき》がいる。川南が忌々《いまいま》しげな視線を佐良に向けてきた。『またお前か』とでも言いたげだ。

佐良は捜査一課時代、一ヵ月間ほど川南の下で働いた。昨年の皆口行確時も虎島が殺人の重要参考人となったため、こうして対峙《たいじ》した。あの時、虎島の素性を明かさないと突っぱねると、『二度と捜査一課の敷居をまたがせない』というニュアンスの啖《たん》呵《か》を切られた。

川南の容姿は一年前と変わっていない。身長が低くても体は分厚くて、小さな目の上には意志の強そうな太い眉。オールバックの髪は五十代後半でも黒々としている。捜査一課員は、川南を陰で豆タンクと呼ぶ。癇癪《かんしゃく》を破裂させると、砲弾を次々に放ってくるように手に負えないのだ。

高崎とも面識がある。やはり一年前の一件で。鋭い目に角刈り、がっちりした体型はいかにも一課の刑事らしい。

川南と高崎は、窓を背にする上座に当然のように座っていた。階級的にも年齢的にも能馬より、川南の方が上になる。本庁捜査一課長は警視正だ。

「単刀直入に訊く。事件性はあるのか」

川南の無愛想な声で会議は始まった。

今のところは把握しておりません、と能馬が素っ気なく返す。

「どうして君がいる？」と高崎が佐良と目を合わせ、話を継いだ。

「現場にいたためです」

高崎が興味深そうに顎をさする。

「君は監察係だ。廃病院に入る必要があったとは思えん。何か事件に絡むんじゃないのか」

「私には乏しい捜査一課経験しかありませんが、お二方が乗り出すヤマではないかと」

実は捜査二課が絡む案件です、とは言えない。二課の管理官も、二課長の長富も自ら進んで吹聴しないだろう。『上層部のくせに監察にチクった』と評判が立ってしまう。

「ほう」川南が鼻で嗤《わら》う。「自分がへっぽこだっていう自覚はあるんだな」

課長、と高崎が静かに窘《たしな》める。川南が勢いよく椅子の背もたれに体を預けた。高崎に会話を任せたのだ。高崎が即座に続ける。

「よく君は事故から免れたな」

「運が良かったんでしょう」

「相変わらず食えん男だ」高崎が骨っぽく苦笑した。「現場にいた理由を教えてはくれないんだろうな」

「ええ」

当然の疑問か。監察業務の一環なら警官を追っていたことになる。マルタイの警官は廃病院に何の用があったのか。捜査一課の管理官ともなれば、そこに事件のニオイを嗅ぎ取ろうとする。

佐良は鼓動が速まるのを感じた。……なぜ現場にいたのか。確かにその通りだ。中西は自分たちを尾行した、と説明した。聞いた時には納得もした。しかし――。

自分を尾行したのだから当然、中西は峰の行動も現認している。峰が今回の捜査情報漏洩に関わっているか否かを調べている以上、佐良が建物に入った後に再び峰が、もしくは峰の仲間が建物に入るケースを想定する。以前、佐良と皆口が銃撃された件も脳裏をよぎるだろう。すると中には入らず、外で様子を見るのではないのか。二人もろとも銃撃されてはかなわない。

中西の奇妙な行動から何が導き出せるのか。佐良の脳は目まぐるしく回転した。すぅっと背筋が急速に冷えた。衝撃を堪えようと、指を食い込ませるほど太腿を握った。二つのケースがありうる。

最初から中西はあの病院の中にいた、ないしは峰が残した何かを受け取りにきた。どちらにせよ――。

峰と中西は通じている？　峰・中西ラインとは別の人間があの罠を仕掛けた？　今回の名簿流出に関係するのか？　まだ材料が乏しい。ここから先は検証していくしかない。

「本当に事件性はないのか」

川南が瞬《まばた》きを止め、念を押してきた。さすがの眼力だ。圧力をひしひしと感じる。

今のところは把握しておりません、と能馬が先ほどと同じ返答をした。

「なら」川南が億劫《おっくう》そうに上体を起こす。「一課は乗り出さん。勝手に身内を狩ってろ」

川南は立ち上がり、会釈もせずに部屋を出ていく。能馬に頭を下げ、高崎が川南の後に続いた。ドアが閉まると、会議室は静けさで満ちた。

能馬が佐良の方を向いた。

「途中、何かに気づいたようだな」

「いえ、思い至っただけです。なぜそれを？」

「君の隣にいたんだ。馬鹿でも察せられる。正面にいた誰かは気取れなかったようだな」

川南のことだ。能馬が乾いた声で続ける。

「誰かの隣にいた奴は、何かを感じた様子だった。馬鹿の下にいると疲れるだろうな。御《ぎょ》しやすい、と考えてるのかもしれんが。で、何に思い至った？」

述べるべきか佐良は迷った。中西の今後に関わる。……言うべきだ。綻《ほころ》びなら繕《つくろ》わねばならないし、そうでないのなら早く違うと確かめたい。佐良は中西の行動の謎を告げた。

能馬は顎をさすり、抑揚のない口調で言った。

「峰の聴取を見にいくか」

「お供します」

警察にはマジックミラー越しに中の様子を見られる取調室があり、人事一課が聴取に使う会議室のいくつかも、そうした構造になっている。

中西班で最も年嵩《としかさ》の監察係員が峰と向かい合っていた。能馬が音声ボタンを押す。タイミングを計ったように監察係員が問いかけた。

――もう一度訊く。あの病院に行った訳は？

峰はこれみよがしに肩をすくめた。自分が取調官の時は何度も同じ質問を繰り返すだろうに、ほとほと呆れた顔つきだ。

——夜中、携帯に非通知着信があったんですよ。相手は男でした。例の病院の住所を告げてきて、『建物に、お前らが調べている事件の重要証拠がある』と。

——信じたのか。

——まさか。でも、無視はできません。自宅からさほど距離もない場所だったので、一応出向いたんです。

——帳場には伝えずに？

——ガセの線が濃いと思ったんで、相勤も伴いませんでした。

——病院では何か見つけられたのか。

峰は力なく首を振った。

——何も。

——二階の奥の部屋には入ったのか。

——いえ。廊下から覗いただけです。懐中電灯で照らしても、壁際に鉄筋が山積みになってるだけで何もなかったんで。

——電話の男に心当たりは？

——ありません。

——囲ってるエスじゃないのか。

優秀な警官はエスと呼ぶ情報屋と繋がっている。情報料を支払う相手の名前と額を月初めに申請すれば予算が下りる。だが、相手が重要な情報屋であればあるほど申請をしない。刑事部では捜査一課はむろん、二課などでも情報屋との付き合いは一対一が基本で、組織を介在させない者が多い。自分以外の捜査員が申請情報から当該情報屋と乱暴に接触して、裏社会に関係が漏れかねないためだ。誰しも自ら開拓していない人間関係は雑になる。

——違います。エスの声なら直ちにわかります。

佐良は能馬を見た。

「峰の着信履歴は通信会社に照会したんですか」

「須賀が初歩的な手抜かりをするとでも？」

「愚問でした」

「結果はそろそろ届く頃合いだ」

佐良は峰に視線を戻した。

——なぜ真夜中に行った？　ガセの線が濃くても、相勤に説明して昼間に訪れればいい。

——朝には無くなっている、と電話の男が言ったんで。

――モノが何かは尋ねたのか。

――行けばわかる、とだけしか言われませんでした。

――他に男は何か発言しなかったのか。

――暗いから足元に気をつけろ、と揶揄ってきたくらいです。朝一番で上司には経緯を含めて報告してます。上司が最寄りの所轄などに廃病院について問い合わせ、警官が救急車で運ばれたとの話を聞き、自分にも伝えられました。自分も怪我を負った恐れもあったと思うと、ぞっとしますよ。

――報告をあげた上司は誰だ？

――帳場の管理官です。

――怪我を負った警官と面識は？

――誰なのかも所属も知りません。

中西の名は出せない。人事一課だと告げる流れになる。川南や高崎経由で渋谷中央署の帳場に伝わる心配もないだろう。二人はＹＫ団の件で、中西が動いていたいきさつを知らない。

――今度同じ男から接触があったら、即、監察にも通報するように。

――承知しました。

峰は渋々といった口ぶりだった。その後も監察係員の聴取を十五分見続けた。言い方を変えた同じ質問と返答があるだけだった。

佐良と能馬は、川南と対した会議室に戻った。

「感想は？」

「ありのままを話している印象を受けました」

「ああ。堂々とした態度はその現れだろう」能馬はちらりと腕時計を見た。「君は分室に戻れ」

佐良は周囲に気を配りながら永田町《ながたちょう》まで歩き、半蔵門《はんぞうもん》線に乗った。窓に映る人間を見ていく。こちらを注視する者はいない。さらに渋谷駅周辺の人混みを練り歩き、尾行の洗浄を完全に終えてから分室に戻った。

見知らぬ若い男が一人、デスクで資料を開いていた。

3

若い男は佐良の方を向き、首だけで頭を下げてきた。黒いセーターにジーンズというラフな装いで、人の警戒心を呼び起こしそうもない柔和な顔つきだ。張りのある肌の質感から推測すると、年齢は二十代後半から三十代前半といったあたり。体は細く、警官特有のニオイがない。何者だ？

「ここで何をしてる？」

「資料を頭に叩き込んでいました」

屈託のない、朗らかな物言いだった。

「毛利《もうり》と申します。人事一課監察係です。須賀さんに、この分室を訪れるよう指示されました。佐良さんですよね」

「ああ。なぜ俺を知ってる？」

「先ほど皆口さんが仰《おっしゃ》ってたので。佐良さんがもうじき分室に戻られる、と」

佐良は本庁からの道中で、皆口にメールを入れていた。

「皆口は？」

「ランチを買いにコンビニへ」

佐良の後方でシリンダーが回転する音がして、ドアが開き、あっ、と皆口の声が聞こえた。手に持つビニール袋を軋《きし》ませつつ、お疲れ様です、と隣にきた。

「あいつは本当に人事一課か」

佐良は親指を毛利の方に振った。人事一課に二年いても、顔も名前も知らない者はまだ多い。隣の班が従事している業務も知らない。監察係はそんな組織だ。

「大丈夫です。毛利君は私と同じ日に配属されたので、一緒に軽い研修を受けてます」皆口が声を潜めた。「中西さんの容態は？」

「変わらずだ」

　そうですか、と皆口は表情を曇らせた。

　佐良が席に着くと、毛利はきびきびと起立して、快活に口を開いた。

「あらためまして、毛利です。二十八歳、階級は巡査部長。山口《やまぐち》県出身です」

「山口県出身で毛利か。長州《ちょうしゅう》の殿様と何か関係が？」

「まさか、とんでもない」毛利は頰を緩め、右手を顔の前で細かく振る。「お殿様の血筋じゃありませんよ。よく言われますけど」

「人事一課の前任は？」

「本庁生活安全部のサイバー犯罪対策課にいました」

　二十代で本庁に配属されるほど優秀なのに、警官のニオイがしない。もしや、と佐良は思い至った。

「所轄での所属は？」

「警備課です」

　予想通りだ。警備課は公安部と繋がっている。それにしては珍しいほど愛想がいい。警備課から生活安全部のルートも珍しい。

「須賀さんは何と言ってたんだ」

「取り急ぎ、中西班に入るようにと」

「元々はどの班に？」

毛利が挙げたのは、須賀の指揮下にある班名だった。

「他にどんな指示をされた？」

「佐良さんの指揮下に入れ、と」

俺の？　佐良は須賀に何も言われていない。毛利が腰を下ろしたと同時に、静かに分室のドアが開いた。姿を見せたのは当の須賀だった。

「お揃いだな」須賀が起伏のない声を発する。「中西が班長に復帰できるかどうかは、目途《めど》すら立たない。我々に停滞は許されん。今回のヤマ、当面は佐良が三人の指揮を執り、峰の行確を引き続き担当しろ」

そういう方針で毛利を呼んだのか。

「承知しました」佐良は薄く頷いた。望むところだ。「峰の携帯にかかってきた、深夜の着信履歴はどうなりましたか」

「身分証がなくても購入できた頃の古いプリペイド携帯だった。電波解析では東中野《ひがしなかの》駅近くでかけられたと出た」

「付近の防犯カメラ映像を当たりましょう。古い型の携帯を街中でかける姿は、スマホ全盛の今は目立ちます。深夜でも街灯に照らされた姿が映像に残ってる可能性もあります」

「具体的な電波解析の結果は？」

「範疇《はんちゅう》は絞り込めましたか」

これだ、と須賀が革製の鞄から透明のクリアファイルを無造作に取り出した。ファイルには数枚の紙が挟まっている。佐良は紙の束を受け取り、目を落とした。東中野駅から南に少し入った場所を中心に円が描かれ、範疇が記されている。

佐良は峰聴取の模様を三人に話し、目配せした。

「毛利、映像集めを頼む」

了解です、と毛利は速やかに立ち上がった。若くして人事一課に配属されるだけあり、動きは機敏なのに目立たない。佐良はクリアファイルごと渡した。毛利の実力を測る小手調べでもある。

「五時に戻ってくれ。その時間には行確体制に入る」

「私は？」と皆口が割り込んできた。

「家に帰ってゆっくり休め」

皆口には今日の昼から明日の朝まで休息時間を割り当てていた。

「東中野は帰り路なんで、毛利君を手伝いますよ。今回のヤマは個人的な意味も持ってますし」

全員が一斉に疲労していく事態は避けたいが、ここで退けても皆口は個人的に毛利を手伝うだけだろう。業務にして時間を区切った方がいい。

「なら、定時まで毛利を手伝ってくれ」

わかりました、と皆口は気持ちのいい声を返してきた。

「それとな」須賀が平板に続ける。「例のサイトに動きがあった。一人の幹部について『二十年前の事件で犯人だった一人』という記述が追記された。神奈川県で女子高校生が生き埋めにされた事件だ」

当時、自分も同じ高校生だっただけに佐良もよく憶えている。多摩川《たまがわ》の河川敷で女子高生が生き埋めにされ、殺された。犯人は十六歳の少年五人だった。彼らは女子高生をさらい、金を巻き上げ、暴行を加えた挙げ句、口封じのために生きたまま埋めた。凄惨な事件にもかかわらず、少年法によって犯人はいずれも極刑を免れ、懲役四年以上十年以下の不定期刑となっている。『鬼畜に人権はない』と一部週刊誌が実名報道に踏み切るなど、少年法の在り様が議論されたものの、いつの間にかその波も消えた。

ＹＫ団幹部が本当に生き埋め事件に関与していたのなら、再犯になる。例のサイトには、『社会に巣食うゴミ連中を許していいのでしょうか』と煽《あお》るような一文が添えられていた。この主張を後押ししかねない。

「帳場の見解は？」

「事実だそうだ。能馬さんを通じて二課長に確認してもらった。帳場は別の幹部数人についても、ひったくりや傷害、道交法違反のマエも把握している。道交法違反は昨今話題のあおり運転を繰り返した男だ」

　警察庁は各種犯罪の共有データベース化を進めている。匿名発表の未成年による犯罪も、名前は記録に残る。当該サイトを作成したのが帳場の捜査員にしろ、捜査資料を受け取った何者かにしろ、警官が生き埋め事件の件に言及したのだ。なぜなら一般人にはできない。むろん、生き埋め事件が世間を震撼《しんかん》させた当時、地元では様々な情報が飛び交い、個人名も特定されたはずで、雑誌で実名を知った者も多いだろう。けれど、いくら生き埋め事件の犯人とＹＫ団幹部が同じ名前だといっても、本当に同一人物かどうかを一般人が知るすべはない。

　警官がどうしてこんな真似を……。

「追っていくうちに見える部分もあるだろう」

　須賀が、佐良の気持ちを読み切ったように言った。

　皆口と毛利が出ていくと、須賀も別班が使用する分室に出発した。佐良は一人で待機した。二時間後、携帯が震えた。才蔵だった。

「どこかで会えませんかね。渡したいブツもあるんで」

「いつもの場所に行く」

　峰が立ち寄ったキッチンカーの店主を見るよう、才蔵に頼んでいた。その結果報告か。一体、ブツとは何だろう。

二時過ぎの歌舞伎町は、海外からの観光客や手持ち無沙汰そうな若者らで賑わっていた。佐良が大学生の頃、この街は昼でも剣呑《けんのん》とした緊張感で張り裂けそうだった。今ではすっかり世界的な観光地だ。相変わらず暴力団事務所は林立しているが。風林会館《ふうりんかいかん》を越え、観光客らの人波に乗り、ゲームセンターに入った。耳障りな電子音が響き渡っている。若者の姿は少なく、佐良と同世代か、上の世代の男ばかりだ。佐良は壁際の格闘ゲーム台の並びを奥に進んでいった。

才蔵はコートもズボンも靴も黒ずくめで、全身から煙草のニオイを漂わせていた。気のない面容で画面を見つめてスティックを動かし、適当にボタンを押している。佐良は辺りを見渡して、ひと目がないのを確認してから左隣に座った。

どうも、と才蔵はこちらを見ずに低い声で言った。周りに誰もいなくても、抜かりなく注意を払っているのだ。才蔵は伝えたい人間だけに声を届かせられる。警官になっても優秀だっただろう。

「例の店、見てきましたよ」

「どうだった？」

「おそらく佐良さんの印象と一致してます」

才蔵には佐良が抱いた印象を一言も話していない。先入観を排したかった。

「ありゃ、元警官ですね」

やはりか。店から立ち去る峰の行確を再開しようとした際、不意に佐良は警官の視線を感じた。発生源がキッチンカーの店主だった。才蔵のように日の当たらぬ世界で生きる人間は、警察と暴力組織の動向に敏感だ。その構成員のニオイを素早く嗅ぎ取れる。

「率直に言って、驚きました。元警官の再就職先は警備会社とか、マンション管理人が相場じゃないですか。飲食店にしたってスナックや居酒屋でしょ。それがタコライスを売ってるんですから。繁盛してましたしね。ＯＬが群がってて」

才蔵がスティックを勢いよく動かした。ゲームのキャラクターが暴れている。

「味もいけました」

「食ったのか」

「ええ、なにしろ間近で見られます。もっともタコライスを食った経験がないんで、あれがどれくらいのレベルなのかは知りませんけどね。ひき肉の辛さはいい塩梅で、レタスもこの時期にしてはしゃきしゃき、トマトも甘味と酸味のバランスがとれてました。材料選びや仕込みを丁寧にやってんでしょう。本人は味に飽きてるみたいですがね」

「どうしてそう言えるんだ？」

「昼食に自分のタコライスじゃなく、ビビンバを食べてたので。ほら、ビビンバのキッチンカーも出てたでしょ。結構、話し込んでましたね」

好きな食べ物でも毎日食べれば、飽きもくるだろうし、栄養も偏る。毎日同じエリアで商売していれば、店主同士も知り合いになるはずだ。

「ふうん。渡したいものってのは？」

「ゲームが終わるまで、ちょいとお待ちを」

画面で暴れ回るキャラクターは三十秒ほどで倒れた。才蔵はポケットから一枚の写真を取り出して、佐良のゲーム台に置いた。

キッチンカーの男がタコライスを若いＯＬに渡す姿だった。才蔵はゲーム台にコインを入れた。

「誰も彼もが、あちこちでスマホをかざして写真を撮りまくる世界が大嫌いでね。ただし一つだけ利点があります。こうして簡単に隠し撮りできる」

「データで送れただろ？」

「足がつくじゃないですか。お互いにとってウマイ方法じゃない」

「ありがとう」佐良は写真と引き換えに三万円を才蔵のゲーム台に置いた。「煙草代だ」

「どうも。煙草といえば、東京のほとんどの飲食店で吸えなくなる日が近づいてますね」

「随分前に止めた俺としてはどっちでもいい」

「つれない返しですね」才蔵が肩をすくめた。「こっから先はおまけの話です。二時間程度店を見てたんですが、一度いかにも警官って気配をプンプン発した若い男が、タコライスを買ってました。私服で一人だったんで非番なんでしょう」

「後輩が挨拶がてら来たのかな」

「いや、お互い笑みがなかったので違うんでは」

警視庁には警官が約四万人いる。元警官が営むタコライスのキッチンカーに、非番の現役警官が訪れる確率はゼロではない。ただ、峰を入れると短い期間で二度目。偶然と言い切るには抵抗がある。

才蔵が向き合う画面では、再び筋骨隆々の男が暴れはじめた。


昨日とほとんど変わらぬ景色が佐良の前に広がっていた。午前零時、峰のマンションの出入り口を見渡せる位置に車を止め、毛利といた。峰は渋谷中央署を午後十時過ぎに出て、まっすぐ帰宅している。

毛利と皆口が東中野で集めた映像は約五十台分にのぼった。半数に目を通せたが、古い型の携帯電話を使用する者の姿は映っていなかった。また、中西は依然として意識不明のままだ。

車内は鋭利な冷気で満ちていた。日一日と寒気は強まっている。このご時世、いくら張り込みとはいえ季節の移り変わりを実感できる仕事は、恵まれているのかもしれない。大抵の会社員は毎日エアコンのきいたオフィスでデスクワークだ。季節を味わう時間すらない。もちろん夏の張り込みは蒸し暑く、冬は凍える。過ごしやすい日なんて春と秋の一時に限られる。

「お前、なんで警官になったんだ」

毛利がちらと目玉だけでこちらを一瞥《いちべつ》する気配があった。

「あけすけに言ってしまうと、単なる安定志向です。銀行や役場より少しだけ面白そうなので選びました」

「じゃあ、警察学校で浮いただろ」

旺盛な正義感から警官を志す者は多い。この傾向は警視庁だけではなく、全国の道府県警でも同様だ。

「ええ。でも、私が常に何事も一番だったので、うまく誤魔化《ごまか》せました」

「逮捕術も？」

「はい」

華奢《きゃしゃ》に見えるが、腕力も相当あるらしい。警官には柔道や剣道でインターハイにいった猛者《もさ》も多い。逮捕術は様々な格闘技の要素を組み合わせたものだ。毛利は二十八歳という若さで人事一課監察係に抜擢《ばってき》されており、行確や分析力も相当なレベルに違いない。おまけに前任を鑑みれば、サイバー犯罪にも強い。

「所轄で警備だったんだろ？　本庁に上がる際、公安に引っ張られなかったのか」

「人事の機微なんて末端の私には知る由もありませんよ」

毛利が肩を大きく上下させた。

「お前、何かに失敗して、誰かに謝った経験はあるか」

「何ですか、藪《やぶ》から棒に」

「とりあえず答えてくれ」

そうですねえ、と毛利は少し考え、言った。

「ありません。謝罪すべき時は体を投げ出す勢いで、全力で謝罪しますよ」毛利は冗談めかした。「ご質問の意図は何だったんです？」

「優秀な人間は謝罪する機会が少ない。けど、俺たちはマルタイがどんな優秀な人間だろうと、何らかの過ちを犯したから追う。そんな彼らの気持ちを推測できなきゃいけない。失敗はその源になる」

一年前、皆口の行確を通じて能馬と須賀にそう教えられた。

「佐良さんにもご経験が？」

「ある」

しかも大失敗だ。斎藤の葬儀後、佐良は斎藤の両親に頭を深々と下げた。頭を上げてください。そう言われるまでじっとしていた。顔を上げると、斎藤の両親は虚ろに宙を見つめていた。親族側の隅にいた皆口とは目を合わせられなかった。

毛利が指を曲げ、窓を軽く叩いた。

「といっても、わざと失敗するわけにはいきませんしね」

「失敗も糧《かて》にしなきゃいけない、とだけ憶えておけ」佐良は話題を変えた。「例のサイトの件、どう思う？」

一時間前、佐良の携帯に須賀からメールが入った。

――ＹＫ団幹部の名前を公開してたサイトが閉鎖された。

サイトは国内プロバイダーを利用していた。ただし、いくつもの海外プロバイダーを経由しないと作成者に辿り着けない仕組みで、途中で足取りは消えていた。元サイバー犯罪対策課の意見を聞いてみたい。

「今は何とも言えませんね。公開する意味がなくなったのか、はたまたメンテナンス中なのか。まだあらゆる推測が成り立ちます」

ですが、と毛利が温和な口調で続ける。

「遊びの線は消していいでしょう。海外プロバイダーを複数経由するのは、かなり手順が面倒です。手練《てだ》れの人間に頼むにしろ、金が発生しますし、依頼先から情報漏洩する恐れも生じます。遊びで行うにはコスト面もリスク面でも割にあいません」

的確な分析だ。二十年前の生き埋め事件について記した点もある。サイトが遊びで作られたとは考えにくい。毛利との会話はそれきり途絶えた。

しんしんとした夜が更けていった。

冷え切ったまま十二月最初の朝を迎え、六時半にゴミ袋片手の峰がマンションから出てきた。

「私は押収してから、後を追います」

「押収？」

「ゴミ袋です。何か証拠があるかもしれません」

峰も捜査二課の刑事だ。今回の捜査情報漏洩に関与していたとしても、基本的なミスをしないだろう。押収は頭になかった。万が一もある。

「頼む」

ゴミ捨て場にゴミ袋を捨てた峰を、佐良が行確した。

何事もなく峰が渋谷中央署に入り、佐良は分室に戻った。押収したゴミ袋を本庁に戻る中西班の別組に託して十時まで書類作業をすると、パソコンを閉じて立ち上がり、佐良はコートを羽織った。

「中西さんの様子を見てくるよ。ついでに仮眠もとる。進展があったら、すぐに連絡をくれ」

今日は佐良が昼間に休息をとる番だった。了解です、と皆口が応じてきた。毛利は物柔らかな面持ちで、収集した防犯カメラ映像を眺めている。

分室を出た。本当に仮眠をとれるかどうかはわからない。

カーブミラーや窓ガラスで自分を行確する者がいないかを確かめつつ、佐良は日比谷公園を抜け、ＪＲ有楽町駅に向かった。山手線で東京駅に出ると、改札を出て百貨店のエスカレーターを使い、尾行者の有無を再度確認した。行確の気配は一切感じない。だが、銃撃された日も殺気を感じ取れなかった。

中央線で武蔵境《むさしさかい》駅に出た。風の肌触りは滑らかで、渋谷のそれとはまるで違う。よく訪れた土地なので単にそう感じるだけかもしれない。武蔵野市で生まれ育った佐良は小学生の頃、自転車を漕いで武蔵境駅近くの釣り堀に通った。虎島が釣り好きだったからだ。釣りに行かない日は虎島の家で漫画を描いた。佐良は懐かしさを覚えながら歩いていく。

釣り堀があった場所にはマンションが建っていた。大量にいたヘラブナやコイはどこに消えたのだろう。

中西が入院する大学病院には大勢の老若男女がいた。佐良は階段で五階まで上り、リノリウムの廊下を進んでいく。すれ違うのは白衣姿の医師や看護師ばかりで、一般来訪者はほとんどいない。集中治療室のあるフロアだからかもしれない。佐良は受付で患者の家族たちが利用する待合室にいく許可を得た。

家族用待合室は長屋のように細い部屋がいくつも連なっていて、目当ての一室をノックした。

はい、と穏やかな声が返ってくる。佐良が名乗ると、ドアが開いた。

「お忙しいでしょうに、わざわざ恐れ入ります。中西の家内です」

ふくよかな女性だった。中西の妻も恵比須顔で、周囲に安心感を与えるような風貌だ。

「中西さんのご容態は？」

「変わらずです」中西の妻は泣き笑いのように微笑んだ。「いままでだってウチに帰ってこない日が続く時もあったし、帰ってきても邪魔なだけだったんですけど、いざしばらく入院となると、やっぱりねえ」

「そうですか」

佐良は曖昧《あいまい》に応じるしかなかった。

待合室は六畳ほどのスペースだった。ドア正面の窓からは、風に揺れる木々が見える。左右の壁際に長椅子が内向きに置かれ、その間に長テーブルがあり、給湯器と急須や湯呑も用意されている。部屋の隅にはボストンバッグが一つ。中西の着替えなどが入っているのだろう。

中西の妻が緑茶を淹《い》れてくれた。

「備えつけのお茶なので味はあんまりですが、どうぞ」

「頂戴します」佐良は一口含んだ。「医師は何と？」

「目覚めるかどうか、あとは主人の気力と体力次第だそうです」

翻訳すると、意識が戻らない恐れもある、と医師は言っている。

「中西さんは丈夫ですから」

佐良は気休めにならないよう声に力を込めていた。

「私以外にカイシャの人間は来ましたか」

「ええ。能馬さんと須賀さんが別々にお越しに」

計ったように同時にお茶を飲むと、中西の妻が思い出したように声を発した。

「ちょっと顔を見ていって下さいな」

佐良は連れられ、控室から少し離れた病室に入った。家族だけが限られた時間のみ面会できるそうだが、家族が連れてきた人間は大目に見られるのだろう。

個室の中央には大き目のベッドが置かれ、頭に包帯を巻いた中西が目を瞑って横たわっていた。人工呼吸器をつけた中西の丸い体には、いくつもの管や心電図のコードが繋がれている。

「何か声をかけてやってくれませんか。お医者さんに、意識がなくても折々話しかけるよう言われてるんです。それが回復の助けになるって」

佐良は細い息を吐いた。管まみれの中西を見つめる。

「業務は問題ありません。中西さんが退院される頃には解決しています」

硬い内容しか出てこない自分に嫌気がさす。……他に何を話せばいい？　自分は本当につまらない人間だ。もし逆の立場だったら、中西は色々と語りかけてくれただろう。斎藤といい中西といい、なぜ自分ではなく、周囲の人ばかりが傷つくのか。

「今度はカツサンドを買ってきます。奥さんも大目にみてくれますよ」

中西は無表情のままぴくりとも動かない。

「コロッケサンドの方がいいですか」

中西は微動だにしない。佐良は拳《こぶし》を握った。

「いつも冗談ばかり言っていた主人が目を瞑ったまま動かないなんて、ほんとに嘘みたいでしょ？」中西の妻は溜め息をついた。「私は警官の妻として、事件や事故は他人事じゃないと思ってきました。でも、頭で考えていただけだった。今回、心の底から犯罪や事故が社会から消えてほしいと祈るようになりました。佐良さんは事件を仕事としてではなく、自分事として捉えたご経験はおありですか」

「はい」

斎藤の死、今回の中西……。

「また来ます」

二人で病室を出ると、中西の妻は待合室に戻り、佐良は廊下を進んだ。受付で医師をつかまえた。

「ええ、あのまま息を引き取られることも考えられます」

医師の落ち着いた口ぶりに二の句を継げずにいると、背後を誰かが通り過ぎた。直後、首の裏がぞわっとして、思わず振り向く。黒いスーツ姿の男。その背中が遠ざかっていく。男は濃厚な警官のニオイを発していた。佐良は医師に向き直った。

「あの方は病院関係者ですか」

医師はエレベーターに乗り込む男をちらりと見た。

「いいえ。お見舞いの方でしょう」

「中西さん以外にも集中治療室にはどなたかが入院を？」

「ええ」

「警官はいますか」

「さあ、どうだったかな」

失礼、と佐良は医師との会話を一方的に切り上げ、ほとんど走るようにひと気のない廊下を進んだ。エレベーターの表示を見ると、三階から二階に降りる途中だった。佐良は階段を一段とばしで駆け下りていく。

長椅子に大勢が座る、一階エントランスに男の姿はなかった。佐良は病院を半ば走り出た。駐車場にも病院前の道路にも男の姿はない。

五階の受付に戻り、看護師に質した。

「佐良さん以外、本日は患者さんのご家族しかお越しになってません。先ほどの男性？　そういえば今までお見受けした憶えもないし、患者さんのご家族でもないですね。きっとフロアを間違えられたんでしょう」

「入院患者に警察関係者はいますか」

「患者さんのプライバシーに関わりますので、申し上げられません。お知りになりたければ、正式な手続きを踏むか、警察内部で調べて下さい」

「このフロアには？　それくらいなら言及もいいでしょう」

看護師は束の間思案顔になり、言った。

「いらっしゃいません」

佐良は中西の妻がいる待合室に戻った。

「いえ。佐良さんの後は、どなたもお見えになってません」

中西の妻が嘘をついている気配はない。嘘をつく理由もない。他に警察関係者がいないフロアに、たまたま警官がいた？

もちろん受付の看護師が言った通り、入院した身内を見舞いにきた警官、はたまたフロアを間違った、さらには事故の件を耳にした公安時代の中西の後輩が密かに来たのかもしれない。受付を通さず、家族待合室にも顔を見せずにこっそり病室に入るのも可能だ。病室には鍵がかかっているわけでも、警備員がいるわけでもない。……中西の後輩の線は消せるか。中西は公安畑。かつての部下だとしても、あれほどあからさまな警官の気配を発しない。

佐良は中西の妻に再度挨拶して、廊下に出た。

今回のヤマでは自分と皆口が銃撃され、マルタイの不可解な行動の結果、中西は意識不明の重体となった。その入院先に警官が訪れた。たまたまと片づけていいのかどうか――。

4

「特に異変はない」

虎島は机に両脚を乗っけたまま言った。吉祥寺駅に近い虎島事務所の窓からは、午前中らしい透明な陽が射し込んでいる。佐良は武蔵境の病院を出た足でやってきた。

佐良は数日前に事務所を訪れた際、虎島に頼みごとをした。皆口を行確する人物がいないかの洗浄だ。通勤時は自宅から井の頭《いかしら》線渋谷駅までを、夜通しの張り番日以外の帰宅時は通常その逆――同駅から自宅までを行確してもらっている。虎島の尾行技術は腕利きの警官さながらだ。佐良もあの銃撃以降、ひと目を感じていない。これで一本の筋が濃厚になった。

斎藤を撃った拳銃が使用されているが、あれは自分と皆口を標的にした狙撃ではなく、何か別の理由――おそらく今回のヤマに関わる者を狙う犯行だったのだ。あの後、誰も狙われていないのは、こちらが注意深く動いている面もあるし、相手もおいそれと大胆な犯行を繰り返せないからだろう。こちらの動向を捕捉できていない可能性も高い。

YK団幹部の名簿流出の陰に一体何が？　斎藤は外事事件絡みで死んだと思われる。どこかに接点があるのか、想像がまったくの的外れなのか。斎藤を撃った拳銃が闇ルートに流れ、何者かが購入した線も考えうる。

「引き続き頼む」

「彼女、面倒に巻き込まれてんのか」

「そんなとこだ」

「腕が鳴るな」

虎島は両手の指を組み、人差し指、中指と一本一本の関節をぼきぼきと鳴らした。

虎島は皆口行確の、もう一つの狙いも察しているのだ。

皆口の護衛――。

「昼飯でも行くか」汚れた窓に向け、虎島が顎を振った。「酒は飲まないまでも、『いせや』はもうやってるしさ。ウーロン茶と串を何本か、そいつにジャンボシュウマイ、中華ガツで十分な食事になるぞ。ハモニカ横丁のラーメンって手もある。ラーメンといや、『天文館《てんもんかん》』がなくなったのは痛いよな。そうそう、大将は俺たちが小学生くらいの頃に『ラーメンばんばん』って店があったの知ってるか？　高架下にあったんだ」

「ああ、憶えてるよ。狭くて、壁や床にゴキブリが這うような店だったけど、やたらとうまかった」佐良は腰を上げた。「昼飯は今度にしておく。今日は行かなきゃいけない店があってな」

そうかよ、と虎島が肩をすくめた。

佐良は虎島事務所を出ると、ＪＲ吉祥寺駅で上りの中央線に乗った。車内は空いていて、通勤帰宅ラッシュ時の混雑具合が嘘のようだ。

西新宿はビル風が強かった。薄手のコートを着た会社員やＯＬで賑わい、ちょうどランチ時とあり、顔が綻んでいる者も多い。

ビルに囲まれた広場には、今日もキッチンカーが並んでいた。メキシカンタコス、インドカレー、ケバブ、ハンバーガー、ビビンバ、牛丼、ロコモコ、そしてタコライス。どのキッチンカーにも列ができている。少し歩けば西新宿にも飲食店はかなりあるが、少しでも昼食の予算や時間を短縮したいのは人情か。

佐良は四角い大きな植木鉢の縁に腰かけた。他にもあちこちで会社員が腰かけ、弁当などを頬張っている。途中で買ったコンビニのおにぎりを取り出して、周囲に溶け込むようかじりついた。今のところ、タコライス店に警官の雰囲気をまとった者は並んでいない。

峰を行確した時間はまださほどではない。ただ、あのタコライス店を訪れた部分だけが平素の行動と異なる。才蔵によると、あの店には別の警官も訪れた。何かが引っかかる。

タコライスのキッチンカーに若い男たちが群がった。雰囲気に加え、髪型や服装を見ると韓国系の若者だろう。留学生かもしれない。西新宿には留学生向けの専門学校もある。会社員より留学生の方が食費を安くあげたい思いは切実に違いない。

二個目のおにぎりの包装を外した時、ふっと視界に見知った人影が浮かび上がった。

人間は漠然と人混みを眺めていても、見知った顔が浮かび上がる性質を持つ。この仕組みを使い、容疑者の顔を頭に叩き込んで街を歩いて見つける『見当たり捜査』という手法もある。佐良も見当たり捜査に従事できるほど、感覚を研ぎ澄ませてきた。

才蔵だった。スーツに革靴という恰好で、タコライス店から少し離れたベンチに腰かけ、ビビンバを食べている。依頼を終えても自主的に追加の監視を……？

一時を過ぎると、周囲の高層ビルに会社員たちが吸い込まれ、ひと気が引いた。

才蔵のもとに、ベージュのステンカラーコートを着た二人組の男が近づいた。五十代前後と二十代のコンビで、身なりや容貌からして明らかに警官だ。年嵩《としかさ》の右側が声をかけ、才蔵は座ったまま切り返している。佐良は見守るしかなかった。広場に残っている数人やキッチンカーの店主も、三人の様子を注視している。

やがて才蔵が首をゆるゆると振り、立ち上がった。すると若い男が胸を張り、才蔵の肩と衝突した。若い男はやにわに自分の腕を才蔵の腕にがっちりと絡ませ、年嵩の方は僅《わず》かに目を広げた。

抗議する才蔵を、若い男は引きずるように連行していく。年嵩の方は後頭部をかき、仕方ないといった面持ちで才蔵の逆の腕をとった。

佐良は腰を浮かせ、静かに三人を追い、広場を出ると歩調を速めた。二人組が車に乗る素振りはない。行先は辺りを管轄する西新宿署か。

バイクのエンジン音がけたたましく響いた。先ほどの韓国系と思しき若者たちが大久保《おおくぼ》方面に走り去っていく。付近の留学生ではなかったらしい。あのタコライス店は有名なのか？　それなら次々に訪れた警官もネットなどで評判を見て、足を向けた線が出てくる。考えている間に三人の背中が迫っていた。

佐良は、失礼、と声をかけた。

まず年嵩の男、次に若い男が立ち止まり、真ん中の才蔵も足を止めた。三人がばらばらに振り返ってくる。才蔵は目を少し狭める反応を見せたが、口は開かなかった。

「何か」

年嵩の男がぶっきらぼうに言った。

「真ん中の男性、何をしたんです？」

「アンタに関係ない」と若い男はのっけから喧嘩腰だ。

「拉致《らち》する気なら通報しますよ」

佐良は携帯電話をポケットから取り出した。

ふん、と若い男が鼻から荒い息を吐く。

「必要ない。俺たちが警察なんでね」

「証拠は？」

若い男は年嵩の男と目を合わせた。年嵩の方が頷きかけると、若い男がコートのボタンを外して、スーツの内ポケットから警察バッジを取り出し、突きつけてきた。

「ほら」

「結構。男性にはどんな容疑がかかってるんですか」

「さっきも言ったろ。アンタに関係ない」

若い男は居丈高《いたけだか》な態度を崩そうとしない。佐良はまず年嵩の男を見た。何かに気づいた様子だった。相勤に声をかけそうな気配を発したので、佐良は腕を上げて年嵩の口を制し、若い男の目を見据えた。

「君はいつも市民にそんな態度で接してるのか」

「そっちこそ、なんだその態度はッ」

若い男は語気荒く、唾《つば》を飛ばした。佐良は顔にかかった唾を袖で拭い、事務的に尋ねる。

「君、階級と所属を教えてくれ」

「ああ？」

佐良は年嵩の方を見た。苦虫を噛み潰した顔をしている。若い男への質問で、同業者だと確信したらしい。佐良は重ねて尋ねた。

「お答え下さい」

「あなたは？」

「お二人が真ん中の男性に接近する場面を見ていました」

「おい、質問に答えろ」若い男が睨んでくる。「お前、何なんだよ」

佐良は冷ややかに見返した。

「君もこちらの質問に答えていない。第一、私には君が『転《ころ》び公妨《こうぼう》』を仕掛けたとしか見えなかった。時代遅れで、かなり問題がある手法だ」

転び公妨。学生運動などが盛んだった時期、機動隊がわざと学生らにぶつからせて転ぶなどして、公務執行妨害《こうむしっこうぼうがい》で検挙した手法だ。

佐良は年嵩の男に言った。

「私は所属先を名乗っても構いません。困るのはそちらです。名乗れば先ほどの行為を見逃せなくなり、お二人の将来にかかわってしまう。とりあえず、カイシャの十一階にいる者とだけお伝えしておきます」

若い男の顔が明らかに青ざめた。本庁十一階に人事一課監察係は陣取っている。

「そちらはあそこの方ですね」

佐良は斜め向こうに建つ、西新宿署に視線を振った。

「ええ」年嵩が男が頷く。「十五分ほど前、女性の通報がありましてね。あの場所でしつこく声をかけてくる男がいる。この数ヵ月間は駅で待ち伏せされ、家までついてくる男だ、と」

「署に直に通報が？」

一一〇番通報は最寄りの所轄ではなく、一元的に通信指令センターに繋がる。

「いざという時にすぐ通報できるよう、署の番号を事前に調べてたんでしょう」

「女性には、この男性が当人だと確かめたんですか」

「いえ。女性はいませんでした。しかしこの男が通報通りの容姿で、事情を訊くしかない。会社名を尋ねても頑なに言おうとしないので、同行を求めたんですが……」

年嵩の男は語尾を濁した。才蔵が任意での聴取を断ったため、若い方は時代錯誤な『転び公防』を仕掛けたのか。

「通報者の連絡先は？」

「聞いてません。非通知設定だったですし、尋ねる間もなく切れちまったんで」

お粗末すぎる。本当に才蔵が不審人物だったらどうするのか。暗澹《あんたん》たる気分にさせられる。

「ひとまず男性を放して、出直して下さい」

ちょっと、と若い男が険しい声を上げるも、年嵩の方が相勤に目配せした。

まず若い男が不承不承《ふしょうぶしょう》才蔵の腕を放し、年嵩の男が続いた。

「どうもありがとうございます」

才蔵は丁寧に頭を下げてきた。見ず知らずの人間としての演技を見事にこなしている。佐良も頭を下げ返した。才蔵が近くの高層ビルに向かって歩き出す。まるでそこに入る企業に勤めているかのように自然な足取りで。

年嵩の男が隣をちらりと見て、口を開いた。

「こいつは正義感が旺盛なんです。その点に免じて頂けませんか」

「正義感も暴走すれば、ただの暴力です」

池袋西署時代に見逃した、児童虐待男と強姦野郎の二件とは性質もレベルも違う。いま目にした一件は、権力を利用した単なる暴力だ。

「よく言って聞かせます。こいつにはまだ先がありますので、どうか」

佐良は若い男を凝視した。

「いい先輩を持ったな。さっきの男性がＳＮＳにでも君の手法を書いたら、先輩まで処分を食らうんだ。今日を機会に自分の振る舞いや態度を改めろ」

はい、と不服そうな声だった。目つきも尖らせている。まだガキなのだ。

「なんだ今の返事は？　今日中に十一階で俺と会いたそうだな」

佐良がすごんでみせると、いえ、と若い男は力ない声を発してうつむいた。

「あの」年嵩の方が一段高い声音で言った。話題を変えたいらしい。「ウチの誰かの件で、十一階が動いてるんですか」

「私と会った件は忘れて下さい。もし漏れた場合、お二人を徹底的に洗います」

佐良はきつく釘を刺した。

二人が署に帰るのを見届けると、佐良は広場に戻り、先ほどとは別の植木鉢の縁に座った。すぐに携帯電話を取り出す。こうしておけば、周囲の景色に溶け込める。佐良はタコライス店の評判を検索してみた。わざわざバイクで訪れるほどの評判はなく、ネットの評価で警官が訪れた線が消えた。韓国人と思しき彼らも街を流す途中で腹が減り、立ち寄っただけだろう。ビビンバを選ばなかったのは食べ飽きているからか。

一時半を過ぎると、まずはメキシカンタコスとインドカレーが、続いて牛丼店が閉店して広場を出ていった。佐良もそろそろ離れようとした時、また視界の隅に見知った顔が入ってきた。

誰だ……。

佐良は目も動かさず、反応源が正面にくるのを待った。数秒後、今回の行確に新たに加わった別班の監察係員が、佐良に一瞥もくれずに目の前を通り過ぎていった。監察係員は何げなく鼻の頭をかいている。こちらに気づいたという合図——。

佐良は視線を監察係員の先に振った。

タコライス店で一人の男が金を払い、一言二言、店主と言葉を交わしている。背中からは、またしても濃厚な警官の気配が発せられていた。西新宿署員とのゴタゴタで新たな警官が並ぶのを見逃してしまったのだ。もう一人、やや崩れた恰好の会社員らしき男も並んでいる。

店主と警官との会話はさほど長くなかった。警官が広場を出ていくと、別班の監察係員も街に消えた。

渋谷中央署の帳場に詰める峰、才蔵が見かけた若い私服警官、そして今回。この数日で、元警官が営むキッチンカーに現役警官が相次いで訪れた。三度も重なると、偶然とは思えない。佐良は腰を上げ、新宿駅方面に歩き出した。タコライス店の店主について洗う必要がある。少なくとも行確対象者の二人が訪れているのだ。基礎情報を仕入れよう。

冷え込みがきつい地上を避けて地下道に入ってほどなく、佐良は首筋に違和感を覚えた。

誰かにつけられている……。

足取りは変えず、左手の大型書店に入った。文庫本を探す素振りで店内の書棚の間を歩き、急に逆向きに戻った。

一人の男とぶつかりかけた。

失礼、と声をかけて佐良は男の顔を記憶した。年齢は二十代後半から三十代前半、明らかに警官特有の顔つきだ。

佐良は大型書店を出ると、新宿駅で上りの中央線に乗り込んだ。御茶《おちゃ》ノ水《みず》駅で総武《そうぶ》線に乗り換え、次の秋葉原駅で下車し、山手線に乗車した。いずれも撒くための振る舞いはしなかった。ただし普通なら中央線で神田駅までいき、山手線に乗り換えるルートだ。

目玉だけで周囲を入念に確認する。西新宿地下の大型書店でぶつかった男が、隣の車両にいた。

解せない。警官を追うのは監察係の職分。しかも尾行は通常、複数名で行う。あの男は明らかに一人で動いている。どこに所属する警官なのか。能馬がフォローなどの理由で、別の監察係員に自分を行確させたとも思えない。監察係員なら、あれほど警官のニオイを発しない。渋谷でも武蔵境でも吉祥寺でも、尾行の気配はなかった。西新宿からつけられた、と見るべきだろう。男の素性を突き止めれば、尾行の目的も導き出せるかもしれない。

佐良は瞬時に計画を練った。

上野駅で降りた。足早に進み、大通りからアメ横に入ると、今日も熟れた空気が全身を包み込んできた。海外観光客の姿も多い。

佐良はアメ横から少し離れた、ベトナム料理店に向かった。カウンターの前に立つと、まいど、と店長のチャンが軽やかな調子で出迎えてくれた。佐良はメニューに目を落とさずに告げる。

「フォーガーを一杯。あと頼みがある」

佐良は自分をつけてくる男の人着《にんちゃく》を伝えた。

「そいつを追っ払うのかい？」

「いや、放っておいていい。写真が欲しいんだ」

ラジャー、とチャンは口元だけで微笑んだ。

チャンは手際よくフォーを作り終えると、それを佐良に渡し、立て続けに何本か電話をかけた。ベトナム語なので内容はわからない。佐良は店前のベンチでフォーをゆっくりとすすった。今日も絶妙の塩加減で、鶏のだしもきいている。パクチーもみずみずしくてうまい。

「あとは待つだけ。今日のフォーはどう？」

「相変わらずいい味だよ。チャンのフォーを食うたび、ベトナムっていい所なんだろうなと思う」

「内戦や戦争がなければ、世界中どこでもいい所じゃない？」

チャンは朗らかに言った。

フォーを食べ終える頃、チャンが携帯を慣れた手つきでいじった。

「前に教わったアドレスに送ればいい？」

チャンはこちらをまったく見ず、小声だった。ああ、と佐良もチャンを見ずに小声で答える。

早速、私用携帯に尾行してくる男の写真が届いた。男とは一メートルも離れていない場所で、正面から撮影されている。

「見事な写り方だな」

「ゲリラの戦い方と一緒だよ。周囲に紛れちゃえばいい。上野は外国人観光客が多くて、あちこちで写真を撮ってるからね」

才蔵も似たことを言っていた。

「助かった。ごちそうさま、また来るよ」

まいど、とチャンが軽く右手を挙げた。

人でごったがえすアメ横を素早く進んだ。小さな店と店の間にある、大人が半身になってやっと通れる路地に体を滑り込ませ、目を凝らす。

一分ほどして、つけてきた男が路地の前を通りすぎた。三十秒待ち、佐良はアメ横の通りに戻った。人波越しに眺めると、件の男は不安げに辺りを見回している。尾行対象者を見失ったと悟ったらしい。

男は路地を何度か行きつ戻りつし、鮮魚店の前で力なく立ち止まると、とぼとぼと歩き出した。さっきまでの足取りとはまったく違う。佐良は一定の距離を保ち、人も間に置いて尾行を開始した。男は歩きながら、携帯でどこかに電話を入れた。さすがに声までは聞き取れない。

JR上野駅で山手線に乗り、神田駅で中央線に乗り換えた。佐良はいずれも隣の車両から男の様子を窺い続けた。車内では、男が誰かと連絡をとる様子はない。上野での電話相手が気になるものの、あの様子を見る限り、尾行の相棒はいないと判断していい。

男は中野駅で電車を降り、北口の中野ブロードウェイを進み、住宅街に入った。五階建ての素っ気ない集合住宅が並ぶ敷地に消えていく。佐良もかつてよく似た集合住宅に住んだ経験がある。

警察官舎——。

佐良は踵《きびす》を返した。

中央線で東京駅まで出て、山手線に乗り、有楽町駅で降りた。速足で界隈を進むと、念のために帝国ホテルに入る。中野の官舎に住む男はもうついてこない。それでも新手がいるかもしれない。

階段で地下に下りた。一階の喫茶店は繁盛していたのに、高級てんぷら店や寿司店の支店が並ぶ地下の飲食店エリアには誰もいない。

トイレの前を通り過ぎると、逆L字型になった奥の壁際に身を寄せ、耳を澄ませた。

どこからも足音はしない。廊下は厚い絨毯《じゅうたん》敷きだが、僅かな足音はする。少し出っ張った梁《はり》から進んできた方向を窺う。相変わらず誰もいない。

佐良は頑丈そうな壁に頭をもたげた。しんとした廊下で、庁舎に戻ってすべき事柄を思い浮かべた。さほど時間は要しないだろう。動きかけた時、少し先の高級中華料理店の重厚なドアが開いた。

出てきたのは与党・民自党《みんじとう》で政調会長を務めるベテラン代議士と、秘書らしき男だ。

二人はゆったりした足取りで向こうに歩いていく。

またドアが開き、佐良はさっと身を引いた。なぜここに？

スーツに身を包んだ警務部長の六角だった。背後には細身の人事一課長、真崎《まさき》がいる。今春就任した、入庁二十二年目のキャリアだ。真崎もエリートコースを歩んでいる。人事一課長は首席監察官以下の監察係を率いる立場にいるが、佐良は直接話したことはない。六角にとってみれば、人事一課長は最も近いキャリアの部下になる。

六角が大きな体を揺らすように、真崎は上司に付き従う恰好でこちらに歩いてくる。

佐良は足音を立てずに通路を戻り、トイレの個室に飛び込んだ。

三十秒、一分とやり過ごす。六角たちがトイレにくる様子はない。代議士と六角たちは間を置かずに中華料理店から出てきた。店で会合でもあったのか？　与党の大物と警察幹部に共通する話題とは？　今は考えなくていい。携わっている業務に集中しよう。

五分ほどトイレで時間を潰した。トイレを出ると代議士が向かった方に進み、桜田門側のエントランスからホテルを出た。

帰庁するなり、佐良は自席で端末を叩いた。職員の名前や所属先が記録されたデータを探るためだ。中野の官舎住所を入力する。

百二十件のヒットがあった。一人一人、データの画面を表示させていく。それぞれの顔写真も登録してあり、チャンに送ってもらった写真と照らし合わせていけば、個人名が判明する。

いた。中野《なかの》署地域課の巡査部長だ。佐良とは面識がない。

続いて才蔵がプリントアウトしたタコライス店主の写真を取り込み、同じく顔写真を照会した。警視庁では捜査支援分析センターが顔画像照合システムでの作業を行うが、監察にも簡易的なシステムがあり、過去数年分の退職者データも併せて保存している。

数秒後、画面が切り替わった。ヒット——。

元中野署刑事課捜査二係警部補、榎本義之《えのもとよしゆき》。現在四十三歳。

榎本の経歴を表示して、佐良はつぶさに見ていく。榎本は世田谷《せたがや》署を振り出しに、三ヵ所目の杉並《すぎなみ》署で刑事課に引き上げられた。そこで本庁生活安全部、組織犯罪対策部と合同で韓国人マフィアによる大型詐欺事件を立件して、警視総監賞を貰っている。佐良の記憶にもある事件だ。相手が刃物で武装して抵抗したため、大捕り物になって警官側にも怪我人が出たと聞いている。捜査の結果、韓国人マフィアは中国や東南アジアに窃盗《せっとう》車を密輸するビジネスも手掛けていたと判明して、大きな事件となった。この事件で名を上げたのか、榎本は七年前に本庁捜査二課に配属された。その二年後に目黒署、さらに二年後には中野署に係長として赴任し、捜査二係を率いて一年前に辞職。理由は『一身上の都合』とある。不祥事で監察が動いた記録はない。妻と二人の娘がいるのだ。安定した公務員の職を手放すほど深い理由があったに違いない。

珍しい記述もあった。在職中、捕り物で一度発砲している。警官の九割九分は、発砲する経験がないまま退職するのに。榎本の発砲については『やむを得ない事態だった』と記されている。弾は犯人には当たらず、付近の電柱にめり込んだそうだ。参考として記載された、榎本の射撃訓練記録の結果もあまり芳しくない。射撃は不得意だったとわかる。

警察に残る記述からは、タコライス店に繋がる要素は見受けられない。

佐良はもう一度、経歴に目を落とした。

思考が弾けた。榎本は五年前、目黒署捜査二係にいた。五年前の目黒署捜査二係で一緒だったのは――。

峰裕樹。渋谷中央署の帳場にいて、中西が重傷を負った廃病院に自分を導いた男。

三章　キッチンカーの男

1

佐良は一人、ＪＲ渋谷駅で通勤ラッシュの山手線に乗り込んだ。乗客の誰もが無表情に車内の時間をやり過ごしていて、まだ午前八時半過ぎなのに疲労が滲《にじ》み出た顔もあちこちにある。

先ほど、峰が渋谷中央署に出勤した姿を見届けた。今朝、不審点はなかった。新宿駅で立川《たちかわ》方面行の中央線に乗り換えると、山手線とはまるで違ってどの車両も空いており、佐良はシートにゆったりと腰かけられた。窓からは高い空と無数の建物が見える。

中野駅に到着しても、誰も佐良の車両に乗ってこなかった。ぼんやりと中野ブロードウェイの入り口を眺める。昨日自分をつけてきた巡査部長は今頃、中野署管轄の交番にいる。あの男は今日出番だった。

次の高円寺《こうえんじ》駅で下車した。南口を出て大通りを進み、まだシャッターが下りているいくつもの古着店前を過ぎ、住宅街に入った。コインパーキングの隅にある車を見る。注視しないと、中に人がいるとはわからない。佐良は助手席に乗り込んだ。

「動きはありません」

運転席の毛利が明るく、はきはきと報告してきた。

昨晩から今朝にかけて佐良と皆口は峰を行確して、毛利は元目黒署捜査二係の係長、榎本の自宅を張っていた。峰と榎本の接点を須賀に告げたところ、佐良たちが両者をマークする担当になったのだ。妥当な措置だろう。榎本は警官ではないし、二人とも捜査資料流出に関与したとはまだ言えず、他班の人員を割く段階ではない。目途がつくまで佐良組は夜間張り番免除のローテーションを組めず、体力的にも精神的にもきつくなるが、仕方ない。監察に働き方改革なんて無縁だ。

榎本のキッチンカーにやたらと現役警官が訪れるのが気になる。全員が峰同様、かつての同僚や部下なのだろうか。商売の応援でめいめい来店した線はありうるものの、昨日の自分への尾行はタイミングが嚙み合い過ぎている。そういえば、才蔵を通報した女性は何者なのか。女性につきまとう男に、才蔵は本当に似ていた？　西新宿署に探りを入れた方がいい。まだ昨日の出来事なので通報記録だけでなく、記憶にも残っている。

正面のファミリータイプの十五階建てマンションを見上げた。専用駐車場の一画には、派手な外装のキッチンカーが止まっている。

佐良の携帯が震えた。須賀だった。

「つい今しがた、渋谷中央署の帳場から三組の捜査員が足早に出ていった。いつもとは違う動き方だ。何事かは不明。榎本が捜査資料流出に関係するなら、そっちも動くかもしれん」

佐良たちが離れても、渋谷中央署の動向を見続ける監察係員はいる。

「警戒します。渋谷の分室にいる皆口もこちらに呼びます」

通話を切り、佐良は毛利に状況を告げ、皆口にも電話を入れた。

「すぐに向かいます。動きがあれば一報を下さい」

緊迫感のある声だった。

九時前、高円寺の街は静かだった。通りはがらんとしている。高円寺はオフィス街でも学生街でもない。名物の古着屋も開店は正午前後が相場だ。助手席の毛利は柔和な表情で、黙然と正面を見ている。

佐良は思考を深めていった。昨日の中野署の巡査部長と面識はない。捜査一課時代にどこかの帳場で見知られたのか、あるいは何者かに写真を見せられたのか。どちらにしても、巡査部長には自分を尾行した理由がある。たまたま非番日に西新宿で佐良を見かけ、『休みでも、この男を尾行しなければならない』と思われる確率は限りなくゼロに等しい。

三十分が過ぎ、再び佐良の携帯が震えた。またもや須賀だ。

「長富二課長を通じて情報を仕入れた。殺しだ」

殺し？　なぜ二課の帳場が慌てる？　思った直後、佐良は理解した。

「ガイシャがＹＫ団の幹部なんですね」

「ああ。練馬《ねりま》区内の空き家で、両手両足を縛られ、全ての爪を剝《は》がされた銃殺体が発見された。帳場に刑事部長から急報が入ったそうだ」

刑事部長は名簿流出の件を把握しているのだ。さもないと、被害者とＹＫ団幹部とを直ちに一致させられない。名簿流出を重大問題とみて、ＹＫ団幹部の名前を頭に刻み込んでいるのだろう。新たな事件が起きた場合、即座に動けるようにと。

銃殺体――。

「線条痕が気になります」

自分と皆口が銃撃された銃だろうか。

「鑑定結果は今日中に出る。仕入れておく」

佐良は小さく息を吐いた。被害者は爪を剝がされた挙げ句、銃弾を叩き込まれた。何度も殺しの現場に出たが、そんなに酷い状態の遺体を目にした経験はない。いや、一年前の事件がある。あの現場では自分は血まみれになり、皆口も死にかけた。二年前、斎藤が目の前で死んでいった現場も酷かった。

「ちなみにガイシャには、ひったくりのマエがあった。以前、佐良が指摘した事故死した二人は道交法違反でパクられてたそうだ」

事故と事件という差はあれ、犯歴のある詐欺グループ幹部が次々に死んでいる……。

「周辺住民はガイシャの悲鳴などを聞いてないんですか」

「二課長はそこまで知らなかった。単に一報が入った段階だ。一課もまだ洗えてないだろう」

「爪の件は拷問《ごうもん》でしょうね」

「だろうな。ご丁寧に爪を全て剝がしたんだ。ここまでした以上、怨恨なら一発の銃で始末せず、もっと痛めつける。プロの手口だな」

殺人犯は詐欺犯から何を聞き出そうとした？　普通に考えれば仲間割れにしろ、上部グループの取り立てにしろ、金の隠し場所を巡っての争いだろう。しかし、逃走資金を巡る仲間割れが起きるには時期が早すぎる。また、暴力団ならまだ殺さない。駒として使え、生きたまま見せしめとしても利用できる。

つと佐良は眉間に力が入った。

「お手数をかけますが、西新宿署に昨日の通報の件を確かめて下さい」

「何か思いついたんだな」

「通報の結果次第です」

須賀との通話を切り、佐良は毛利に状況を説明した。そうですか、と毛利は眉ひとつ動かさず、声も明るいままだった。

九時半、皆口が後部座席にしずしずと入ってきた。佐良は諸々の状況を伝えた。

「きな臭さが濃くなってきましたね。でも、パクチーとかゴルゴンゾーラとかと一緒で、好きな人間にはたまらないニオイですよ」

「皆口は？」

「大好物です」皆口が不敵に微笑んだ。「佐良さんは？」

「好きな方だな」

マンションのエントランスから人が出てきた。榎本だ。リュックを右肩だけに引っ掛け、黒いジャンパーを着て、長い髪を後ろで束ねている。まだ頭にバンダナを巻いていない。榎本は慣れた足取りで専用駐車場の方に歩いていく。

「頼む」

佐良が声をかけると、皆口が速やかに車を出てコインパーキングの料金を払い、後部座席に戻ってきた。

「この車は大丈夫なやつだよな」

「問題ありません」

毛利が弾むように答えた。

陸運局にナンバー照会しても警察の名前が出ない車だ。榎本は元警官。名簿流出に関与している可能性もある。警察の動きを勘づかれたくない。

キッチンカーがマンションの敷地を出た。少し間を置いて、毛利がアクセルを踏む。小路を進む間は、向こうの姿が見えるか見えないかの距離を保った。キッチンカーのルームミラーには映らないだろうが、サイドミラーに映ってしまうかもしれない。

環七《かんなな》通りを北上した。三台の車を挟んで追尾を続け、練馬区に入る。榎本は西《せい》武新宿《ぶしんじゅく》線の野方《のがた》駅を越えると、左折して新青梅《しんおうめ》街道へ進んでいく。毛利も滑らかなハンドルさばきで対向車線からの右折車を一台挟み、左折した。しばらく西へ車を走らせる。道路沿いに畑がちらほらあった。練馬はまだ農村地の顔も持っている。

住所的には南大泉《みなみおおいずみ》の片側一車線の道路に入った。

「あれ？」皆口が声を発し、後部座席から身を乗り出してくる。「ひょっとして、あの奥が例の殺人現場ですかね」

佐良もそう思った。右手前方に二人の若い制服警官が立っている。二人の後ろの小路には黄色の規制線が貼られ、物々しい雰囲気だ。

キッチンカーに続き、佐良たちの車も規制線前に差しかかった。複数の覆面車両やパトカーの連なりが確認でき、路地の奥にはキャベツ畑が広がっていた。

五分ほど進むと、キッチンカーがテールライトを点滅させて減速して、古い民家前の歩道に乗り上げて停まった。佐良たちはそのまま通り過ぎ、百メートルほど離れた対向車線側のコンビニの駐車場に車を入れた。皆口がコンビニで適当なものを買い、キッチンカーが停車した民家の方に歩いていく。昼間にスーツ姿の男がうろつく場所ではなく、皆口に任せるしかない。

毛利がコンビニで買ったおにぎりで遅い朝食を済ませていると、佐良の携帯に皆口のメールがきた。

――民家一階の駐車スペースにキッチンカーは移動。マルタイの姿は見えず。付近に公園などはなし。路地で張ります。民家には表札なし。

佐良は『無理するな、民家の住所を教えてくれ』と返信して、隣の毛利を一瞥する。

「飯を食ったら近くの不動産屋を調べて、あの家の持ち主を割ってくれ」

承知しました、と毛利は半分近く残ったおにぎりを口に押し込んだ。

民家の住所を記した皆口のメールが届くと、毛利が携帯で付近の不動産屋を洗い出し、次々に電話した。相手を警戒させせず、無駄のない口調だった。

三十分後、皆口からのメールが入った。

――民家から運び出した寸胴《ずんどう》鍋をキッチンカーに積んでいます。あとは『レタス』と印刷された段ボールなども。

「割れました」運転席の毛利がこちらを向いた。「家の所有者は現在、武蔵野市のマンションに住んでおり、榎本に貸してます」

あの民家は調理場なのだろう。家族と住むマンションでは日々の生活がある。大量のタコライスの下準備は難しいし、この辺りなら高円寺界隈で借りるよりも安い。西新宿には少し遠くなるが、移動時間は調整できる。

また皆口からメールが入った。

――運転席に乗り込みました。十時四十五分。出ます。

佐良は腕時計を見た。十時四十五分。西新宿に到着するのは十一時半頃か。開店するにはちょうどいい時間帯だ。『そっちに車でいく』と佐良は返信して、毛利に車を出すよう指示した。

道路脇にひっそり立っていた皆口を拾い、榎本の車を追った。前方にマルタイの車は見えず、焦りが込み上げてくる。三人とも無言のままましばらく進むと、信号待ちのキッチンカーが見えた。後部座席の皆口がほっと一つ息を吐く。十台ほどの車を挟み、佐良たちは来た道を戻る恰好で追尾した。

環七通りから方南《ほうなん》通りに入ると、ほどなく西新宿の高層ビル群が見えた。時刻は十一時二十五分。

キッチンカーがいつもの広場に到着した。佐良たちはまず皆口だけを下ろし、近くの地下駐車場に車を止めた。大勢の会社員に紛れられる午後零時になるのを待っていると、須賀からの着信があった。

「西新宿署の通報の件、佐良が追っ払った刑事の説明通り、非通知設定で女は名乗ってないな。署は発信源の電波解析まではしてない」

通信会社の協力を得れば、当該時間に西新宿署に通報した人物を洗い出せる。けれど、そこまでするほどの事件ではない。

佐良は携帯を軽く握り締めた。

「女は虚偽通報したんでしょう。だから非通知設定で身元も明かさなかった。この程度の通報では、署が自分の身元を洗わないとわかってもいた」

「何のために虚偽通報を？」

「榎本が計画したと思われます。おそらく榎本は、自分が何者かに見られている感覚を覚えた。私や別班が行確した人間があの店を訪れてます。榎本は元警官です。ちょっとした異変を感じても不思議じゃない。違和感の根源を確かめるべく、知人か誰かを使って騒ぎを起こしたんです」

「西新宿署が職質した男を標的にした理由は？」

「ずっとその場にいたからでしょう。西新宿はオフィス街で、分単位で動き回る会社員も多いのに、じっと動かない者がいれば不審に思います」

地下駐車場に車の出入りはなく、しんとしていた。

「どうして佐良はその男が動いてないと知ってる？」

「私も見てましたので」

昨日才蔵に電話を入れ、なぜあの場にいたのかを質した。

——キッチンカーの男が本当に元警官かどうか、感度を高めたかったんです。情報屋にもプライドってもんがあります。確信を得たいんですよ。かえって面倒をかけてしまいましたね。申し訳ない。ちなみにビビンバは酷い味でした。やっつけって感じの。訛《なま》りからして店主は韓国人でしたけど、がっかりしましたよ。

才蔵は情報屋で、佐良の依頼に応えた後も独自で探っていた——と須賀にも言えない。佐良は情報屋との付き合いは一対一が基本だと思っている。公安のように組織が情報屋を一元的に管理する手法は好ましくない。情報屋を単なる一つの駒とみなし、使い捨てが起きかねないからだ。きわどい場面での情報屋の使い捨ては、彼らの死を意味する。

「私の目には単に時間潰し中の会社員にしか映りませんでしたが」

ほう、と須賀は機械的な相槌を挟み、言い足した。

「その男を巡り、佐良が西新宿署の二人を追っ払ったのを見て、榎本は何か臭いと感じ、息がかかった警官に佐良を尾行させた――と」

「おそらく」

「自分の周りに警官がいるかどうかを気にする以上、榎本が何か企んでいる線は考えうるな。だとしても、渋谷中央署の帳場が慌てた殺しとどう繋がる？」

正午になった。佐良は運転席の毛利に目顔で促した。毛利は静かに車から出ていき、あっという間に薄闇に消えた。特徴のない足取りは公安のそれで、サイバー班のものではない。

「練馬区の殺し、現場の住所はどこです？」

「南大泉」

佐良は瞬きを止めた。薄暗い地下駐車場に止まる車を見つめる。

「榎本の調理場の近くですね。捜査状況は何か仕入れられましたか」

「線条痕はまだ不明。現状、悲鳴を聞いたといった類の証言もない。現場は周りを畑に囲まれた戸建てだ。銃声が周囲に響いたとしても、耳に止める人間はいないだろう」

「監察業務の本質を外れますが、榎本をもっと洗うべきです」

警察を追うのが監察の仕事だ。

「今さら何を言ってる？　佐良たちが榎本を追ってる時点でもう外れてるさ。渋谷の分室に戻ってこられるか」

ここは毛利と皆口に任せよう。佐良は通話を切ると、毛利と皆口に新宿を離れる内容のメールを送り、視線を上げた。

はたして元警官が殺しに手を染めるだろうか。現場の第一線で戦う現役警官が、殺しの手助けをするだろうか。

調べ上げるしかない。

＊

探られるのはいい気分ではない。彼はくっと顎を持ち上げた。うまく火の粉を振り払えただろうか。いや。そもそも火の粉だったのか？　気になり続けているのは、自分が弱い証拠なのかもしれない。

人間なんてさもしくて、卑しい。一度拾った命。そう悟り、開き直ったつもりでいても、いざ突っつかれると炎に巻き込まれるのを恐れ、火の粉を払いたくなる。

彼は目を瞑った。あれは七歳の冬だった。

突然、同じ部屋で寝ていた祖母がむっくりと起き上がり、オレンジ色の電気をつけ、化粧を始めた。薄目を開けて小さな目覚まし時計を見ると、針は午前零時過ぎを示していた。三十分後、祖母に促されるように起こされ、よそ行きのセーター、ズボン、ジャンパーに着替えさせられ、家をこっそりと出た。そして自宅近くの十階建てマンションの非常階段をゆっくりと上り、屋上に至った。

空には大きくてまん丸の月が浮かんでいた。本当に綺麗《きれい》なお月さまだった。祖母に手を引かれ、屋上の縁に立った。

飛び下りるんだな、と子供心にもわかった。文字通り死の淵にいたのに、抵抗する気持ちはまったく湧いてこなかった。

どれくらいの間、屋上の縁でじっと立っていたのだろう。間断なく吹きつける風で、身体はとっくに冷え切っていた。耳元で高鳴る鼓動を聞き、祖母の左手をただぎゅっと握り締め、大きな月を見上げて待ち続けた。飛び下りると死ぬ。この高さから地面に叩きつけられると、どれほど痛いんだろうか。痛みを感じないまま死ぬんだろうか。そんなことを考えた。憶えたてだった言葉——グッドラックと何度も胸の裡《うち》で唱えながら。

その時、真夜中なのにカラスが甲高く啼《な》いた。

——ごめんね。

祖母は涙声で呟くと、手を引いて一歩、二歩とビルの縁から退いた。彼の膝は寒さで硬直していた。ぎこちなく後じさった感覚は、いまだ彼の足から消えていない。

あの時にカラスが啼かなければ、自分がどうなったのかは想像するまでもない。

翌日、祖母は訥々《とつとつ》と語った。

――あんたの父ちゃんは幼馴染《おさななじみ》に投資話……まあ儲け話だね……を持ち掛けられ、乗ったんだ。それがまったくのデタラメな話だった。挙げ句の果て、父ちゃんがハンコを押した紙は、自分が問題の会社の幹部だって示す書類で、いきなりとんでもない借金を背負うはめになった。それに耐えきれず、飛び降りたんだよ。

七歳の頭でも父がころりと騙《だま》され、母を道連れに自殺したのだと理解できた。父と母は悪党に狩られたのだ、と。

――騙されちゃだめだよ。騙す奴を許しちゃだめだよ。

祖母の頬は引《ひ》き攣《つ》り、唇も震えていた。以後、折に触れて祖母は同じ台詞を言った。

彼が警官になった時、誰より喜んでくれたのは祖母だ。

――本当によかった、あんたは悪い奴に騙されないね。

こくりと頷いたのを彼は憶えている。

グッドラック、と自身に向けて呟きながら。

＊

　佐良が渋谷の分室に戻ると、すでに須賀はいた。部屋にいるのは須賀だけだ。中西班の別組も、誰かの行確や調べものに従事している。

「早速だが」と須賀は『お疲れさん』の一言もなく、切り出した。「榎本が練馬の殺しに絡んでいるなら、その理由は？」

「わかりません。ただ、峰がキッチンカーを訪れた件があります。名簿流出にも榎本が噛んでるとすれば、事故で死んだとされる二人の件も引っかかります」

　須賀に驚いた様子はない。もう頭にあった想定なのだ。

「事故を装った殺し、か」

「はい。警官はどんな場合なら事故死と見なされるのかを知ってます。榎本が知識を犯人に伝えたのかもしれません」

　ホームからの転落死も脱法ドラッグでの心不全も、相応の時間をかければ偽装できる。

　流出した名簿は当初、捜査本部にとってのブラックリストだった。それが今や、手にした者にとってのブラックリストと化したのでは――。

「なぜ、犯人は今の段階で事故に偽装しなくなったんだ」

佐良は分室に戻る間に一つの推察をまとめていた。

「まず、榎本は『自分と接触する警官が行確されている』と察した。当然自分も行確対象になっていて、峰経由で手に入れたリストを渡したこともバレたのでは——という懸念も抱くでしょう。そこで犯人に『あまり派手に動くな』と連絡した。犯人は榎本の警告を無視した。むしろ偽装工作の過程で目論見を見抜かれる恐れを感じて、時間をかけるより手っ取り早く事に及んだ方がいいと判断した。そう考えれば、筋は通ります」

「その場合、榎本はリストを渡すだけでなく、偽装工作までなぜ教えてたんだろう」

「わかりません」

「ＹＫ団を殺す犯人の目的は？」

「それもわかりません」

「榎本本人が殺しの犯人という線は？」

「もちろん可能性はあります。この場合も、正直動機の見当すらつきませんし、元警官が殺しまでするでしょうか。少なくとも我々が行確していた以上、練馬の件は榎本の犯行ではありません。ただし、榎本が鍵を握っている確度は高い。先ほども提案した通り、榎本の人となりを知るべきです。リストを渡した相手を特定できる見込みはあります」

「榎本の性格を知ってそうな人間と会う手配はした。私は今日の夕方、目黒署時代に榎本の上司だった男と会う。結果は夜にでも伝える」

さすがに素早い。

「お願いします。昨日西新宿署に通報してきた女の方、探るのが少し手間だったようですね。ありがとうございました」

須賀ほどの腕があれば、すんなりと事実関係を引き出せる。殺しの一報を須賀に受けてから二度目の電話まで、二時間近くが経っていた。

「署側は昨日の二人組に確認をとると言ったが、当の二人が捜査で外に出ていてな。そっちを優先するしかなかったそうだ。ガイシャが意識不明の傷害事件らしい」

「傷害？　妙ですね」

昨日の二人組はストーカーの通報を受け、出張ってきた。ストーカーを取り締まるのは生活安全課だ。一方、傷害事件を扱うのは刑事課。

「その点も話そうと思い、分室に上がってもらった」

「というと？」

「ガイシャは身元を特定できる免許証などを所持してなかった。ただ、人着《にんちゃく》が昨日のストーカー通報での人着と一致した。書類の決裁をしていた副署長が気づいて、二人を現場に派遣したんだ」

副署長は昼間、広報担当として報道発表用の資料作成の責務を負う。西新宿署の副署長ともなれば歴代、優秀な者が就く。人着の一致に気づくのも頷ける。

意識不明。佐良は咽喉の奥から言葉を押し出す。

「ガイシャは昨日、私が割って入った男だったんですか」

「ああ」須賀の声が低くなった。「ガイシャはかなりの暴行を受けてる。まるで拷問《ごうもん》されたように。現場は新宿中央公園《しんじゅくちゅうおう》だ」

拷問。練馬の殺しと通じる……。

「命も危うい状況なんでしょうか」

「そこまでは確かめてない」

佐良は唇をきつく引き締めた。才蔵が命を落とせば、責任は自分にある。自分が依頼しなければ、才蔵が巻き込まれる事態にはならなかった。

「新宿の中央病院に収容されている」

須賀は無機質に言った。

足を向けたいが、西新宿署の連中がいる。彼らは訪問者を片っ端から捉まえるだろう。なにしろ才蔵の人定すらできない状況だ。しばらくは病院に顔を出せない。折を見て、皆口に出向いてもらうか。いや、皆口を見知る西新宿署員が病院に詰めていれば面倒だ。何かいい方法はないのか。

「事件の概要をそれとなく手に入れたいな」

「少し考えます」

須賀が椅子の背もたれに寄り掛かった。

「それと、峰が捨てた家庭ゴミには大量の紙片があった。紙には文字が印字されていて、鑑識が復元作業に取り組んでる」

2

佐良は分室でこめかみを揉み込んだ。午後二時半だった。須賀から連絡を受け、最寄りのコンビニで東洋新聞の夕刊を買い、戻ってきたところだ。

一面アタマに太い活字の見出しが躍っている。

警視庁　詐欺グループの捜査情報流出か

社会面には練馬区で銃殺体が発見された事件も報じられていた。被害者の男が詐欺グループだったとの言及はない。

……が、『東洋新聞の取材によると、被害者が所属したグループでは最近二人の男が事故死している』と関連を仄《ほの》めかす記述があった。東洋新聞はYK団の名簿が流出し、サイトに公開されている旨のタレコミを受けた。渦中のサイトを印刷していて、名前を照らし合わせたのだろう。しかし刑事部長や捜査二課長の言質《げんち》を得られず、『東洋新聞の取材では――』というやや抑えたトーンの記事になり、詐欺グループだとも明言していないのだ。幹部が事実だと認めたら、報道各社は記事の真実味を補強すべく、『捜査関係者は――』という形でコメントや見解を組み込む。

東洋新聞にサイトの件をタレこんだのは誰だ。榎本？　何者だろうと、なぜだ。誰が捜査情報をリークした？

明日の朝刊に向けて、報道各社は後追い取材に走る。捜査二課はどこまでシラを切るつもりなのか。二課が認めれば、監察としても何かコメントを出すしかない。すると、行確の難易度が上がる。どの捜査員も監察の行確に注意するからだ。

難しい局面を迎えた。

東洋新聞はこの段階で名簿流出の記事に加え、YK団の人間が相次いで死んでいる――と示唆する記事を打った。かなりの大勝負を仕掛けてきたと言える。捜査当局、殊に幹部は今後東洋新聞の取材を敬遠し、本庁への出入りも禁ずる。東洋新聞は警視庁の対抗措置をもろともしない堅いネタ元が捜査二課におり、勝算があるのか。

佐良はおざなりに新聞を捲《めく》っていく。二面の顔写真に目が留まった。先日、帝国ホテル地下の高級中華料理店を利用していた代議士だ。同じ店から六角と真崎も出てきた。

あの代議士は世襲議員で、祖父は総理大臣も務めている。政権与党・民自党のタカ派としても知られ、記事では、『テロ特措法程度では、まだまだ治安を守るには不十分。法改正、あるいは新法提案を議論すべきだ』と地元支持者が集うパーティーで発言して、物議をかもしたとある。ストレートニュースではなく、夕刊特有の軽い読み物記事だ。個人的にはとても軽い読み物には思えない。一つの捜査を終えて喫茶店に入った時、斎藤が懸念していた事態に近づいているのだ。

——昔の警官は、こうやって空き時間にコーヒーを飲む時間もなかったんでしょうねえ。

——今だってほぼないだろ。

——まだマシって話ですよ。『治安維持法』ってご存じですか？

——戦前戦中に猛威を振るった悪法ってだけで、詳しくは知らない。

——普通はそうでしょうね。『治安維持法』には、『目的遂行罪』っていうのがあったんです。なので、ある行為が結社の目的遂行のためになってる、と捜査当局が見なせば本人の意図に関係なく検挙できた。

――警官の俺たちが言うのもなんだが、恐ろしいな。

ええ、と軽く頷いた斎藤はコーヒーを一口飲み、会話を続けた。

――いかようにも適用できる『目的遂行罪』によって、逮捕者は少なくとも十数万人に上りました。主に共産党の取り締まりが法の目的だったのに、逮捕者のほとんどは共産党とはまるで無関係の教師や弁護士、作家などの一般市民でした。彼らは山登りのグループ、教師間の勉強会、共産党員の弁護などで検挙され、拷問死した方もいるのは有名ですよね。

――やけに詳しいじゃないか。

――大学でちょっとかじったんで。数年前、いわゆる『テロ特措法』が成立しましたよね。もちろん、テロ組織や国際化する犯罪者集団には断固対抗しなきゃならない。手段だって時代に合わせて刷新する必要があります。でも、人間は完璧じゃないんです。行き過ぎた法運用や法整備はすべきじゃない。

斎藤は暗い顔で続けた。

――テロ特措法だって、いずれ過度な法運用がされるのは目に見えてますよ。もっと強硬な法律もできるかもしれない。そうなったら我々も大忙しでしょう。今のうちに精一杯サボっておかないと。

佐良はもう一度、タカ派代議士の紙面を呼んだ。斎藤の危惧《きぐ》はもうすぐ現実になるのかもしれない。少なくともこのタカ派代議士はそれを望んでいる。

佐良は軽く頭を振り、思考を監察のものに戻した。

皆口と毛利は、榎本を張っている。近くには西新宿署の昨日の二人組も目を光らせているに違いない。引っ張ろうとした男が意識不明の重体なのだ。事件現場周辺は刑事課に任せるにしても、自分たちも独自に手がかりを求め、男がいた場所に出向くのは捜査員の本能であり、常道だ。佐良が西新宿の広場で榎本を監視できない理由でもある。……その手があったか。

「新聞、いいか」

中西班の別組を仕切る先輩監察係員だ。どうぞ、と佐良は渡した。分室には二人だけだった。残りの班員は各自マルタイ周辺を張っている。

佐良は皆口に携帯でメールを送った。一分も経たずに返信が入る。

——動きなし。

今日は警官らしき男もキッチンカーを訪れていない。才蔵の件を鑑みれば、榎本はかなり周囲を意識しているだろう。皆口と毛利にとって難しい張り込みになる。今はひとまず——。

佐良は携帯でメールを送り、分室を出た。ＪＲ渋谷駅から山手線で新宿駅に向かい、西新宿に歩みを進めた。日中も会社員の姿が多い。強いビル風を受け、誰もがうつむき加減で重い足取りだ。

佐良は、榎本のキッチンカーが出店する広場を遠巻きに眺めた。皆口と毛利の姿は見えない。目を凝らしていく。

HOPE、という文字をかたどったオブジェの傍に昨日の二人組が立っていた。

佐良は気配を消して、西新宿署の二人組の背後に回った。さりげなく振り返ってみると、榎本のキッチンカーも視野に入る。くたったコートを着た男の客が、榎本と話していた。私服警官が着る類のコートだが、男に警官の気配はない。

佐良は正面に向き直った。

「またストーカーか」

声をかけると、二人組が弾かれたように振り返ってきた。

おたくか、と年嵩の方がぼそりと言い、若い方はむっつりとした顔つきだった。昨日やり込められたのがまだ不服らしい。

「もしくは私の邪魔をしたいのか」

佐良は軽く突っかかってみた。若い方が目を吊り上げる。

「誰があなたなんかを」

「お前には冗談も通じないのか。なんでこんな場所で突っ立ってるんだ？　サボるならもっといい場所がいくらでもある」

仕事ですよ、と若い男は半ば不貞腐《ふてくさ》れたような物言いだ。年嵩の方はなにげなく周囲に気を配り続けている。

「なるほど。傷害に関して何か情報を得ないと寝覚めも悪い」

佐良の一言に、年嵩の方がわずかに目を広げた。

「おたく、何を知ってる？」

「昨日二人が引っ張ろうとした男性が半殺しにあった、って程度です」

「なんでそのことを？」

「お二人が知る必要はありません」

強風が吹き抜けた。足元ではカラフルなビニール袋がくるくると回転している。

「何か手がかりはあったんですか」

「部外者に捜査情報は言えませんな」

年嵩の男が肩をすくめた。若い方は唇を真一文字に結び、むっつりと黙っている。

「正式に署に問い合わせるのは面倒なんですけどね」

「なんで知りたいんです？　傷害事件なんて十一階には関係ないでしょうに」

「乗り掛かった船です、気になりますよ。あの後、名刺をもらってますしね」

年嵩の男は推し量るような動きを目元に走らせた。西新宿署は才蔵の身元を知りたいはずだ。

「現場や状況を教えて下さい」

「その前に」年嵩の男が手を挙げて制してくる。「おたくが本当にカイシャの人間かを確かめないと。部外者に捜査情報を漏らしたとなりかねません。それこそ十一階の世話になっちまう」

佐良は警察バッジを開き、ちらりと見せた。名前までは読めなかっただろうが、インターネットでいくら偽物が出回ろうと、大抵の警官ならひと目で本物かどうかを見分けられる。年嵩の男が納得したように頷いた。

「昨晩の一時過ぎ、新宿中央公園で血まみれの男が発見されました。通報者は公園内をランニング中の外国人観光客」

「防犯カメラは？」

「ぽつぽつ出入りの記録があるだけだし、カメラも古くて、いずれの映像も顔まではとらえきれてません。ホームレスも新宿駅の地下街に移動する時期ですしね」

「争うような声を耳にした者は？」

「目下、ウチの刑事課が捜査中です」

現時点ではない、という意味だ。

「当然、モクもいない？」

「ええ」

才蔵の意識が回復しない限り、犯人の特定は難しい。

「映像の解析はしますよね」

「でしょうね。個人的には望み薄だと思いますが」年嵩の男が声を低めた。「名刺はいま持ってますか」

佐良はコートのボタンを開き、スーツの胸ポケットから名刺入れを取り出し、一枚を抜き取る。

「どうぞ」

年嵩の男に渡した。佐良はわずかばかりの罪悪感を覚えた。才蔵の名刺なんて受け取っていない。渡した名刺の名前も住所も会社名も存在しない。行確中、職務質問などを受けた際に見せるべく個人的に用意しているものだ。才蔵については何も知らない。本名も住所も出身地も経歴も何もかもを。

「どうやって名刺を受け取ったんで？」

「別に特別なことは何もしてません。お二人がいなくなった後も、私は広場にいた。そこにあの男性がきた。私は念のために口止めしようと近寄った」

「名刺はこちらで預からせてもらえませんかね」

「どうぞ。ガイシャの容態は？」

「医者じゃないんです。我々にはわかりませんよ」

年嵩の男が名刺をジャケットの胸ポケットに入れ、首を軽く振った。

「お二人がここにいるのは、刑事課に頼まれたから？」

「それもありますな。なにより昨日通報してきた女性を探したい」

「名前も容姿も定かじゃないのに、どうやって特定するんですか」

「昨日ストーカーに困ってると通報した女性なら、辺りを注意するそぶりを見せるでしょう」

佐良は曖昧に頷くにとどめた。通報した女を探す体《てい》で自分も周囲を見渡してみる。怪しい人影はない。広場を離れてからはどうだろうか。自分の存在は榎本の目に留まったはずだ。

佐良がこの場に来たのは、自分を榎本の目に晒《さら》すためでもあった。

＊

そろそろ火をつける頃合いだ。彼は昨日そう考えるに至り、手を打った。

薬缶《やかん》の水を火にかければ、やがてお湯になる。火を作るのはエネルギー。エネルギー源は石油にしろ、石炭にしろ、天然ガスにしろ、メタンハイドレートにしろ、元々は生命体の力。原子力や風力、太陽光だって源は力。

火——炎には圧倒的な力が含まれている。ゆえに物質の性質を変えられる。対象が人間であっても、だ。

情熱、愛、正義感、責任感、喜び、嫉妬、恨み、焦り、哀しみ、怒り、疎外感、羞恥心。人間の体内に宿り、ある時には狂信的なまでにその者を突き動かす火——炎はいくつもの形を持つ。条件反射的な感想を意見だと称してネット上に撒き散らす連中が溢れる現代、彼らの体内の火——炎を燃え上がらせるのは簡単だ。

周囲に薪《たきぎ》と種火さえ用意すればいい。

周囲で火の手があがれば、その熱に彼らの体内の火が反応して、ついには制御不能に燃え盛る。呆気ないほど簡単に人間は周囲に流される。この現実を誰が否定できる？　勤勉で真面目な人間も流れには逆らい切れない。戦前、戦中の人間を分析するまでもない。現代人だって例外ではない。

彼は右手を見つめる。

薪と種火は己の手の中にある。現代ほど人間が己の体内に宿る火を放つ方向を探している時代はない、と彼は見立てている。誰もが何かを破壊したい衝動を抱えて暮らしているのだ。生きていく上で、誰もがどこかで無理をしているからだろう。他人を踏みつけたり、自分を踏みつけたり、その両方をしていたり。なんとも哀しい社会じゃないか。

だからこそ各自が持て余す火の力を、世直しの力に転用するのだ。

断りもなく収拾された自分の行動をビッグデータとしてまとめられ、売られ、利用されるよりマシだろう。他人を踏みつけるにしろ、自分を踏みつけるにしろ、その両方をしているにしろ、己が主体的に行動するのだ。たとえ、自分の進む道があらかじめ決まっているとしても。

誰にも文句を言われる筋合いはない。人間には各々立場がある。誰もが他者の性質や動向を利用して、利益を上げたり、立場を築いたり、何かを生み出したりしている。自分も己の立ち位置でやるべき行いをしているだけだ。

火はうまく点《つ》くだろうか。世直しの炎が空をも焦がすほど燃えあがり、世間を灰にしてしまえばいい。燃やし尽くし、焦土と化しても、いずれ草花は芽吹く。何もない場所の方が再開発もしやすい。

カラスが上空を飛んでいた。かつて自分の命を救ったカラスが一羽、悠々と。

グッドラック。彼はカラスに向けて親指を立てた。

＊

夕方、佐良の携帯に須賀から連絡があった。榎本の元上司と会う予定が明日に繰り越しになったそうだ。元上司が署長を務める署で殺人事件が発生したためだった。実際には書類に目を通すだけでも、署長は捜査本部長になる。そして。

――線条痕は一致せず。

練馬区で発見された銃殺体は、斎藤を撃ち、佐良と皆口を銃撃したトカレフを用いた犯行ではなかった。自分と皆口への銃撃の意味は何だろう。単に今回のヤマで複数の拳銃が使用されただけなのか。はたまたまったくの別件か。別件だとすれば、なぜ自分たちが狙われた？　どちらにしても、監察の動きを外部の人間は把握できない。それに撃たれた直後に皆口が言った通りだ。殺そうと思えば、相手は自分たちを殺せた。なぜ殺さなかったのか……。

何も動きがないまま陽はどっぷりと沈んだ。

午後八時、九時、十時と過ぎた。先ほど毛利から連絡があり、榎本は九時十五分頃に今日の営業を終え、キッチンカーで自宅に戻ったという。ちなみに榎本は今日のランチもビビンバを食べたらしい。才蔵は『やっつけ』と言ったビビンバを。榎本の行確は毛利一人に任せている。

そろそろ渋谷中央署では今日の捜査会議が終わる。佐良は分室を出て、渋谷の街に溶け込んだ。

才蔵を襲ったのは誰だろう。ＹＫ団に関する捜査情報漏洩のヤマに繋がる？　練馬の銃殺体とも関連性が見出せるのか？

すっと影が近寄ってくる。少し早めに分室を出た、皆口だった。

「お疲れ様です」

「気配の消し方は、もういっぱしの監察だな」

「どうも。ちょっとご相談というか、ご提案があるんですけど」

「どうした？」

「今回のヤマ、構図が似てると思うんです。池袋西署時代に黙過した、子どもを虐待していた根性焼き男の件に」皆口が軽く手を振る。「いや、ＹＫ団幹部を殺してるのが、カイシャの人間って意味じゃありません。カイシャに集まる情報を使って、法では裁ききれない相手を何者かが私刑に処してるって外形がです」

ちょっと待て、と佐良は言下に返した。

「池袋西署時代の二つは、確かに被害届がないと法で裁けない案件だったが、振り込め詐欺は違う。捜査がしっかりされれば法で裁ける」

「でも、主犯格だって懲役二十年が精一杯です。実行犯の出し子や受け子だと初犯なら二、三年程度の判決が多い。お年寄りが人生を通じて貯めたお金を巻き上げた輩に対して、量刑が軽くないですか」

「主観によるな。俺の記憶だと、実行犯で懲役六年を食らった男もいた」

「懲役六年の判決にしても、適正に裁けてるって言えるんでしょうか。佐良さんはどう思います？　ケイセイの時、一度担当してますよね」

池袋西署時代、老女が孫を装った男に計二千万円を奪われた、振り込め詐欺事件の捜査に関わった。佐良は主に強行犯係だったので、初めての二課事件だった。親族によると事件前の老女は積極的に地元老人会の会合に出席したり、買い物に出たりとかなり行動的だった。ところが、事件後の老女はまったく外出しなくなり、電話にも出ず、笑顔も消え、そして心労と運動不足で体の調子を崩して半年後に亡くなった。

何台もの車が通り過ぎていく。佐良は一度口を閉じ、開いた。

「懲役六年でも甘いな。精神的な苦痛は相当だ。詐欺が間接的な殺人と化す場合もある」

「ですよね。私刑に走る人間も、詐欺の量刑は軽すぎると考えてるんじゃないでしょうか」

「そうだな。今回のヤマ、俺たちは倫理観を――いや、犯罪観を問われてるんだ」

頭の中を整理する、いい機会かもしれない。以前ちらりと頭をかすめた、法では裁けない悪人や犯罪が存在する中、倫理的には正しい理由で社会的には罪となる行為を認めていいのか否かという問題。今まさに直面している。

他ならぬ皆口となら、腹を割って話せる。この世に二人といない存在だ。佐良は深く息を吸い、吐いた。心の底に溜まっていた言葉を汲み上げるように、率直な思いを口に出していく。

「俺は池袋西署で根性焼き男と強姦野郎の身に起きた一件を黙認した。いい気味だとも感じた。そういった意味じゃ聖人君子じゃない。厳格無比な警官としては失格だ。一般市民としても落第者かもしれない。適正とか正しさという概念を、社会常識や法律に求めなかったんだ。そんなものはあやふやだと言ってるに等しい」

皆口が微かに顎を引いた。

「気が合いますね。私もです」

パーン、と甲高いクラクションの音が辺りに響いた。佐良は皆口に軽く頷きかける。

「根性焼き男と強姦野郎に誰が手を下したのかは知らない。知ろうともしなかった。黙認という形で、俺は法ではなく自分の犯罪観で問題を裁いた。罪悪感はない。恥ずかしくもない。間違った判断はしてないとも思う。いわば、出来の悪い神様の一人だな」

「全知全能の神様なんて存在しませんよ。完全無比な法律や制度がないように」

ああ、と佐良はポケットに手を突っ込んだ。

今回の事案も何者かがＹＫ団幹部を狙っているとすれば、悪さをした人間を懲らしめる、という表面は根性焼き男と強姦野郎の一件と同じだ。

一方、中身は違う。何より人が死んでいる、殺している。懲罰と暴力は異なる。私刑として一括りにできても、手の汚れ方に違いがある。

「出来の悪い神様なりに思うのは、誰かがＹＫ団を標的にしてるんなら、それを許しちゃならないってことだ。いくらなんでも殺人はやりすぎだ。ある程度の私刑までなら目を瞑る。悪党が減るからな。究極、警察だって悪党減らしの装置だ。問題はやり方だよ。目的が正しけりゃ、何をやっても許されるのかって話だ」

犯罪かどうかの判断基準を法律という絶対軸に置かず、個人の感覚という恣意的で曖昧なものに置くのは、危険で無責任という自覚はある。こんな人間ですら見逃せない事態だという点が、今回、事の重大さを物語っている。

「同感です。なので、私刑の流れや構図を精査してみたらどうかと思うんです。ウチのカイシャの人間が絡むとすれば、どこで、どんな風に絡む線が濃いのか」

「どうやって？」

「佐良さんが連絡を取り合ってたっていう、児相の人に訊いてもらえませんか」

皆口の意図をすぐに覚った。根性焼き男の妻や五歳だった息子が、自ら警察に相談するわけがない。すると、児童相談所の人間が警察に非公式に相談して、私刑が行われたという筋読みだ。確度は高い。今回のヤマに役立つのか否か。佐良は数秒思考を巡らせた。

「わかった。折を見て、連絡をとる」

「よろしくお願いします」皆口の目つきが遠くを眺めているようになった。「犯人への賛同の声があっという間に広がりそうですね。下地はあります。『良きこと』を錦の御旗にして、徹底的に『悪いこと』をした人間を叩く世の中になってるんで」

「詐欺犯に過剰な私刑を下すのも『悪いこと』さ。かつて私刑と思われる行為を見逃した俺が言えた義理じゃないにせよ」

「YK団への私刑を『悪』だと捉える人は少ないんでしょうね。そもそもの『悪』はYK団ですもん。非難したい人たちは思う存分、自業自得だと責めたてられます。ほんと便利な世の中ですよね。指先を少し動かせば、好きなだけ、しかも自分の手を汚さずに叩ける対象が見つかる。犯罪はもちろん許せないけど、誰しも二十四時間品行方正じゃないだろうに。自分の舵《かじ》をとれなくなるのは、この点を認識してない連中ですよ。自分が正しいという一念に溺《おぼ》れてるんです」

「正論とか正義ってのは厄介なんだよ。俺がひねくれてるだけかもしれないが」

皆口の大きな目が少し広がった。

「だとしても、素敵なひねくれ方だと思います。正論、正義、大義、常識——そういった一般的に『正しい』とされる言葉を耳にした時、私も思考停止に陥りたくないので」

「だな」佐良は肩を上下させた。「俺たちはできる仕事を目一杯するしかない」

「出来の悪い神様の一人としてですね」

皆口が近寄ってきた時と同じように、気配もなく離れていった。

佐良の背後を会社員たちが過ぎていく。素敵なひねくれ方——皆口の言葉を考えていた。今後も『自分が正しい』という思いに縛られはしないだろう。佐良は自分自身を全面的に信用していない。もし己が完璧な人間ならば斎藤を死なせなかった。

完璧な人間とは、どんな人間なのだろう。想像もつかない。

しばらく帳場の窓を眺めていると、渋谷中央署から慌ただしく人が出ていった。帳場に詰める捜査二課の捜査員だ。携帯がポケットで震えた。須賀からのメールだった。

——新たな殺し。荒川の河川敷に銃殺体。免許証でYK団幹部の名前と一致。線条痕については、また仕入れておく。

また銃殺か。YK団幹部が死ぬのは、事故死とされる件も含めて四人目。うち銃殺は二件。ここまでくると誰かが連中を狙い、二件の事故も装われたものと見るべきだ。榎本は関係するのだろうか。昨晩から行確していたので今回も実行犯ではないが。また、他班が行確を続ける捜査二課員も除外できる。

峰は終電の時間が過ぎても、渋谷中央署から出てこなかった。今晩は署に泊まり込むらしい。新たな殺しが発生すれば必然の流れだろう。佐良は転戦する旨をまず皆口に、次に須賀に送り、承諾を得るとタクシーを拾った。再び皆口にメールを打ち、始発の時間になったら署の張り番を別班に任せ、着替えなどのために一旦帰宅して、朝七時半までに分室に戻るよう伝えた。

佐良は高円寺に転戦して、タクシーを降りた。気温が下がり、冷気が骨まで染み込んでくるように感じる。小さな公園の横を通りかかった時、ふっと血のニオイがした。

てめえッ、おらッ。

荒っぽい語勢の合間に嘲笑が漏れている。佐良はフェンス越しに公園を覗き込んだ。滑り台の下でホームレスが三人の男に蹴られていた。男たちの姿は薄闇に包まれてしっかり見えず、年恰好はわからない。

やめてください、やめてくだ……。

ホームレスが涙声で手を合わせて懇願しても、男たちは相手の腹や背中、太腿を蹴り続けている。エスカレートすれば殺人事件に発展しかねない。佐良は拳をきつく握った。いま出ていくわけにはいかない。少なくともあの四人に自分の顔を見られてしまう。

公園から榎本が住むマンションは近い。住民の誰かが通報したかもしれない。とはいえ――。佐良は物陰に入り、非通知設定で一一〇番通報した。名前は適当にでっちあげた。他の通報は入っていなかった。トラブルにかかわりたくないという気持ちは理解できるが……。佐良はずしりと心が重たくなった。

暴行がエスカレートした時、自分はどうするべきか。心の中で監察の自分と一個人としての自分がせめぎ合う。

万一の際は出ていくしかない。

赤色灯が見えた。深夜とあってサイレンは鳴らしていない。佐良は闇に溶け込み、離れた場所から見守った。車が止まり、警官二人が出てくる。赤色灯が目に入ったのか、ホームレスを襲っていた連中が足早に散っていく。

警官が公園に駆け込んだ時には、暴漢はもう誰もいなかった。警官がホームレスに近寄り、声をかけている。ホームレスも何とか返事をしており、幸い、命に別状はなさそうだ。

佐良は少し歩き、毛利が待つ車に乗り込んだ。毛利は柔和な面色でフロントガラスの向こうにある榎本の住居を見据えている。当該部屋の電気は消えていた。他のベランダでは今夜もイルミネーションが瞬いている。

「動きは？」

「ありません」

「すぐ先の公園から揉め事の声が聞こえなかったか」

「聞こえました」

毛利はいつも通り屈託のない声で言った。

「通報しなかったんだな」

「ええ」

「なぜだ？」

毛利がゆっくりこちらを向いた。穏やかな雰囲気は変わらない。

「なぜ？」

「ああ。どうして通報しなかった」

柔らかな面色のまま、毛利が正面に視線を戻していく。

「我々が従事するのは重要業務です。今の私がなすべきは任務の達成です。たとえ目の前で誰かが殺されようと、任務に関係なければ放っておきます。それがプロではないでしょうか」

こいつ……。柔和なツラは単なる仮面か。優しげな風貌のまま人を刺せるのだ。性根は典型的な公安捜査員のそれだ。

佐良は咽喉に力を入れ、声を抑えるよう努めた。

「そんなんで警官と言えるのか」

「はい。ご存じの通り」

人を食ったような返事だった。

「誰かに助けられた経験はあるか」

「いえ。何事も危機を回避できないのは自分の責任です」

「自分の判断を疑った経験は？」

「ありません」

毛利はさらりと言い放った。

「目の前でやられてるのが仲間だったら？」

「私の判断は変わりません」

佐良は公安で働いた経験はないが、毛利のようなタイプが多い部署ということは知っている。ただ、須賀はまるで異なる。須賀の心根には熱がある。表面上は他の公安捜査員同様に無個性なのに、その実が違う。

能馬はどうだろう。あの男の底意はいまだ推察できない。自分や皆口を監察に引き入れたのは単に手駒として手頃だからかもしれないし、まったく別の理由かもしれない。推察の手がかりすらない。

佐良は無造作にシートに体を預けた。監察や公安の仕事論としては毛利の言い分も筋が通り、間違っていない。監察や公安は組織や社会のために不可欠な役回りで、任務をぶち壊す振る舞いはすべきでない。だが、その前に自分たちは警官だ。警官としての役割をそれで全うしていると言えるのか。

不意に、別の自分の声が頭の中で聞こえた。

——笑わせんな。さっきのホームレスだって大悪人かもしれないだろ。

佐良は愕然とした。つい数時間前に皆口と意見を交わしたばかりだけに、自身の未熟さを鼻先に突きつけられた思いだった。自分が単なる傍観者なので、『出来の悪い神様』としての意見を言えただけ——。

遠くから救急車のサイレンの音が聞こえてきた。佐良は奥歯を嚙み締め、自身に芽生えた問いかけを吟味《ぎんみ》していく。

もしもまた目の前で暴力を揮《ふる》われる人間がいれば、警官としても一市民としても、今回と同じように何らかの方法で止めるのは間違いない。外見上、誰が悪人かなんて判断できないのだ。他方、幼児虐待男や強姦野郎が襲われた件は自業自得だ、と今でも切り捨てる自分がいる。

では、目の前で暴力を揮われている者が極悪人だとわかっていれば、どうする？

思考はぐるぐると巡り、結論は見出せない。近くでサイレンが止まり、数分後、離れていった。

やがて夜が更け、佐良は体の芯まで冷えていくのを感じた。

3

午前六時。まだ辺りは暗い。佐良は膝に置いた新聞を広げ、携帯のライトをかざした。夜中に須賀から一報があったのだ。

――昨日、東洋が夕刊で捜査情報流出を打った理由が判明した。

――どういうことです？

――何者かが報道各社に資料のコピーを送ったんだ。東洋はそれを察知した。ご丁寧にも死んだ人間には二重線を引いてあるらしい。東洋の記者が事後通告という形で、二課長に仁義を切りにきた。他にも数社が「打つ」と通告してきたそうだ。

――長富課長は資料流出を認めたんですか。

――いや。だが、記者連中はブツを手にした。あらゆるチャンネルを使って真偽を確かめたに違いない。

佐良が記者でも同じように動く。こういう時のために彼らは普段から捜査員を夜回り朝駆けして、関係を深めている。

――二課長によると、どうやら一部週刊誌も動き始めたらしい。二十年前の生き埋め事件との絡みがある。週刊誌にとってみれば、センセーショナルに報じられる大きなネタだ。

――YK団の行方は？

――いまだ手がかりすらない、と言っていた。

コンビニに新聞が並ぶ頃合いを見計らい、毛利に各紙を買い集めてもらった。記事は各社のホームページで確認できるものの、扱いの大きさは量りにくい。また、一つの店舗で全紙を買っては印象に残ってしまう。榎本の行確はしばらく続くはずなので、誰かに記憶されるような行為は避けねばならない。

佐良はまず東洋新聞に目を落とした。一面アタマに太い活字の見出しだ。

警視庁捜査情報流出問題　詐欺団メンバー二人殺害

掲載された捜査資料の写真は、固有名詞や要所を黒塗りにされている。報日《ほうにち》新聞、東京日報なども似た見出しだった。記事は初報をいち早く打った東洋新聞が他紙をリードしていて、改めて事故死した人間がいる点にも言及している。

佐良はもう一度各紙の記事を丁寧に読んでいく。不幸中の幸いなのか、扇情的な記事ではない。だが、テレビのワイドショーや週刊誌は違う。二十年前の生き埋め事件との関連を嗅ぎつければ、ここぞとばかりに警察の不祥事を書き立てるだろう。少年法の不備を責め立てる論調もあるかもしれない。どんな余波が生じるのか……。

昨晩、渋谷中央署の帳場に詰める捜査員は全員署に泊まっている。つまり記者は夜回りではなく、昨日どこかの段階でこの情報を捜査員に当てたのだ。タレコミがあっても、彼らは二課長などしかるべき人間の前に、まず第一線の捜査員にぶつけて感触を確かめる。それは、記者が夕刊に記事を入れられるリミットの午後一時半以降となる。しかしどこで？　捜査は二人一組が鉄則。誰にとっても、記者との接触を見張る監視役がいつも隣にいる。

須賀によると、昨晩事件現場に出た帳場捜査員は、誰も記者と接触していない。その場面を見た監察係員がいないのだ。当然だろう。事件現場では至る所に目がある。仮に自分が捜査員の一人として出向いた場合、周囲のすべての目をかわし、記者と言葉を交わせるとも思えない。また、ネタがネタだけに携帯でやりとりするはずもない。自分が流出元だと疑いを招く証拠が残ってしまう。

あ……。一度、峰が新宿に出た時がある。相勤と新宿駅で別れ、榎本の店でタコライスを買っていた。ああいう行為が日常的なら、記者と接するのは可能だ。帳場の全捜査員を行確しているわけでもない。

七時、通勤通学の人間が目につき始めた。佐良のポケットで携帯が震えた。虎島だった。隣には毛利がいる。車外に出ても、閑静な住宅街では誰かに通話内容を聞かれかねない。佐良はそのままポケットにしまった。

七時半から八時の間に通勤通学のピークを迎え、八時半にはひと気がなくなった。

榎本は今日も九時半にキッチンカーに乗り込み、練馬区の仕込み用の民家に向かい、十一時四十五分頃に西新宿のいつもの場所でタコライスを売り始めた。皆口は今日こちらには呼ばない。渋谷中央署の帳場に動きがあり、峰が予想外の行動をする際に備え、分室に置いている。

佐良は視界に榎本の店を入れつつ会社員らに紛れ、携帯を取り出した。虎島の留守番電話が入っている。

〈ありゃ、吉祥寺署だな〉

メッセージは一言だけだった。何の話なのかはわかる。皆口を尾行した人間がいた――。

虎島に電話をかけ直した。

「おう、ようやく録音を聞いたか」

「ああ。なんで署の人間だとわかった？」

「吉祥寺で弁護士をしてんだ。憶えてる吉祥寺署員の顔もある。逆もまた真なりで、今後の尾行はやりづらいな」

「そいつの名前は？」

「悪い。そこまで憶えちゃいない。サンドイッチマンよろしく前後に名前を書いた板でも下げててくれればな」

榎本のキッチンカーに人が並び始めた。

「そんな奴いないだろ」

「いるよ。吉祥寺署でやってる記者を見たんだ。ああして名前を憶えてもらうのか、って感心させられてね」

佐良の視界で、すっと一人が浮かび上がってみえた。服装の質が周囲と違う。よれよれのトレンチコート。靴も汚い。辺りの会社員が着ているスーツやコートは、第一印象に気を配った垢ぬけたデザインばかりなのに。

「虎、感謝するよ。今の言葉で閃《ひらめ》いた」

「忘れないうちにメモっとけ。閃きは気まぐれサンだ、たちどころに消えちまう」

佐良は通話を終えると、閃きを脳内で反芻した。

よれよれのトレンチコートの男がタコライス片手に、榎本のキッチンカーを離れていく。佐良は毛利にメールを送った。承知しました。短い返事がすぐさまある。続いて須賀に現場を離れる旨のメールを理由とともに送る。了解。やはり簡潔な返信が即座に届いた。

よれよれのトレンチコートの男はタコライスを慌ただしくかきこむと、気怠そうに立ち上がった。佐良は携帯で男の写真を撮る。才蔵やチャンの言う通りだ。このご時世、誰もこちらを気にしない。

よれよれのトレンチコートの男は容器をゴミ箱に投げ捨て、榎本に軽く手を挙げてから歩き出した。佐良はつかず離れず、男の後を追った。

JR新宿駅で中央線に乗った。東京駅で降り、丸の内口を出て、オフィス街を足早に進んでいく。よれよれのトレンチコートは場違いで、かなり目立っている。

やがて大手町《おおてまち》エリアに入り、そして――。

男は東洋新聞東京本社ビルに消えていった。

よれよれのトレンチコートの男は記者だ。服装でサンドイッチマンよろしく身元を明かしていた。西新宿で取材があり、単にタコライス店に立ち寄っただけではあるまい。取材相手が榎本に違いない。これまでも何人か榎本のタコライス店に雰囲気の似た男が訪れている。連中も記者だったのだろう。東洋新聞なのか、他紙かはわからない。榎本は記者が欲する情報を握っている……。それこそ今回の名簿漏洩の絡みではないのか。

佐良は東洋新聞東京本社ビルから離れ、お堀沿いの通りにあるベンチに腰かけて、須賀に電話を入れた。

「予想通りでした」

「榎本の目的は何なのかだな。ときに、分室に上がってこられるか」

「榎本の動き次第です」

「私がそちらに行こう」


三十分後、佐良は西新宿の薄暗い地下駐車場に止めた車中にいた。音もなく助手席に須賀が乗り込んでくる。

「午前中、榎本の目黒署時代の上司と会った。現在は荒川署長だ。何の因果か、河川敷でYK団幹部の殺しがあった荒川署さ」須賀は今日も挨拶やねぎらいの言葉一つなく話しはじめる。「まず榎本義之についてだ。なかなかの正義漢だったそうだ」

ひったくりの被害者から『離婚した両親に代わって自分を育ててくれた祖母にプレゼントを買おうと、十万円を下ろしたばかりだったのに……』という話を聞くなり涙を流しそうになったり、遊ぶ金欲しさに会社の金を横領した男には今にも殴りかからんばかりに怒鳴りつけたり、当直時に落とし物の相談にきた小学生をつれて三時間も一緒に探し回ったり。こういう例は枚挙にいとまなく、若い後輩には『警官は、市民が安心に暮らせる正義そのものでなければならない』と熱っぽく語っていたという。

珍しい男だ。警官の多くは一年目、長くて三年目まではそうした心を持っている。けれど、次第に現実を目の前にして心が摩耗《まもう》してしまう。書類作成や人間関係、処理し続けても減らない犯罪によって。佐良の周りにも、『正義感が醒《さ》め切っても仕事をまっとうできてこそプロだ』と嘯《うそぶ》く先達《せんだつ》がいた。佐良は最初から正義感はなかったので、曖昧に頷くだけだったが。

「榎本は警官を天職だと思ってたでしょうね」

「実際、そうだったらしい」

「なのに転職を？　それもタコライス店に」

「荒川署長も首を傾げてた。私はピンときたがな。典型的な正義感が何に弱いのか知ってるか」

「さあ」

「だろうな。佐良には典型的な正義感を感じない」

須賀は素っ気なく言った。揶揄《やゆ》でも賛辞でもなく、単純に事実を述べただけなのだ。

「己の無力感だ」

「何かを守り切れなかった出来事が引き金で転職したと？」

「多分な。榎本は幼い頃に祖父母に引き取られ、二人に育てられてる」

先ほど話にあった、被害者の境遇に涙を浮かべた所以《ゆえん》か。

「なるほど。榎本は元本庁捜査二課員。祖父母に恩があり、今回の捜査情報漏洩は特殊詐欺グループのもの。想像の線が繋がりますね」

「ああ。自分が担当する犯罪から身内を守れなかったとすれば、かなりショックを受け、自分に失望しただろう。なんせ榎本は正義感旺盛な男だ。反動も大きい」

「実際、榎本の祖父母は振り込め詐欺の被害に？」

「記録にはなかった。ちなみに榎本を育てた祖父は十五年前に他界。祖母は榎本退職の三ヵ月前に死亡している」

あらゆる犯罪において、被害を警察に届け出ない者も多い。特に振り込め詐欺はその傾向が強い。自分が騙されたと気づかない者もいるし、気づいても恥ずかしさから黙り込むケースもある。『騙される方も悪い』という自己責任論も最近は強い。振り込め詐欺犯は金を奪うだけでなく、被害者の心をも蝕《むしば》むのだ。

榎本の家族は退職理由を耳にしているかもしれないが、聞けない。家族から監察の動きが漏れかねない。

「榎本の通信通話履歴を手に入れたいですね」

「ここ半年分をもう手に入れた。現段階では必要充分な期間だ。帳場の人間や捜査二課に繋がる記録はなかった」

早い。さすがだ。

「仮に榎本が事件にかかわっているとして、捜査情報を漏洩するワケは何でしょう。すでに外部の人間です。カイシャの者がリストなどの捜査情報を榎本に流してるとしか考えられませんが、すんなりと腑《ふ》に落ちないんです。表沙汰になれば処分される。彼らには職をかけるほど重たい理由が？　だとしても榎本がさせるでしょうか。榎本ほど正義感に満ちた人間なら、警察に残り、正攻法で詐欺グループ壊滅に尽力するでしょうに」

「お前の頭にはとっくに推測が浮かんでるだろ」

実力行使による壊滅――。通常なら取るはずのない選択だけに、見当違いの線を追う羽目になりかねず、佐良は須賀の見解も確かめたいのだ。

須賀が薄く頷く。

「壊滅しているとも言える。幹部も次々に殺されてるんだ」

佐良は少し身体を起こした。

「『殺してやりたい』と脳裏をよぎる時があっても、現実に実行するでしょうか。元警官ですよ。それも正義感旺盛な」

「普通はしない。よほどのワケがない限りはな。練馬の殺しも荒川の殺しも、榎本は実行犯じゃない。現役警官も危ない橋を渡るはずがない。警官以外にも榎本には共犯《レツ》がいると睨むべきだろう。榎本としては犯行への躊躇《ためら》い――ハードルは下がる。榎本の周囲で暴力もいとわない連中の気配を感じなかったか？」

今回の行確や榎本の経歴で暴力のニオイがしたのは……。警視総監賞となった韓国人マフィアの詐欺事件くらいだ。榎本も相手がふるう刃物をかいくぐり、拳を放つなどしただろう。だが、それは職務上の成り行きでだ。佐良はそう告げた。

「韓国マフィアか。連中が絡むと厄介だな。一時に比べてかなり淘汰《とうた》された。残ってる連中は鍛えられ、図太くなってる」

　外国人マフィアの勃興は佐良の管轄外だ。チャンから折々聞いているものの、彼らの知識が豊富とは言えない。

「というと？」と訊いた。

「十年以上前、韓流の大ブームがあったろ。あの時、韓国マフィアも大量に進出してきた。ドラマのグッズ――特にＤＶＤやＣＤの海賊版がいいシノギになってな。ブームの中心は金を持ってるおばさま方だ。連中は以降も数年に一度、アイドルグループのブームで荒稼ぎしてたが、最近はネットの発達で海賊版のシノギは壊滅状態になった。潮と見て引き上げた連中もいる一方で、日本に残ったのもいる。もちろん確実にシノギは減った。新たなシノギを生み出すのも簡単じゃない。こういう時に起きるのは淘汰と吸収だ」

「なるほど。強い力、頭脳も腕も人員も持った者だけが生き残った――」

「ああ。連中はヤク、女をはじめ、詐欺などの知能犯、荒っぽい犯罪も辞さない。知識さえ仕入れれば、殺人も事故死に装える。ＹＫ団幹部への拷問も説明がつく。連中は太った分、そのデカイ組織を維持するためにも振り込め詐欺のシノギを横取りしたいだろう」

「いくらなんでも、榎本には協力しないでしょう。連中だって馬鹿じゃない。榎本の背後関係を調べます。元警官なので、当然今も警察と繋がりがあるのを疑う。榎本は不祥事で辞めたんじゃないんですから」

「疑惑を呑み込めるほど、価値のあるシノギと判断したのかもしれない。それに」

一瞬だけ須賀の眼差しが尖り、また元の無機質な目つきに戻った。

「こんな噂を耳にしたことがある。大きな韓国マフィアの幹部が根こそぎ警察に持っていかれる上、向こうの政府要人にも余波が及ぶほどの文書が存在し、ある日本人警官が握ってる、と」

「まさか、榎本だと？」

「いや。榎本だったら、もう消されてる。握ってるのが現役警官ゆえに、韓国マフィアも手を出せないと見るべきだろう。彼らも日本の警察組織との全面戦争は避けたい。ただし榎本が噂を知っていて、文書を握る警官に接触できる、探ってやるなどと語り、うまく立ち回っているとすれば、韓国マフィアを実行犯に仕立てられる。相手の欲や弱みを利用するのは常套《じょうとう》手段だ。韓国マフィアにとってはシノギのうまみもある」

「その文書、警官が握っているなら、なぜ使われないんです？」

「かなり高度な政治的案件になる。安易に使えない」

「誰もが知る噂なんですか？　私は初耳でした」

「公安外事課のごく一部しか知らない話だ」

「須賀さんはなぜ？」

「話す気はない」須賀は取りつく島もなく言い、淡々と続けた。「捜査二課の刑事にすぎない榎本が警察内部で耳にする機会はない。だが、検挙した韓国マフィアから聞いた可能性はある。韓国マフィア自身なら、文書の噂を知っていても不思議じゃない」

「韓国マフィアが自分たちを潰した警官相手に、そんな大事な事柄を明かすでしょうか」

「自分だけ助かりたい一心で、減刑の取引材料にした者がいたかもしれない。生き残れるのは、保身に長《た》けてる証拠でもある。取調べには通訳官もいたはずだが、日本語を話せる韓国マフィアもかなりいる。榎本と二人になったタイミングで、話を持ち出した線は十二分にありうる」

そして文書の存在を胸にしまい、このタイミングで利用している？　剣呑な連中との接触は確認できていないが……。

「私と皆口への銃撃ならびに中西さんの事故も一連の出来事だと思いますか。榎本を中心にした私刑に走るカイシャのグループが監察の動きを知り、韓国マフィアを使って邪魔するなと警告を発した——」

「我々が動いていると連中はどうやって知る?」

「行確に気づいたんでしょう。彼らも捜査員として歴戦のプロです」

須賀はヘッドレストに頭を預けた。

「たとえ根っこが同じでも実が違う。佐良と皆口への銃撃も中西の事故も、並の人間には無理だ。いくら韓国マフィアでも、あれ程の芸当はできない」

「どんな人間なら可能なんです?」

さて、と須賀は短く言った。

「しかし私たちへの銃撃は警告で、それを無視したため、中西さんが倒れた仕掛けに至った——と考えれば、筋が通ります」

「落とせばわかる」

須賀はすげなく言った。

佐良はフロントガラス越しに正面の乗用車を見つめた。榎本はもう警官ではなく、本来は監察の行確対象ではない。……が、捜査情報漏洩者を手繰《たぐ》り寄せる糸口になりうる。

「一日、二日、峰と榎本の行確を皆口と毛利に任せていいですか」

「佐良は何をする？」

「榎本の動機を洗います。祖母が詐欺に遭っているのか否かなど、ＹＫ団殺害に関わりうる何らかの動機を見出せれば、榎本行確にもっと人員を割くべきかどうかか判断できます。韓国マフィアとの接触も窺えるかもしれません」

「好きにしろ」

「荒川河川敷での殺しに進展は？」

「拷問の痕跡はなかったが、線条痕は練馬の殺しと一致した。ガイシャがＹＫ団幹部という共通項もある。一課は早急に合同捜査本部を敷かざるをえない。報道は大騒ぎするだろう」

その後、須賀は荒川署長に聞いた事件の概要を述べた。特に佐良の頭に引っかかる内容はなかった。

「ところで、毛利はどうだ？」

「仕事はきっちりと遂行しています」

昨晩の件はわざわざ告げなくていい。

「そうか」

須賀はもう興味なささうだった。

＊

彼は胸中でほくそ笑んでいた。いくら至近距離で向き合おうと、誰もこの内心には気づくまい。感情を表に出さない術は叩き込んでいる。いつしか見せかけの感情も自在に操れるようになった。人間、多かれ少なかれ誰しも仮面を被っている。自分の仮面は他より精巧なのだ。

手を休め、彼は右手の携帯を見た。

ネットやSNSでは利用者がざわついている。警察の失態だけでなく、悪者を狩る何者かにも食いついている。好意的な意見が大半だ。当たり前だろう。法は各自が思う正義とは違う。正義を十分に満たす存在ではないし、なりえない。おまけに法律特有の難解な言葉遣いや小難しい理屈より、単純な『目には目を』の言い分の方が誰しも理解しやすい。

詐欺グループに二十年前の生き埋め事件の犯人がいる点も、いずれワイドショーや週刊誌が報じる。ネットやSNSの騒ぎにも一段と拍車がかかる。

仕上げは――。

狙い通りに進んでいる。騒がれれば騒がれるほど、事件の印象は濃くなっていく。

このまま人々の脳に深く刻み込むのだ。仕事、家事、学業、部活。慌ただしい日常生活に追われる大多数には、犯罪やニュースに関心を持てる時間などない。いわば選挙における無党派層と同じだ。まずは事件事故に無関心な層の目に触れるまで騒ぎを広げ、彼らの意識にも浸透させる。それが今後、重大な意味を帯びてくる。選挙で言うなら、わかりやすい争点を作るのだ。必ずこちらに票は流れる。

慌てているのは渋谷中央署の帳場だけではない。本庁も対応に揺れているはず。連中の様子は手に取るようにわかる。幹部が右往左往するさまは見物だろう。

政界も大きく揺れればいい。保身と票取りに夢中な連中だ。連中が揺れれば揺れるほどつけこめる隙が生まれ、御しやすくなる。世間も政治家も一方向に強い風が吹けば、そっちを一斉に向く風見鶏《かざみどり》連中ばかり。遅かれ早かれ、もっともらしい理屈をつけて同調してくる。

その時、この事件が孕《はら》む本当の危険性を突きつける。社会を根っこから揺らして、世直しを実現する。

彼は心中で再びほくそ笑んだ。

電話が鳴った。液晶に表示されているのは、渋谷中央署に置かれた帳場の内情を知る同士だった。現状の連絡だろう。さて、どんな状況なのか。

グッドラック。彼は、今まさに揺れんとする世の中に向けて囁《ささや》いた。

「ええ、心不全で榎本タエさんはお亡くなりになりました」

自身もかなり高齢の男性医師は、しかつめらしく言った。

＊

午後二時半過ぎ、佐良は練馬区役所から目白《めじろ》通りを十分ほど西に進んだ地区に建つ、大きな病院を訪れていた。いわゆる地域の包括病院で、今も五十人近くが入院しているという。この医師は榎本の祖母、タエのかかりつけ医だった。

佐良は警務課の記録からタエが自宅で死亡し、この医師が自宅を訪れて死亡診断をくだした経緯をチェックした。また、葬儀会社にもあたり、タエが家族葬で見送られたことも聞き出した。タエが詐欺被害に遭ったのかを家族に質せば手っ取り早いが、榎本の耳にこちらの動きが入ってしまう。榎本が捜査情報漏洩に絡んでいれば警戒を強め、より尻尾を出さなくなる。そのため、祖母を知る人間に尋ねようと病院を訪れていた。

「当時、タエさんはお体がかなり弱っていたのでしょうか」

「榎本さんくらいの年齢になると、お体が弱っていない方のほうが少ないので」

「こちらの病院には何年前から、どれくらいの頻度で通院されてたんです？」

「付き合いはかれこれ四十年以上になります。亡くなられた頃は半年に一度、健康診断がてらいらしてました」

「最後の診察は亡くなるどれくらい前に？」

「一ヵ月、いや二ヵ月前くらいでしょうか。特に異常は認められませんでした。お元気な方でね。亡くなった頃も週に一回、地域の手芸サークルに参加してたそうです。八十歳を過ぎて英会話サークルにも入ったとか」

「タエさんのお仲間もこちらの病院に？」

「ええ」

「皆さん、ご葬儀に参加できなくて残念だったでしょうね」

一拍の間があいた。空気が強張る、妙な空白だった。カチッ、と佐良の脳裏で音が鳴った。

「おそらく」医師は佐良が渡した名刺を一瞥した。係名は印刷されていない。「警視庁というと、タエさんの件で義之君に何か不都合でも……」

医師は榎本が辞職したと知らないらしい。話を合わせよう。

「こういう場合、細かな確認が要るんです。警察もお役所なものですから。電話で問い質せる内容でもありませんので、本日参った次第です」

そうですか、と医師はただの相槌《あいづち》だとわかる声を発した。

「榎本君もこちらの病院に？」

「幼い頃は頻繁に。中学生になった頃からはまったく。タエさんがよく話してくれましたよ。ご自慢のお孫さんでしてね」

医師は明らかに話が変わってほっとしている。そうですか、と今度は佐良がただの相槌を打ち、話を継いだ。

「一般的に、診断で異常が見つからなかった二ヵ月後に心不全で亡くなるケースはあるんでしょうか」

「先ほども申し上げた通り、タエさんくらいの年齢ですので」

「面やつれなど、衰弱した様子はありましたか」

「少しは」

すかさず佐良は上体を乗り出した。

「心不全の原因は何だったんです？」

心不全は便利な言葉だ。『死因がはっきりしない際にもよく使われるんだ』と捜査一課時代、馴染みの監察医にも聞かされている。

「私は何とも、亡くなった場におりませんでしたので……」

医師は語尾を濁した。

佐良はじっと見据えた。医師は先ほど言った、榎本タエは地元の手芸サークルに参加していた、英会話サークルにも入っていた、と。彼女の仲間が葬儀に参加できなかった件を尋ねると妙な間があいた。葬儀はひっそりとした家族葬だ。祖母に深い愛情を抱いていた榎本なら、タエの友人にも参列してもらい、死出の旅路に送り出そうと思うのが自然だ。加えて、榎本はタエの死から三ヵ月後に警察を辞している。

導かれる帰結は——。

「遺書はあったんですか」

医師は驚いたように目を広げると、口を真一文字に噤《つぐ》んだ。佐良は押し込むように視線を強める。

「タエさんがどんな理由で亡くなっていようと、榎本君の仕事には関係ありません。統計上の問題なんです。お答え下さい」

十秒、二十秒と沈黙が流れ、医師が深い息を吐いた。

「睡眠薬の過剰摂取です」

その時、佐良の携帯がポケットで震えた。

4

佐良は三十八年の人生で、病院のはしごなんて初めてだった。ロビーの長椅子に座り、さりげなく院内を見渡す。新宿の中央病院は医師や看護師だけでなく、通院者や見舞客でいっぱいだ。

病院といえば、武蔵野市で入院中の中西はいまだに意識が戻っていない。佐良は先ほど中西の妻に電話を入れ、仕事にかまけて連絡していなかった旨を詫びた。

――主人には、いまのうちに少し痩せてもらおうと思ってるんです。

中西の妻は気丈な口ぶりで、かえって心苦しかった。ひとしきり容態を尋ねた後、切り込んだ。

――中西さんは正義感が旺盛な方でしたか。

佐良は、中西の言動に正義感を嗅ぎ取った経験はない。あれが仮の姿だったら……。長い時間を過ごした中西の妻がどう認識しているのかを知りたかった。

もし正義感が強い場合、榎本との繋がりもありうる。携帯電話やメールの通信履歴では榎本に繋がる記録は見つかっていないものの、他に連絡を取り合う方法はある。通常、公安と捜査二課に接点はないが、誰かを通じて知り合ったのかもしれない。榎本と通じていれば、崩れ落ちた廃病院にいた理由にも説明がつく。榎本のグループの一員で、廃病院の仕掛けは監察への脅しだった。その仕掛けに中西は自爆した、と考えればいい。佐良としては中西の発言通り、単純に自分を助けてくれようとした方であってほしい。だからこそ、榎本との線を潰したい。

——警官として相応の正義感はあるんでしょうけどねえ。そういう話を夫婦でしたことがないもので、お答えしようが……。

——榎本、もしくは峰という名前を中西さんから聞いた憶えはありませんか。

——いいえ。

その後もいくつか質問した。特に収穫はなかった。

——主人の分も元気に働いて下さいね。

言葉が詰まり、何も言えなかった。

佐良の周囲にはもう一人入院中の者がいる。

才蔵だ。榎本の祖母が睡眠薬の過剰摂取による心不全で亡くなったと聞いた直後、才蔵のメッセージが携帯に入った。

——直接話したい件があります。病室に来られますか。部屋の前に見張りが二人いるかもしれません。

病院には才蔵の意識が回復するのを待つ西新宿署員がいて、それを『見張り』と言っているのだ。見張りをかわせば、話せる。才蔵に見舞客はいないだろう。

佐良の隣に見慣れた男が腰かけた。虎島だ。トレンチコートを脱ぎ、手に持っている。

「病院が盛況ってのは、どうもな」

「同感だよ」

誰もおしゃべりに興じていないのに、ロビーは不思議とざわついていた。

「大将には経験ないかもしれないけど、病院に来ると俺は冗談抜きで、入院してる人や通院してる人が一日でも早く元気になってほしいと本気で思う。神社や寺、教会にいって祈りたくなる。でも、肝心の祈り方がわからない」

虎島は真面目な口調だった。言われてみると、初詣とかでは健康などを願うものの、何かを祈りはしない。祈りとは何だろう。

「そんで、どうすればいいんだ？」

「十分、十五分、患者と病室に二人きりにしてくれればいい」

「おいおい、難題じゃねえか」虎島は指の骨をぱきぱきと鳴らした。「お任せあれ」

「悪いな、頼めるのがトラしか思いつかなかった」

「友達が少ないんだな」

「どうもそうらしい」

「奇遇だな。俺もだよ」

虎島がまず立ち上がり、総合受付にいった。佐良は横目でやり取りの様子を確認する。虎島がエレベーターに向けて歩き出したので、腰を上げた。

揃ってエレベーターに乗った。ドアが静かに閉まる。

「名無しの権兵衛さんは六一二号室、個室だってよ」

虎島がぼそりと言った。

病室のドアがずらりと並ぶ六階の廊下は、ロビーと比べてかなり静かだった。虎島がまず進んでいき、六階の受付でも手続きをとり、左奥の病室に向かう。佐良はエレベーター脇のトイレに入り、適当に時間を潰していく。

トイレの薄い壁越しに足音がした。……ええ、弁護士です、とある方に患者さん側に立って損害賠償請求するよう依頼されましてね。虎島がすらすら話している。虎島たちがドアの前を通り過ぎると、佐良はトイレを出た。虎島は看護師に加え、スーツ姿の二人を引きつれている。二人は明らかに警官のニオイを全身にまとっていた。

佐良は六一二号室をノックした。返事がない。するりと滑り込む。

顔面包帯まみれの才蔵がベッドで寝ていた。目は開いている。わざと返事をしなかったのだ。誰もいない、という逆の意味の合図で。

「どうも」才蔵はいつも通りの声音だった。「私はまだ記憶喪失になってますんで、万一誰かが入ってきた時は話を合わせて下さい」

「了解。携帯の電源は切れてなかったのか」

「ご丁寧に枕元にあってね。おまけに警察が充電してくれてたようです。襲われた手がかりがあるかもしれないと考えたんでしょう。番号も何も登録してませんし、履歴は都度消すんで、通信会社に問い合わせない限り、何もわからんでしょうが。名義人も別人ですしね」

「今回も闇携帯なんだな」

才蔵は頻繁に携帯を買い替えている。

「ええ。知らないうちに携帯の名義人になってる人間なんて結構いますよ。料金の請求がこないと、誰も気づきません」

「余計、怪しまれただろうな」

「かくして私は監視される羽目になった、と。当の監視役は?」

「今は離れてる。才蔵を襲った人間に損害賠償請求しようと、誰かが弁護士を雇ったらしい」

「弁護士サンねえ。どんどん私の怪しさが増しますね」才蔵はおかしそうに口元を緩めた。「私の名前だって答えられないでしょうに」

虎島ならうまくやる。依頼人は明かせないと突っぱね通すはずだ。

「怪しさが増すといえば、でっちあげた名刺を才蔵のものだと捜査員に渡した」

「警官なのにやりますね。私はますます要注意人物ってわけだ。謎の名刺、何者かが依頼した弁護士、正体不明の携帯……」おどけ口調だった才蔵が表情を曇らせた。

「しまった。頭がぼんやりしてたようです。通信会社から警察に、私の携帯が利用された、と連絡が入ったかもしれない。佐良さんの名前も出るかも」

「まだ大丈夫だよ」

警官は常に二人一組で動く。通信会社の連絡があっても、弁護士の相手をしている間は病室には戻らない。メール通信記録を提供させる段階でもない。

「といっても、俺が病室にいられるのは五分程度かな。さっさと話を終わらせよう。直接話したい件ってのは？」

「私を襲った人間についてです」才蔵は声を低くした。「ありゃ、警官です」

佐良は瞬きを止めた。

「だから記憶喪失に？」

「そうです。監視役が襲ってきた警官の一味って恐れもあるので。下手な話はできない。メールにも記録を残したくない。なんで、直接来てもらったんです」

「相手は何人だ」

「二人」

「どうして警官だと？」

「二人とも耳がギョウザでした。柔道とかレスリング選手がなるやつです。第一、目つきが典型的でね」

「襲われる理由に心当たりは？」

「佐良さんの件が久しぶりの依頼だったんで、それしかないでしょう」

才蔵の目は信用できる。榎本の店には警官が何人も訪れており、監視していた才蔵は警官に襲われた――。

ＹＫ団には才蔵のように殺されず、ただ痛めつけられた者もいるのか？　暴力の実行部隊は二系統あり、痛めつける方の担当が警官？

秘密裡に怪我人について病院に問い合わせるのは難しい。都内に一体いくつの病院があるのか。一ヵ所からでも漏れれば、監察が困難になる。

「他に気づいた点は？」

「そうですねえ」才蔵が思案顔になった。「片方はやたらフェイントをかけてきました。癖なんでしょう。もう一方は尾行がへたくそでした。私は逃げきれませんでしたがね」

窓の向こうから、間延びしたカラスの啼き声が聞こえた。

「ご無沙汰してます」

佐良は軽く頭を下げた。東池袋の豊島西地区児童相談所を訪れたのは、何年ぶりだろう。正面には当時連絡を取り合っていた男性職員がいる。五十歳を超えた男性の頭には白髪が目立ち始めていた。

「こちらこそご無沙汰してます。今日はどうしたんです？」

五時過ぎ、応接室に二人きりだった。

「近くに来たものですから」

佐良は無難に言い抜け、先ほど別の職員が出してくれた緑茶を啜《すす》ると、湯呑を置いた。

「例の男の子はどうですか」

「なんと、もう小学生ですよ」男性職員が微笑む。「新しい父親に馴染んで、しっかりと生きてます。母親も改心し、虐待の片棒を担ぐ真似をしなくなりました」

虐待があった家庭の追跡調査は、かなり難しいと耳にする。男性職員はきっちり行っているらしい。

「何よりです。あの男が近寄ってくる気配はありませんか」

ええ、と男性職員は言葉少なに頷いた。あれほど痛めつけられれば当然だろう。

それからひとしきり挨拶めいた世間話をかわし、佐良はすっと姿勢を正した。

「実は先ほど一つ嘘を吐きました」

「というと？」と男性職員が片方の眉をあげる。

「折入ってお尋ねしたい件がありまして」佐良は次の発言が男性職員の頭に染み込むよう、一拍の間を空けた。「例の虐待の件、私と知り合う前に職員の方がプライベートで警察官に相談しませんでしたか」

たちまち応接室の空気が冷えた気がした。エアコンの送風音が室内を満たしていく。

「なぜ今さら？」

否定ではない――。佐良は声を小さくして、秘密めかした。

「実は紹介して頂きたいんです。同じような相談を個人的に受けていて、どう対処すればいいのかを悩んでいまして。なにしろ難しい問題ですから」

男性職員がほっと息を吐いた。

「ああ、その方にご相談したいんですね」

佐良は何も答えず、笑みだけを浮かべた。男性職員は一人で納得して何度か頷き、お茶で唇を湿らせた。

「職員は知り合い……というか同級生の方に相談したようです」

「名前はおわかりになりますか」

「もちろんです」男性職員が声を潜める。「榎本武揚《えのもとたけあき》の榎本に、義理の義、紀貫之《きのつらゆき》の之と書く、榎本義之さんです。当時は目黒署に在籍されてました。現在のご所属は存じませんが、同じ警視庁ならお調べになれるのでは？」

六時半、佐良は一人、渋谷の分室でパソコン画面を凝視していた。

『誰だか知らんけど、やっちまえ。どんどんゴミ連中を殺しまくれ』『いい気味だ。詐欺グループなんかに人権は不要、全員死刑できまりだな』『こんな奴らを野放しにしとくなんて、警察ってほんとクズ』『よくやった。殺し屋に乾杯だ』『殺せ、殺せ』

警察の捜査情報流出と、資料に記された人間が殺されている件について、インターネットやSNS上には様々な書き込みがあった。意見はおおむね殺人犯に好意的だ。二十年前の生き埋め事件の絡みが表に出れば、犯人側への好意的な意見はさらに広まるだろう。

背筋に冷たい戦慄が走り、佐良は体をぶるっと震わせた。

遊び半分でネットやSNSに投稿された文言かもしれない。見方を変えれば、遊び半分ゆえに飾らない本心、人間の本性が発した言葉ではないのか。

このまま私刑を防げないと、いずれ模倣犯が生まれる。法律を順守すべき警察関係者の関与が表沙汰になれば、騒ぎに拍車がかかり、行き着く先は法秩序の崩壊。『警察が法を守らないなら、自分たちだって守らなくていいはず』という考えに至り、『目には目を』の世界が待っている。正確に悪人を断定して処分するなら、まだ救いようもある。疑いがあるだけで、あるいはまったくの思い込みや勘違いで悪人のレッテルを貼り、民間人が民間人を処刑しかねない。日本人はそこまで馬鹿じゃない、という反論もあろう。極論で悲観的すぎる、と鼻で嗤う者もいるだろう。できれば佐良もそう信じたい。だが――。

決して絵空事ではない。

実際、今もすでに起きている。何か酷い事件が発生すると、大勢が群がってくる。まるで無関係の人間を関係者に仕立てあげ、ネット上で悪人だと叩き、真に受けた者やただの愉快犯が電話やメールなどで業務妨害、脅迫などの行為に及ぶケースは後を絶たない。それが、より肉体的な実態を伴い、エスカレートしていくだけだ。

佐良は細く長い息を吐いた。当初は捜査本部だけのブラックリストだった詐欺グループの名簿が、次に彼らを処刑する者にとってのブラックリストに、ついには一般市民も共有する事態となった……。

パソコンの画面を閉じ、アイコンが連なるデスクトップをぼんやりと眺める。

自分は浅はかだった。事の大小を問わず、私刑を許してはならないのだ。内心で、ある程度の私刑を是《ぜ》としていようと、出来の悪い神様を気取っている場合ではなかった――。

警官たる者、いや、誰しもにとってこんなことは悩むまでもなく、当たり前の道理なのかもしれない。しかし、所詮は頭で理解しているだけではないのか。実感を伴っている者がどれだけいるというのか。一体どれだけの人間が、根性焼き男たちに制裁を加えた連中を真正面から非難できる？　誰しも日々の生活に追い立てられ、こうした道理の是非を考える暇なんてない。自分は警官なので、善悪と犯罪、善悪と私刑という問題が目の前に現れ、運よく気づけただけだろう。

そうだ。人間は目前の敵には全力で立ち向かえる。自分の敵は、YK団幹部を殺す連中であり、その連中に資料を渡した警官。ここで食い止める。たとえほんの一瞬の堤防に過ぎないとしても、監察の一員として食い止めねばならない。これが仕事なのだ。

違う、仕事だからではない。役目だから。治安維持のための、社会のための。

三十八歳の社会人にしては青臭い考え方なのかもしれない。だが、青臭さにも失っていいものと、ダメなものがあるはずだ。

佐良の脳裏に斎藤の死が残した宿題が浮かんだ。殉職。人間は仕事のために死んでもいいのか。自分にとって、仕事は社会への役目を果たす形——だとすると、斎藤が残した宿題を煎《せん》じ詰めれば、『人は社会のために死なないといけないのか』となる。そう問われても、何も答えられない。答えが出るまでは、この青臭さを失ってはならない。

不意を突くように、デスクに置いていた携帯電話が鳴った。久しくかかってこなかった番号が液晶に表示されている。

同期で現在本庁捜査一課にいる北澤《きたざわ》だ。北澤は斎藤とも付き合いがあった。大学時代、二人は陸上部の先輩後輩の間柄だった。斎藤の死以来、佐良と北澤との交流は途絶え、仕事で必要最低限の接触をしただけだ。北澤は昨年まで勉強がてら鑑識課に籍を置き、今春には古巣に戻っている。

「珍しいな。北澤が電話してくるなんて」

「監察は動くのか」

挨拶もなく、ぶっきらぼうな声ぶりだった。

「何の件で？」

「二課がちょんぼした件だよ」

「お前に何の関係がある？」

「二課がどうなろうと知ったこっちゃない。けど、殺しだ。一課が動いてる。邪魔すんじゃねえぞ」

「俺は必要な仕事をする。一課が動こうと関係ない」

「警察ってのは悪党をパクッてなんぼだ。落ち着くまでてめえらは引っ込んでろ」

「他に用件は？」

「それだけ言いたかった」

電話は唐突に切れた。

＊

「目黒のマンション、動きはありません」

「追って指示を待て」

彼は簡潔に述べると、携帯電話の通話を切った。同士からの連絡だった。雲隠れした詐欺グループのメンバーの隠れ家はとっくに摑んでいる。摑んでいるからこそ、警察の捜査から逃れさせた。

連中を始末するために、そして世直しのために——。

世直し。字面だけをみると、鼻で笑い飛ばしたくなる類の馬鹿らしい言葉。……が、誰かを馬鹿にするのは、それこそ馬鹿でもできる。結局、誰かを嘲笑した連中は今、何をしている？　何を成した？

誰かがいずれやらねばならない。真剣に実現させようとすればするほど、綺麗事では済まされない。手を汚し、汗をかき、血にまみれなければならない。難しい論理や、わけのわからないカタカナ語を連呼するだけで社会の難事が解決して、悪党が減るくらいなら、とっくの昔に世の中は楽園になっている。自分は口先だけ達者な輩とは違う。道具も用意している。所詮、同士も道具と言える。

次の標的は先ほど電話にあった、目黒区のマンションに身を潜めた男。火がいよいよ燃え広がるガソリンとなれる男。世の中を一層燃え上がらせるのだ。社会のゴミにも、多少は役立ってもらおう。

彼は同士に、『今夜はこの仕事に専念しろ』とメールで指示を出した。本件以外、他の電話には出るな、とも指示に書き添えた。

自殺や事故に見せかけるのは手間がかかる。監察が動き出した時点で、その線を放棄した。監察が動き出すタイミングは予想通りだった。

監察は公安さながら秘密警察じみており、隣の席の同僚でも何をしているのかわからない組織だ。

タコライス店はどの街にも溶けこめ、誰が来店しても不審感を周囲に抱かせず、連絡拠点にはもってこいだったが、すでに行確対象になっているはず。今後も連絡拠点として活動するには、今まで以上の幸運がいる。

グッドラック。彼は同士たちに向け、心中で声高く唱えた。

＊

――マルタイに動きはありません。

榎本を張る毛利に連絡を入れると、そう返事があった。

佐良は分室を出て、山手線に乗り、新宿駅で中央線に乗り換えていた。帰宅ラッシュの車内で前後左右に気を配る。尾行してくる者はいない。七時半を過ぎ、街はもう暗い。

中野駅で降り、北口の中野ブロードウェイを抜け、住宅街に入った。佐良は目星をつけていたマンションの陰に身を潜める。正面には小さな公園があり、誰もいない。砂場には誰かが忘れたプラスチック製の赤いスコップが刺さっていた。

あっという間に三十分が過ぎた。手足が硬直しないよう、佐良はタイミングを見て、屈伸運動などをした。

やがて人影が向こうからやってきた。その人影が街灯の光を浴びる。二日前、おそらく西新宿から自分を尾行した中野署地域課の巡査部長だ。官舎に帰宅するには、ここは必ず通る道だった。幸い一人だ。警官は公務員といっても、定時で仕事がすんなり終わるケースはまずない。この帰宅時間でも、かなり早い方だろう。

巡査部長が、佐良の隠れるマンション前を通り過ぎていく。佐良は忍び足で背中を追い、いきなり声をかけた。

「私に何の用だったんだ?」

巡査部長は弾かれたように振り返ってきた。一瞬、その目が驚きで揺れる。

「アンタ、何なんだよ」

「人事一課だ」佐良は厳とした調子で伝えた。「正直に話せ。さもないと、本庁十一階にお招きするしかない」

巡査部長の顔色が変わった。

「なんのことですか」

「君は二日前、西新宿から上野まで私を尾行した。惚《とぼ》けても無駄だ。証拠もある。私には、中野署の地域課員に尾行される覚えはないんだがな」

巡査部長は口を閉じた。

「君が黙ったままでも私は何も困らない。同僚が通りかかれば、困るのは君だ。私は彼らに人事一課だと名乗るのもやぶさかじゃない」

巡査部長について根も葉もない悪評が一気に広まる。曰《いわ》く『あいつは、スパイだ』『いや、目を付けられる悪さをしたんだ』などと。

「どうやら話す気はないらしいな。正式に君を監察対象にするまでだ。マルタイとなった記録は一生残る。覚悟しておけ」

佐良は事務的に告げた。

「ちょっと待って下さい」巡査部長が渋々といった様子で口を開いた。「あの日は非番だったので、先輩に呼ばれたんです」

「どこに？」

「西新宿です。先輩の店に。店といってもキッチンカーですけど」

「榎本のタコライスはうまかったか」

「ええ、それなりに」巡査部長はそこで口ごもった。監察が榎本を洗い、タコライス店を営む点も調べていると気づいたのだろう。「榎本さんが何を？」

「君には関係ない。君はまだ最初の私の質問に答えていないな」

「ええと……」巡査部長は躊躇いがちに言い足した。「タコライスを食べ終えて帰ろうとすると、引き留められたんです。近くの高層ビルにある喫茶店で、ちょっと待ってろって」

「ふうん。で？」

「一時間後くらいに、電話でタコライス店に戻るよう言われました。戻ると、あなたの尾行を指示されたんです」

発端は才蔵が西新宿署に連行されかけた一件か。あれ以外、榎本が自分に目を止めるきっかけはない。

「尾行の理由は？」

「聞いてません」

「同じ署に勤めていても課が違えば、さほど関係は深まらない。刑事課だった榎本と、地域課の君がどうして親しいんだ」

「当直で一緒になって以来、色々と面倒をみてくれたんです。榎本さんは苦労人なので、後輩の面倒見がいい方でした。私としては恩返しの意味もありました」

「恩返しという名目で、君はカイシャを辞めた人間の言いなりになって、カイシャで培《つちか》った技術を悪用した。それでいいんだな」

「そんな言い方……」

「事実だ。君は結果的に私の仕事を邪魔した。我々の監察対象者リストに入っても不思議じゃない」佐良は少し声を緩めた。「正直に話せば、少し考えてやってもいい」

犬が遠くで鳴いた。巡査部長は周囲に視線を配り、一歩佐良に近寄ると、声を潜めた。

「金を貰ったんです」

「いくら？」

「五万円」

「私を尾行してどうしろと？」

「素性を突き止めろと。突き止められたら、別に五万を渡すと言われました」

「かなりいいバイトだな。理由を聞こうとも思わなかったのか」

「脳裏にはよぎりました。けど、ほしいものがあったので引き受けたんです」

「榎本はなぜ君に頼んだ？　失礼を承知で言わせてもらおう。君は地域課員で、尾行は本職じゃない」

　巡査部長は心持ち胸を張った。

「交番勤務の際、空き巣犯を尾行してヤサを突き止めたことがあって」

「制服を着て？」

「はい。それを榎本さんは知ってたので。というか中野署では誰でも知ってます」

なかなかの腕……いや、佐良が西新宿でこの男を簡単に炙《あぶ》り出せた点を考慮すると、単に相手に恵まれただけか。

「尾行に失敗した後、榎本は何と言った？　私を見失った後、上野で電話をかけた相手は榎本だろ」

「え……そうです。榎本さんは、そうか、とだけでした。また店に来いよ、とも」

「榎本の店は儲かってる？」

「さあ」

　ぽんと十万円を払えるだけの売り上げがあるのだろうか。

「榎本から韓国マフィアの話を聞いた憶えはないか」

「はい？　ありませんが……」

　巡査部長の両手はきれいで、最近誰かを殴ったような傷はなかった。

5

午後九時過ぎ、壁に寄り掛かり、佐良は正面を見つめた。マジックミラーの向こうには、渋谷中央署の帳場の峰がいる。聴取役は須賀だ。この聴取後に庁舎を出た峰を行確すべく、佐良は呼び出されていた。

峰が捨てたゴミからは、裁断された紙片が多数見つかった。鑑識の地道な復元作業の結果、ＹＫ団の幹部名が複数印字されていたと判明した。フォントや紙も、帳場にあるプリンターのものと同質だった。そこで、中野署地域課員や児童養護施設職員の証言もあり、榎本と接触した峰を緊急聴取する運びになった。あと三十分もすれば、今晩も帳場では捜査会議が開かれる。峰の不在を訝《いぶか》る者もいるに違いない。疑問が出れば、管理官が適当に誤魔化す手筈は調えた。峰の親類が危篤状態になったという話になっている。

須賀が淡々と切り出した。

――これまで何度、捜査資料を自宅に持ち帰った？

――いちいち数えてません。誰だってそうでしょう。

――持ち帰った資料はその後、どうするんだ。

——翌日に職場に持っていきます。

——何度、自宅で資料を紛失した？

——ありません。あるわけない。

峰が少し語調を強めた。では、と須賀が無表情に受け流して続ける。

——家で廃棄した経験はあるか。

——捜査書類を廃棄する時は、職場でシュレッダーにかけます。

須賀の目つきが一際冷ややかになる。

——君が捨てた家庭ゴミから捜査資料と思しき紙片が見つかった。

——私の家のゴミを押収した？

——どこかの帳場が騒がしいせいだな。紙片は何なんだ。

須賀は何が書かれていたのかまでは言わない。返答と事実に齟齬《そご》があれば、一気に追及できる。

峰が思案顔になった。

——捜査資料というより、不要な紙をメモ用紙代わりに持ち帰った記憶があります。その紙でしょう。

職場の備品を私用で使うのも、厳密には許されない。しかし、今回の捜査情報流出に関与したと結論づけられるよりはマシだ、と峰は判断したのだろうか。

——メモ用紙にした紙には、何が印字されてた？

——憶えてません。

——質問を変えよう。どんな書類なら、メモ用紙代わりにする？

——捜査とは無関係の書類ですね。

——カイシャには、捜査に無関係な書類なんて存在しない。

須賀が抑揚のない物言いで迫り、峰は一旦口を閉じた。須賀はまじろぎもせずに何も言い足さない。

数秒後、峰が口を開いた。

——言い直します。さして重要ではない書類という意味です。

——重要な書類とは何だ。

——捜査の見立てや人間関係、個人名、連絡先などが記された書類です。

——では、そうした内容が記された書類を廃棄する時は職場でシュレッダーにかけ、メモ用紙にもしない。この理解でいいのか。

——はい。

一瞬、峰の目に不安げな色が浮かんだ。かたや須賀はポーカーフェースを微塵《みじん》も崩さない。

——君が捨てた家庭ゴミから発見された紙には、今回大騒ぎになってる詐欺グループの幹部と見られる名前が複数あった。

峰が絶句した。頭の中で様々な言葉がよぎっては散っていくさまが目に現れている。

——何かの間違いです。

——間違いで君を呼び出すほど、監察が間抜けだと思うのか。

須賀がつっけんどんに突き放すと、峰は喉仏を大きく上下させた。口の中は乾ききっているはずだ。空気を飲み下したのだろう。

——おそらく……持ち帰った書類とメモ用紙用の書類がごっちゃになり、誤って自宅で裁断したんだと思います。

——処分対象となりうる重大な問題だな。

——はい。

消え入りそうな声だった。

——捜査資料を外部の人間に渡したことはあるか。

——ありません。

——見せたことも？

——ありません。

——インターネット上にアップしたことは？

——ありません。

言葉少なに応じる峰は、顔を硬直させている。目の焦点も須賀に合っているようで、合っていない。二人の中間に漂う空気をぼんやり眺めている有様だ。

――今ならまだ情状酌量の余地はある。

――本当です。

――今の返答が虚偽だとわかれば、君の居場所は警視庁になくなる。家族は困るだろう。

――理解しております。

峰は神妙な面持ちだった。水が表面張力の限界まで満ちたコップ、今にも張り裂けそうなほど膨れ上がった風船、地上に上がり息も絶え絶えの魚……といった類のものを連想させた。

もう少し揺らせば完全に落とせる。刑事として、監察として培った佐良の勘はそう告げていた。

不自然な沈黙が流れる。

――それならいい。

須賀は呆気なく追及を止め、帳場の人間で捜査資料を外部に流出させる人物に心当たりがあるか、などと尋ねていく。榎本には触れなかった。峰は最後まで『わからない』と答えるだけだった。

十五分後、聴取の終わりに須賀が釘を刺した。

——聴取の件は他言無用だ。

——承知してます。

佐良は庁舎を出た峰の後を追った。峰は千代田《ちよだ》線で霞ケ関駅から表参道《おもてさんどう》駅に出て、銀座線に乗り換えて渋谷駅で降りた。街には仕事帰りの会社員らで溢れている。雑踏の中、峰は周囲を見回すと携帯電話を何度か操作し、そっと耳に当てた。狙い通りだ。

＊

ひと通りの報告を受けると、向こうから、すがりつくような声が漏れてきた。

「どうしたらいいでしょうか」

彼は舌打ちしそうになった。相手は捜査二課員の峰。つい先ほどまで監察に聴取されていたという。

峰と通話中の携帯とは別の端末で、メールを送信した。このほんの少しの間に、峰の言葉を嚙み砕きたかった。

どうしたらいい、だと？

怒鳴りつけてやりたい衝動に駆られる。

世の中には自分で思考できない者が多すぎる。比較的切れる人間が配置される二課員ですらこのザマだ。……勝手に動かれるよりはましか。バカが『よかれ』ととった行動ほど手に負えない。思慮が足りず、結局は傷口が広がってしまう。開き直った挙げ句の暴挙も始末に困る。しっかり手綱を握って管理するのが、能力がある者の役割だろう。もっとも、人間は頭の良し悪しだけではない。各人各様に持ち場がある。峰もまだ使える。

「教えてください。私はどうすればいいでしょうか」

彼は何度か咳払いし、口を開いた。

「大丈夫だ。見捨てはしない」

「安心しました。電話が繋がって良かった……」

彼は通話を切り、今の内容を吟味していく。

かろうじて追及をかわせた、と峰は伝えてきた。相手は監察だ。一筋縄ではいかない。迫ってくるスピードが予想以上に速い。よほどの手練れが担当しているのだ。峰には『ぎりぎりで追及をかわせた』と思わせた？　十分にありうる。峰は単に囮《おとり》として放たれただけではないのか。

おそらく、いま峰が電話をした場面を監察は現認している。監察は峰の通話履歴を手に入れ、相手を洗い出す。電波発信記録で、相手の居場所も探るはずだ。自分ならそう手を打つ。

ぐずぐずしていられない。さっさと次の標的を始末するべきだ。緊急連絡用の携帯端末を持っていて良かった。

誰しも小中学校の授業で、水彩絵の具を使った経験があるだろう。完成した絵がどんなに綺麗な配色で描かれていようと、バケツの水は汚れている。赤や青、黄色や緑。様々な色はバケツで混ざり合い、やがて黒色になる。

世直しも同じだ。黒く汚れるのを厭《いと》うては何も始まらない。だいたい、すでに世の中は真っ黒。さらに黒く汚れたところで誰が気にする？

グッドラック。彼は真っ黒な世界に向けて呟いた。

＊

クソッ。佐良は虚空を睨みつけた。榎本を見張る皆口と通話中だった。本庁を出た峰が、渋谷中央署の近くで電話をかけた相手が榎本かどうかを確かめられなかったのだ。須賀が聴取であえて榎本に触れなかったのは、榎本が元締めなら、聴取後に峰が早急に連絡を入れると踏んだからなのに……。榎本はまだ西新宿で、片づけようとしたのか電話に出ようとしたのかキッチンカー内で屈みこみ、皆口からも毛利からも見えなくなったという。ただ、明日には通話履歴を洗える手を打ってある。

「あの」皆口が会話を継いだ。「北澤さんから連絡はありましたか」

「ああ。そっちにもあったんだな」

「はい。『いつか捜査一課に入りたいんだろ？　お前ならじきに入れる。何か理由をつけて捜査一課が携わる業務から外してもらえ』って熱っぽい口調で。断りましたけど」

北澤なりに気を揉んでいるらしい。

「一課も大変みたいです。『いくらマルガイが救いようのない悪党だろうと、もう誰も殺させない』と北澤さん、輪をかけて強い語気でした」

佐良は腹にぐっと力を入れた。そう。これ以上好き勝手にさせてはならない。とはいえ、私刑について北澤と本音で語り合う機会はないだろう。皆口とのように胸の内をさらけ出せる間柄ではない。

「出来の悪い神様の話、憶えてるか」

「ええ」

「俺たちは間違ってた。たとえある程度までの私刑なら許したいという気持ちがあっても、許しちゃいけないんだ。皆口とこの話をした後、ホームレスが襲われる場面に遭遇してな。俺はホームレスを助ける手を打った。その時、もしも目の前で暴行を受けてるのが悪人だったらどうするかを考えた。結論は出なかったが、今日SNSやネットで、詐欺グループを殺した連中への賛美を読んだ。正直怖かった。ぞっとした。私刑を認めた末路が垣間見えたんだ」

皆口はじっと聞き入っている。佐良は渋谷の狭い夜空を仰ぎ見た。雲ひとつないのに、星はまったく見えない。

「過激な私刑は今もネットに氾濫《はんらん》してるよな？　それが先鋭化される。暴力が正当化され、誰もが今以上に身に覚えのない理由で精神的な苦痛、肉体的な苦痛の餌食になってもおかしくない社会が訪れる。下地はある。想像力を働かせすぎだと批判されようとも、〇・一パーセントでも懸念があるなら見過ごせない。綺麗事や戯言《ざれごと》に聞こえるかもしれないけど、俺の本心だ」

数秒の間が空いた。

「今の話で、治安維持法について意見を交わした時のことを思い出しました」

皆口は懐かしそうな声だった。誰との会話かは問わなくてもわかる。斎藤だ。

「当時の当局と、現代の『正義大好き人間』が根底に持つ感覚は一緒なのかもしれませんね。前者は法律や命令に、後者は御仕着せの正義に盲従してます。どちらも自分たちを絶対と信じ切って疑おうとしない。人間も法律も正義も完璧じゃないのに」

先日新聞で見た、タカ派の与党議員もその一人なのかもしれない。佐良の中で考えがまとまっていく。

「法律や命令に寄り掛かるのも、無秩序を歓迎するのも違う。人間はその中間に身を置かないといけないんだろう。けど、意識的に心がけていないと、いつのまにかどちらかに吸い寄せられる恐れがあるんだ。今回のネット上の騒ぎを見ても、人は威勢のいい言動や極端な論調に魅かれがちだとわかる。人々が両極に取り込まれないよう、警察には中間地点の治安を保つ役目があるのかもしれない。ある程度の私刑を認めた人間が言っても、説得力はないが」

「そんなことないですよ。佐良さんの頭や発想が凝り固まってない証明です。常に考え続け、これまでの考えが間違ってると思えば修正できる柔軟性があるんでしょう」

斎藤なら何と言うだろう。

「俺がどんな人間かはともかく、皆口は皆口自身の結論を導き出してくれ」

「ええ。私刑を認めた末路なんて、想像したこともありませんでした。自分なりに頭を悩ませてみます」皆口は決然とした声のまま続けた。「考え方Aが違っても、考え方Bだけしかないわけじゃないですもんね。アルファベットはまだたくさんあるし、アルファベットの選択肢が尽きても、数字の選択肢が残ってます。いわば論理、理屈、解釈の仕方なんて数限りなくある」

「今はきっちりと自分たちの役割を果たそう」

電話越しでも皆口の顔が緩む気配を感じた。

「どうやら私たちって損な性格みたいです。時代遅れなんですよ。今の時代、いかに手軽に、便利に生きていけるか——言い換えれば、頭や体、様々な道具を使わなくても事足りる方向に進めるのかが最優先事項なのに、明らかに逆行してます。いくら警官、しかも監察だからって、難しい問題には目を瞑ってしまえるのに、しようともしない。できないんです」

「厄介な性分だな」

「私たちみたいな時代遅れの人間も必要ですよ。厄介者が一人もいなくなり、一方向にしか動かない社会なんて怖すぎます」

「そうだな。引き続き、行確を頼む」

佐良は渋谷中央署を、片側二車線の道路越しに見上げた。峰の心中は間違いなく乱れている。行動を丹念に追えば、綻《ほころ》びを目にするのは間違いない。

時間が意識の表面を流れていく。警官となって以来、どれくらいの時間をこうして待ち続けてきただろう、もはや計算できない。他人からすれば無意味な時間の塊でしかない。人生を無駄にしていると非難する者もいる。だが、警官として真っ当に仕事をこなしてきた証明でもある。

もし斎藤が生きていれば、おそらく自分は今も本庁捜査一課にいた。北澤と同様、ＹＫ団幹部殺人事件の捜査に携わったに違いない。別に一課に戻りたいのではない。人生なんて簡単に道が変わるというだけだ。斎藤もそう認識していた。いつ一課から公安に戻されるかわからない、と。十年後、自分はどんな仕事に就いているのか。思いを巡らせても何も見えてこない。けれど、十年経っても犯罪と悪の相似性や、その違いに結論を見出せない姿だけは想像できる。

いつしか十時を過ぎた。渋谷中央署の帳場は動かない。榎本もいつもならキッチンカーを畳む時刻が過ぎたのに、まだ西新宿で店を開けている。今夜タコライスを食べる人間はもういないだろうに……。

電話が震えた。

「やられました」毛利だった。いつになく抑揚のない声だ。「榎本が消えました」

佐良は束の間絶句した。

「どんな状況だったんだ」

「榎本はまずキッチンカーの中で姿を消しました。何度もあった行動だったので、屈みこんだのだと」

またか。峰から電話がかかってきたかどうか推し量れなかったのも、榎本が屈んだためだった。

「そのままいなくなりました。車内で屈みこんだ、と私も皆口さんも判断した直後、宴会でもあるのか、かなり大勢の会社員がキッチンカーの前後を通り過ぎました。その集団に紛れたのだと思われます」

毛利の口ぶりはなおも起伏がなく、書類を機械的に読み上げているようだ。動揺している？　いや、地金が剝き出しになっただけか。

「つまり、榎本はキッチンカーの裏側から出て、会社員の集団に紛れたんだな」

「他に考えられません」

周囲に溶け込めるコートを着てしまえば、数秒間は目をごまかせる。こちらはタコライス店の店主の恰好をする榎本を見張っているのだ。数秒あれば、監視の目もすり抜けられる。榎本は見事にやってのけた。コートはキッチンカーに積んでいたのだろう。

「キッチンカーは？」

「置いたままです」

「トイレは？」

「榎本がいつも使う高層ビル地下一階のトイレなどには、影も形もありませんでした」

「消えたのは何分前だ？」

「約二十分前です。皆口さんと異変に気づき、トイレなどを探したんです」

もう探しようもない。キッチンカーを張り続けるしかない。榎本にとっては大事な商売道具だ。朝まで放ったままにはしないはず。

「皆口と待機してくれ」

佐良は指示を出し、通話を切った。

毛利は監視にかけては信頼できる。二つ理由がある。まずはやる気を漲《みなぎ》らせるタイプではない点だ。やる気を前面に押し出す輩の多くは、やる気さえあれば失敗しても許されると勘違いしている。えてして失敗する機会も多い。やる気に逸って見るべき場面を見逃し、聞くべき語句を聞き逃し、すべき行為をしないからだ。次に、毛利が公安の伝統――任務至上主義を色濃く引き継いでいる点だ。人当たりの良さという仮面をかぶっていても、『仕事に支障をきたす恐れがある』と判断すれば、何事も切り捨てられる。

榎本はそんな毛利を振り切った。現場には皆口もいた。あの二人の目をすり抜けたとは大した男だ。タイミングを計っていたのか。行先は？　目的は？　確かめるにはどうすればいい？　佐良の脳内はめまぐるしく回転した。

ひとつだけ案が浮かんだ――。

電話が震えた。今度は皆口だった。

「見たこともない男が、榎本のキッチンカーを片付けてます」

タコライス店に従業員がいるとも思えない。いれば、これまでにも見かけている。いきなり雇い、バイト一人に後片付けを任すはずもない。

「男には警官のニオイもありません」

「そいつがキッチンカーで移動するなら追尾しろ」

「了解。すでに毛利君が車を取りに行ってます」

佐良は通話を終えると、須賀に電話をかけ、現状を手短に伝えた。

「三人で追え。高円寺の榎本宅と、練馬の仕込み場は別組に張らせておく。峰もこっちでフォローしよう」


一時間後、佐良は新宿の百人町《ひゃくにんちょう》にいた。キッチンカーを榎本宅に移動させた男は、高円寺駅で総武線に乗り、大久保《おおくぼ》駅で下車して、百人町のワンルームマンションに入っている。

この辺りはラブホテルが連なる一画からは少し遠い。それでも佐良は駅を降りて以降、南米やアジア出身と見られるホステスや娼婦とすれ違った。どの国のものか見当もつかない言葉をあちこちで耳にした。上野のアメ横同様、だいぶ国際化が進んでいる。

なにより、ここはコリアンタウンでもある。榎本と韓国マフィア。線で結ばれたのだろうか。当然ながら、日本にいる韓国人の九十九パーセントは善良だ。日本にも韓国にもアメリカにもどの国にも、悪い奴ら――マフィアがいるだけで、そもそも榎本のキッチンカーを移動させた男が韓国人とも限らない。

佐良は細くて薄暗い路地を進んだ。少し先に人影が相前後して闇に溶け込んでいる。皆口と毛利だ。車両を停車させておくスペースがなく、壁際やアパートの階段下に身を寄せている。どちらも男が入ったワンルームマンションの出入り口を監視できる場所だった。

まず古いアパートの階段下にいる、皆口に近寄った。

「動きはありません」皆口は口惜しそうに続けた。「マルタイを見逃してしまい、すみませんでした」

佐良は小さく頷き、視線をワンルームマンションの方に振った。

「男の素性は？」

「不明です。灯った電気で部屋の位置だけは確認できました。四階です。四〇一から四〇五の四階部分の郵便受けに名前はありません。個人を特定できる郵便物も発見できませんでした」

「ちょっと待ってろ」

佐良は十五メートルほど先の壁際にいる毛利に歩み寄った。傍らに立つと、毛利は目だけでこちらを一瞥した。

「お疲れ様です」

毛利は、低い声でも聞かせたい相手だけには届く声色を使った。物柔らかな面容に焦りの色はない。先ほどの電話では素を覗かせていたが、もう気持ちを立て直しているようだ。

「動きはないんだな」

「ええ」

「今度は見逃すなよ」

「はい」

「謝らないのか」

「は？」

「マルタイを見逃した件だ」

毛利はまたちらりと佐良を見やった。朗らかな面相は揺るがない。

「謝罪したからって、失敗は取り戻せません。それに前にも話した通りです。謝罪する時がくれば、全力で体を投げ出す勢いで謝ります」

ツラの皮の厚さは相当だ。冷たい風が路地を吹き抜けた。どこかで空き缶が乾いた音を立てて足元を転がっていく。

佐良の気持ちをいなすように電話が震えた。須賀だった。

「目黒でまた殺し。今度も射殺だ。マルガイはＹＫ団幹部で、二十年前の生き埋め事件の犯人だった男」

佐良は奥歯をきつく嚙み締めた。榎本が消えた直後の殺し。このタイミングが偶然であるはずがない。

まんまとやられた――。

腹の底から深い息を吐く。熱い息だった。

「二人にも伝えます」

「詳細は追って連絡する」

通話を切ると、佐良は毛利の目を真っ直ぐ見据えた。

「また殺された」

毛利は柔和な面貌のまま、眉一本動かさなかった。

四章　マリオネット

1

吉祥寺駅北口から五日市《いつかいち》街道まで延びるアーケード街は昼間、平日でもかなり賑わう。半面、午後九時を過ぎた頃には各店がシャッターを下ろし、まもなく日付が変わるこの時間帯ともなれば、ほとんどひと気は消える。街灯や軒先を彩るきらびやかなクリスマス用の飾りが、どこか虚しい。山下達郎の『クリスマス・イブ』のインストルメンタルがうっすら流れていて、佐良はクリスマスを巡る斎藤との会話を一瞬だけ思い出した。

視界の端には、皆口の後ろ姿を置いている。連れ立って吉祥寺にやってきたのではない。大久保から皆口を行確した。正確に言えば、皆口を尾行する人間を現認するために後を追ってきた。皆口を尾行する男を通じて、榎本の居場所を炙り出せるかもしれない。今回のヤマに関わったからこそ、皆口は尾行されていると思われる。そして今回のヤマの背後には、榎本の姿が見え隠れしている。渋谷中央署近くで峰が電話した相手は、榎本ではないのか。通信会社の担当が帰宅しており、明朝まで照会できないのがもどかしい。

佐良は、百人町で皆口と交わしたやり取りを思い返していく。

——今日は引き上げろ。張り番免除のローテーションを復活させる。昼夜連続勤務も丸三日だしな。

——どうしたんです？　マルタイが消えて、殺しも起きたんです。今こそ総力戦で臨むべきでしょう。

——俺も歳をとったのか、そろそろ体力が限界でな。

——だったら、佐良さんが先に休んで下さい。私はまだ大丈夫ですので。

——レディファーストだよ。順番からいくと皆口が帰宅する日だし、自宅から持ってきてほしいものもあるしな。

皆口は怪訝そうに眉を寄せた。

——先に言ってくれてれば、今朝着替えに戻った時に持ってこられたのに。一体、何を？

——斎藤のハンカチ。

皆口の眉間に入る皺が深くなった。

——何のためにです?

——今回の案件、俺たちは撃たれた。線条痕が二年前の事件のものと一致した。忘れてないよな。ハンカチの使い途《みち》は、その時がくれば話す。

出任せにしては説得力があったのか、皆口はこくりと頷いた。餌にすると告げなかったのは、いくら腕利きの人間でも肩に力が入り、相手にこちらの狙いを気づかれてしまいかねないからだ。

皆口が滑らかな足取りで、ひと気のないアーケード街を北向きに進んでいく。首元では、斎藤が贈った白いマフラーが揺れていた。

佐良は、続けて毛利との会話も反芻した。

——ここから皆口を離す。俺も転戦する。一人で行確してくれ。できるよな。

——ええ。

——もうミスは許されないぞ。

——承知してます。

毛利の温和な声やツラには、何の感情も浮かんでいなかった。

思考を遮るように、前方右側の路地に人影がぬっと現れた。トレンチコートを羽織った虎島だ。虎島が右手で後頭部をさりげなく掻く。こちらへの挨拶だ。

まずは皆口がアーケード街をいき、二十メートルほど間をあけて虎島、その十メートル後ろを佐良が続く。冷え込みは厳しく、足元から硬質な冷気が絡みついてくる。

そういえば昨年皆口を行確した際、この辺りで二匹の猫が横切っていった。あの二匹は今夜、ちゃんと温かい寝床を確保しているのだろうか。

つうっと佐良の意識は醒めた。もう一人の人影が出現したのだ。皆口の約十メートル後方を若い男が歩いている。男はアーケード街に隣接する寺を過ぎたあたりで、急に現れた。寺の壁際に身を寄せていたのか、植え込みに屈んでいたのか。やおら虎島が左手で後頭部を掻いた。

あれが、虎島が言っていた吉祥寺署の男——。

疑念がたちどころに膨らんだ。吉祥寺署の男が歩く姿と、才蔵の言葉とが重なる。

才蔵は襲ってきた二人組について、一人は尾行が下手だったと話していた。

前方の吉祥寺署の男も尾行が下手だ。虎島や佐良の存在にも気づいていない。男は頭の位置からして、ただ皆口に視線をやり、追っているだけだ。足音を消そうとしているが、技術がなく、消えたり鳴ったりもしている。囮？　違う。それなら虎島のアンテナに別の人間が引っかかる。虎島なら相手の姿が見えなくても気配くらいは察する。佐良は念のために周囲を目玉だけで見回した。やはり視線は感じない。ひと気もない。皆口を尾行しているのは、自分と虎島を除けばあの吉祥寺署の男だけだ。

皆口が五日市街道を左に曲がった。皆口のマンションは五日市街道を渡り、少し先の住宅街にある。どこに行くのか。皆口の行程がいつもと違い、吉祥寺署の男は焦ったのだろう。少し足を速めている。虎島と佐良は落ち着いた歩調を保った。急に歩調を変えると靴音が乱れ、尾行相手に勘づかれかねない。

皆口はしばらく五日市街道を西に向かった。かつて吉祥寺の名物的存在だった映画館『バウスシアター』があった辺りを過ぎ、一つ信号を越えると、第一ホテルの裏手に行き着く路地に入った。皆口はそのまま南下して、左手に延びる路地に進んだ。男が続き、数秒後に虎島が路地に消える。さらに数秒後、佐良も路地に入る。

目を見開いた。

路地に男がうつ伏せに転がっていた。軽く身構えたままの皆口が、冷ややかに男を見下ろしている。

虎島が目を合わせてきた。どうする？　視線が言っている。

「警察です。大丈夫ですので、ご帰宅下さい」

佐良は野次馬を扱う要領で形式的に告げた。

「ああ、はあ、では」

虎島が戸惑い気味の演技を見せ、うつ伏せの男に顔を見られぬよう路地をUターンして出ていく。皆口も特に声をかけない。

虎島の姿が薄闇に消えると、皆口はこともなげに言った。

「この人、どうします？」

佐良の行確も把握されていたらしい。この場にいる理由を尋ねてこないのがその証左だ。佐良は肩をすくめ、男の脇に屈みこんだ。

「話せるか」

ううう、と男は呻き声をあげ、肘でなんとか身体を起こし、路上に座り込んだ。佐良は男の顔を凝視する。

「吉祥寺署の人間が何の用だ？」

いきなり皆口にやられたショックなのか、のっけから正体を突きつけられて物事を判断できないのか、男はうなだれ、何も言わない。

「黙る気なら、最後まで口を閉じておけ。本庁十一階に連行してもな」

男が勢いよく顔を上げた。表情はきつく強張っている。佐良は畳みかけた。

「君は十一階の住人をつけまわした。相当な覚悟があったんだろ」

「そんな……」男の目が泳ぐ。「知らなかったんです」

「ストーカーも立派な犯罪だ。事と次第によっては懲戒免職確実だな」

いつでも被害届を出しますよ、と皆口も調子を合わせてくる。

　男は言葉を失っている。佐良は視線を強めた。

「誰に頼まれた？　吉祥寺署に問い質せばいいのか」

「勘弁して下さい」

　男はすがりつくような眼差しだ。

「だったら、正直に言え」

「それは……」

　男が言い澱む。依頼主とよほどの関係性なのだ。佐良は黙した。数秒の空白が流れ、沈黙が重たくなっていく。

　やがて男は躊躇いがちに口を割った。

「先輩です」

「フルネームを言え」

「榎本義之さん」

「彼は警察を辞めてる。どこで繋がりを持った？」

　男は驚愕の色を顔に浮かべ、再び口を閉じた。

　路地はしんとしていた。硬い冷気が全身に圧《お》し掛かってくる。目の前の男は今、寒さを全く感じていないのだろう。むしろ、焦りや不安で体内は燃えるように熱いはずだ。

「義理立ては君のためにならない」

　意を決したのか、男はゆっくり口を開いた。

「……互助会でお世話になったんです」

　互助会？　佐良は皆口に目配せした。皆口も訝った顔つきだ。

「その互助会ってのは何だ」

「え？」男はぽかんと目を丸くして意外そうだ。「ご存じないんですか」

「君の口から聞きたい」

　佐良はあえてすげなく突き放した。こちらはすべて把握している、隠し立てするな、というポーズを示すためだ。

　おもむろに男が深く息を吸い、座ったまま姿勢を正した。

「私が警官となって二年目の時、妹がろくでもない男に引っかかり、大金を巻き上げられたんです。妹にとって大事な金でした。小学生の頃からお年玉や小遣いをこつこつ貯め、高校、大学では週六日のアルバイトで作った貯金です。結婚式はギリシアの小島で挙げる。このお金で両親や親戚を招待するんだ、と。小学生の頃からですよ。信じられますか」

　男は一気に言った。質問の答えではないものの、続けよう。互助会の説明に入る前段階だろう。

「結婚詐欺の被害に遭ったんだな」

「はい。相手の住所も名前もデタラメでした。電話は通じたので、警察力を総動員すれば何とかなると思い、自分は被害届を出せと告げました。両親は妹を傷物にしたくない、晒し者にしたくないと言い、妹も泣き寝入りを決めた。私は酒の席でやるせなさを先輩にぶつけました。すると、榎本さんを紹介してくれたんです」

「榎本に妹さんの件を説明したのか」

「ええ。『任せておけ』と力強く仰りました。具体的に何をどうするとかは説明されませんでした」男は喘ぐように息継ぎをした。「一ヵ月後です。妹を弄《もてあそ》んだ男は、多摩川の河川敷で両手両足を骨折しました。狛江《こまえ》署が事情を聞いても、『転んだだけだ』と繰り返すだけだったそうです。当時、自分は近隣署の地域課にいたので、この事件を受け、上司から念のために学生などの集団暴行に注意するよう指示を受けました。翌日、榎本さんから『完了した』と電話があったんです」

「事実関係を咀嚼《そしゃく》させてくれ。榎本は結婚詐欺師を痛めつけた上、男に因果を含めて口も封じた」

　男はこくりと頷いた。佐良は皆口と視線を交わした。似ている。池袋西署で幼児虐待をした父親や強姦野郎の身に起きたケースに。才蔵が襲われ、ＹＫ団幹部が次々に死んでいる一件とも。

「自分は榎本さんに礼を言うと、『互助会が当然の報いを与えただけだ。君も会に入らないか』と誘われました」

「互助会とは、法では裁けない悪人連中に実力行使する集団で、メンバーは警官なんだな」

「広い意味で自分はそう認識してます」

「広い意味で、というと？」

「自分が互助会として動く際は、今も榎本さんから連絡を受けます。退官しても榎本さんは互助会メンバーなんです」

ＯＢが暴行しても現役警官がメンバーにいれば揉み消せる。また、退職してもＯＢは警察組織の一員とも言え、彼らは折に触れて現役の監視を受けている。ＯＢの失態も警察の信用失墜に繋がるためだ。榎本はそこをうまく利用しているらしい。

「当事者は参加しないのか」

「その事件とは無関係の人間が『懲らしめ』を実行するんです」

「互助会では、実力行使を『懲らしめ』と呼ぶんだな」

「ええ。時には暴力も必要ではないでしょうか。妹の場合のように、警察が介入できない犯罪もあります。法律ではどうにもできない悪党もいます」

覚知していても被害届が出ないケース、限りなくクロに近いのに証拠がない事例など、警察では様々な未解決事件が山積みとなっている。

「いつ頃から存在する組織で、何人いる？」

「詳細は知りません。自分は榎本さんの連絡を受けるだけなので。毎回顔を合わせる人間も違います。現場で会う人以外、誰がメンバーなのか知る由もないんです」

榎本のタコライス店を訪れた警官も互助会メンバーだろう。渋谷中央署の帳場に入る峰、さらに別組が追った男もいた。互助会は警察組織に広がっている……。どれくらいの規模なのか予想もつかない。

「君は先ほど、私が互助会について尋ねると意外そうだったな」

「誰も口に出さないけど、警官なら誰もが知る裏組織とばかり思ってましたので」男は佐良の顔色を窺い、言い足した。「お二人の様子からすると、私の正直さを試されたんですね」

うまく騙せたらしい。佐良は答えず、質問を投げ返した。

「今まで君が顔を合わせたメンバーは誰だ？」

「名前は互いに言いません。懲らしめの現場以外で顔を見た憶えもありません」

互助会が動く時、普段顔を合わす確率が低い者同士で実行部隊を構成するようだ。

「異動先で顔を合わす場合もあるんじゃないのか」

「そうなった経験は、私にはありません」

「メンバーの印象は？」

「カイシャの中でもとりわけ正義感の強い人間が集まっている、と感じました。ご存じの通り、おざなりに仕事をこなすだけの先輩も多いですから」

「今回も君は榎本に」佐良は、皆口に向けて顎を振った。「彼女の行確を頼まれたのか」

「はい」

「顔をどうやって知った？」

「免許証の写真を渡されました」

写真を仕入れられる以上、榎本は皆口の顔も名前も把握しているのだ。

「なぜ榎本は彼女の顔を知っていたんだ？」

「二年前に殉職された方がどうとか」

榎本は斎藤と接点があった？　どこかの帳場で顔を合わせていても不思議ではない。

自分は斎藤のすべてを知っているわけではない。

「有名人は辛いですね」

皆口が冗談めかした。さすがだ。肝が据わっている。

「榎本の連絡先は？」

「いつも非通知設定なのでわかりません」

「榎本の居場所は？」

「知りません」

男の受け答えに嘘の気配はない。

「互助会の正義が誤っているとは思わないのか」

男の目がつり上がった。

「悪人は報いを受けるべきでしょう。でも法律は不完全です。互助会は必要な組織じゃないでしょうか」

「仮に私刑の結果、対象者が死んだ場合はどう思う」

「自業自得です」

唾を飛ばし、強い語気だった。佐良は急に喉の渇きを覚えた。

「君は殺したのか」

「まさか。ないですよ」

「互助会の行動が殺しに至った事例は？」

「聞いたことはありません」

男は真顔で首を振った。本当に皆無であってほしい。

「私も偉そうなことは言えない。けど、自分を疑えなくなったら終わりだぞ」佐良は無機質に続ける。「君はもう一人と組み、西新宿で男性を暴行した。被害者の男性は一般市民で、互助会に暴行を受けるような犯罪には関わっていない。無条件に互助会の正義を信じた結果、君は単なる傷害犯に成り果てた」

男の肩がガクンと落ちた。

「榎本から韓国マフィアの話を聞かなかったか」

「いえ」

隠し事をしている人間の表情や声音ではない。

「もう一度訊く。答えによって君への心証が変わってくる。よく自分の立場を考えてから口を開け。本当に互助会メンバーの名前を知らないのか。榎本の連絡先を知らないのか」

男の頬が細かく震えだした。

信号が青に変わり、佐良はアクセルをゆっくりと踏んだ。助手席の皆口はエアコンの吹き出し口を調整している。

「この可愛い車、どうしたんです？」

「友人に借りたんだ。吉祥寺が地元で良かったよ」

虎島の古いビートルだ。皆口には『自宅に戻って、少し待っててくれ』と言い、虎島の事務所に赴いた。今から向かう先は、調布《ちょうふ》の多摩川べり。先ほどの吉祥寺署の男と才蔵を襲った警官を呼び出している。吉祥寺署の男が口を割ったのだ。連絡先に電話を入れ、佐良は互助会の人間だと名乗った。

――声がいつもの方と違いますね。

――普段君に連絡する人間を私は知らない。彼も私を知らない。しかし、君の話は聞いてる。今すぐ行ってほしい場所がある。

――私が断れば、別の人間に連絡を？

――君に言う必要はない。

男は府中《ふちゅう》署員で、荻窪《おぎくぼ》に住んでいた。深夜、車なら指定の場所までさほど時間はかからず、不審感を抱かせる距離でもない。

また、吉祥寺署の男は本当に榎本の居場所を把握していないように思えた。知っていれば、吐いただろう。一緒に才蔵を襲った男を吐くより、榎本の居場所を言う方が心理的なハードルは低い。才蔵を暴行した件の沙汰は追って伝える、と佐良は告げている。

――暴行する理由について、榎本は何と説明した？

――互助会の関係だ、としか言われてません。

――なぜ訊かない？

――悪さをしたのに法律では裁けない人間が出ない限り、互助会は動きませんから。

互助会メンバーはマリオネット同然だ。自分で事実関係を確かめるという発想がない。警官には想像力ではなく、実行力のみが強く求められている点も原因だろう。一歩間違えれば、自分もあっち側にいた。いや。現実、あっち側にいた。法秩序を無視して、ある程度の私刑なら是としていたのだ。

ビートルを借りる時、虎島とも軽く法秩序について話した。

――さっきは驚かせて悪かったな。車を貸してくれないか。

――どうぞご自由に。ご覧の通り、もう一杯始めちまった。弁護士が飲酒運転できないもんな。三人でドライブか。

――法秩序を守りにいくんだ。弁護士サンにとっちゃ常識なんだろうが、実力不足のお巡りさんは、最近ようやくその必要性を痛感してな。

――仔細ありげだな。

虎島がロックグラスを軽く振ると、氷がカタカタと鳴った。

――大将、本当なのかは知らんが、前にこんな話を聞いたんだ。ニューヨークじゃ一九七〇年代から八〇年代、落書きまみれの地下鉄車内で誰もが煙草を吸った。禁止されてんのにな。事の始まりはこうだ。ある時、車内で警官が煙草を吸う輩を注意した。警官はその場で撃ち殺された。事件が新聞に載り、誰も車内で煙草を吸う輩を注意できなくなった。

虎島が机の引き出しを開け、中から車のキーを投げて寄越した。

――当時のニューヨークの地下鉄が、どうもインターネットやSNSの状況に似てる気がしてな。どっちも公共空間なのに、やりたい放題だろ。

虎島は、私刑擁護の声をネット上で拾い読みしたのかもしれない。

――弁護士が言うのもなんだが、全ての法律を杓子定規《しゃくしじょうぎ》に守るべきだとは思わない。少しでも違反した者を取り締まらなきゃいけないってもんでもない。法律ってのは弾力的に運用すべきなんだ。だけど、暴力をはじめとする『力』がかかわる場合、警察はきっちり取り締まらなきゃならん。

――心にしっかり刻んでおく。

――頑張ってくれよ、我らがお巡りさん。

佐良はハンドルを握り直し、皆口を一瞥した。

「吉祥寺署の男の尾行に、いつ気づいたんだ」

「最初からです。お粗末すぎますもん」

「どうして今日振り払おうと？」

「佐良さんがハンカチの話を持ち出したのが理由です。だって、意味不明じゃないですか。状況が状況なんで、ハンカチはただの口実で裏に何か意図があるんだなと。今晩は佐良さんも私を行確しているぞ――って。そこで状況を見て、思い切って拳を叩き込んだんです」

気負った様子はまるで見受けられなかった。大したもんだ。

「俺の尾行はバレバレだったのか」

「いえ。気配はまったく感じませんでした。行確されてる、と確信してただけです」

「安心したよ。互助会を知ってたか」

「初耳でした。さっきの彼の話を分析する限り、悪党には相応の報いを与えるべきって思いが強い、真っ直ぐすぎる正義感の持ち主が勧誘されるみたいですね」

「だから俺には声がかからない」

「ええ。佐良さんはわかりやすい正義感とは無縁の人ですから」

「皆口もな」

アクセルを踏み、黄色になったばかりの信号の下を走り抜けた。

2

佐良は足音を殺して、ぽつんと一人でいる男の背後にそっと忍び寄った。

「ちょっと、アンタぁ」

男がすぐさま振り返ってくる。

せせらぎと呼ぶには大きすぎる、多摩川の川音が辺りに満ちていた。月明りは薄雲に遮られ、枯草だらけの河川敷には街灯の光も届かない。そんな深い闇に、男は目を凝らしている。佐良はとっくに目を慣らしていた。

佐良は呂律《ろれつ》怪しく声をかけ続ける。

「金ぇ、貸してくれよぉ」

「あ？」

「金だよ、金ぇ」

佐良がゆらりと手を出すと、男はぞんざいに振り払ってきた。

「酔っ払いは、あっちにいってろ。こんな場所でふらふらしてないで、さっさとウチに帰れ」

「ケチケチすんなよ」

佐良は再び摑みかかるように右腕を出すも、男に手荒く払われた。

「痛い目に遭う前に消えろ」

「なんだとぉ」

佐良は、なおもゆらりと右腕を突き出した。男はステップを踏み、佐良の腕をかわす。……と、男はステップを踏んだまま軽く左手を佐良の目前に上げた。佐良は気づかれぬよう下半身だけで身構える。

右拳を放ってきた。佐良は軽く上体を逸らしてかわす。

先ほどの左手はフェイント――。

佐良はもう一度右腕を突き出す。かわされ、またフェイントを挟んだ右拳がきた。

佐良は左手で受けた。重たい拳だった。格闘技経験のない者なら大怪我をしかねない。

実際、才蔵はやられた。間違いない。吉祥寺署の男が口を割った通り、こいつは才蔵を襲った二人組の片割れだ。才蔵も言っていた。

――片方はやたらフェイントをかけてきました。癖なんでしょう。

辺りの枯れ草が風で揺れた。

佐良は左足で地面を踏み込み、間合いを一気に詰めた。油断していたのか、男は動きについてこられなかった。そのまま相手の背後に回って左腕をとり、思い切りねじりあげる。くぐもった声をあげ、男が枯草の上に膝をついた。佐良は体重をかけた膝で相手の背中を抑え、河原に押し倒した。男が体をばたつかせ、振りほどこうと足掻《あが》く。

「おとなしくしろ。二日前、榎本の指示を受け、西新宿で男性を襲ったな」

「……なんなんだ、アンタ？」

「本庁十一階」事務的に続けた。「素直になった方が今後のためだ。私としても府中署に君の身元を確かめる手間が省ける」

男の体が強張った。佐良は黙り、重たい沈黙を押しつけた。

数秒後、男は呆気なく認めた。互助会についても、吉祥寺署の男と似た供述だった。かつて男はあるひったくり犯を追ったが、証拠不十分で逮捕できずにいた。その相談をした先輩警官を通じて榎本が容疑者を痛めつけたのを機に、互助会に勧誘されたのだという。この男も才蔵を襲うべき理由を訊いていなかった。

多摩川のどこかで季節外れの蛙の鳴き声がした。

「榎本は今どこにいる」

自宅、練馬の仕込み場に姿を見せたとの一報はない。毛利が張る百人町の男にも動きはない。

「知りません」

佐良は男の腕を一層締め上げた。男の口から呻き声が漏れる。

「ほ、本当ですよ」

「嘘ひとつで右腕骨折だ。割に合わないぞ。職場にはどう説明する？　酔って転んだ？　それはそれで処分対象になる。あるいは素直に本庁十一階にやられたと報告するか？　別にこっちは構わない。君が監察に狙われたと、署の幹部が知るだけだ」

「汚いですよ」

「汚い？　ならいっそ、もっと汚れてみよう」

佐良は三度男の腕の締め上げをきつくする。男は痛みで声量が制御できないのか、やや大きな声を発する。

「本当なんですって。信じて下さい」

佐良は腕の締め上げを少しだけ緩めた。男の首筋には大量の汗が浮かんでいる。脂汗だ。

「クソッ、監察のくせに暴力をふるっていいのかよ」

「どの口が言ってんだ。お前は罪もない男性を暴行した。俺はその犯人を格闘の末、逮捕してるだけだ」

「そっちが最初に絡んできたんでしょうよ」

「お前が暴行犯じゃなけりゃ絡んでない。逮捕されるのは初めてだよな」

「本当に逮捕する気なんですか、俺は単に……」

「よくよく考えてから口を開いた方がいい」佐良は男の言い訳をぴしゃりと遮り、続けた。「榎本の居場所は？」

「夜中ですよ、そりゃ家でしょう」

「他に心当たりは？」

男の体に力が入った。佐良は耳元で囁きかける。

「隠し立ては無用だ」

また蛙の鳴き声がした。呼応するように別の蛙が数匹鳴く。

男の体から力が抜けた。

「古い町工場を買ったと聞いた記憶があります。調理道具だのなんだのを保管しておく、物置として使うために」

町工場？　練馬の仕込み場は戸建てだ。工場とは呼べない。調理道具なども練馬の戸建てに保管しておけばいい。購入にはかなりの金も要る。

「金はどう工面したんだ」

「知りません」

「戸建てを借りた、の間違いじゃないのか」

「元々は金属加工の町工場と仰ってました。跡継ぎがいないので、最近廃業した町工場だそうです。練馬にあるとか。練馬といっても、もうちょっといったら埼玉らしいですが」

いてて……。男が呻いた。佐良は知らず力が入り、男の腕を締め上げていた。

似ている――。

斎藤は、荒川を隔てた埼玉の工場で死んだ。

頃合いだ――。彼はまだ大きな飴を嚙み砕いた。ミントの強い香りが鼻腔を抜けていく。

＊

必要な時に非情に徹せられない者は、単に自分の手を汚したくないだけの卑怯《ひきょう》者に過ぎない。

自分は違う。全ては世直しのためだ。誰もやらないのだ。自分が成し遂げるしかない。

道具なんて、いずれ捨てねばならない。廃棄の時が来た。体内の細胞は絶えず入れ替わり、空気は流れる。組織もまた同じだ。むしろ何が違う？　世直しが達成できなければ、いずれ大量の血が流れる。いわば彼らの血は、ささやかな先行投資、大事の前の小事、人身御供《ひとみごくう》。

どんな崇高な目的のためだろうと、血を流すのは許されない。必ずそんな御託を述べる輩がいる。ならば教えてくれ。

結局、お前は何をやった？　見ているだけじゃないのか？　見て見ぬふりをしているだけじゃないのか？　この国の危機に気づいていない馬鹿なのか？

綺麗事が大好きな人間は、真顔でこんな反論をもっともらしくする。

――だからといって暴力はいけない。誰もが安心し、平和に暮らせるべきだ。

仰る通りだ。ぜひ実現させてくれ。具体策は？　……彼らには何もできない。口先だけの輩なのだ。連中は気づいていない。頭の中身同様、大事なポイントが抜け落ちている。治安の維持はタダでは達成できない。勝ち取らねばならない。己の手を汚して、血を流し、歯を食い縛って。

彼は次の飴を口に放り込んだ。口中に新たなミントの香りが広がっていく。街ゆく人々に片っ端から尋ねてみたい。

あなたは法律の限界を許せますか、あなたはそれを見過ごしている政治家連中を許せますか、無能な政治家を選んでいる自分たちを許せますか、あなたには譲れない確固たる正義がありますか――。

これまではうまく進んでいる。唯一の不安材料は監察だが、連中の追尾を断つ方法ならある。ここでうまく切り捨てれば問題ないだろう。

タイミングは今しかない。すでに同士は待機させている。残念ながら、詐欺グループを皆殺しにはできなかった。ただし火はつけられた。上々の首尾だと言える。

彼は山田太郎名義の携帯電話を取り出して、二本の電話をかけた。

グッドラック。未来に向け、胸の裡で呟きながら。

＊

「府中署の男の供述、どう思った？」

「嘘じゃないでしょう。古い町工場に榎本がいるかどうかは別として」

助手席の皆口は冷静だった。府中署の男を締め上げている間、皆口は物陰から男の顔を見つめていた。別に二人揃って顔を見せる必要はない。今後、あの男を行確する必要が出てくるかもしれない。その時、皆口は大胆な尾行もできる。府中署の男からも、榎本と韓国マフィアとの関連は窺えなかった。

車は練馬区方面に向け、どんどん北進していく。皆口が携帯で練馬区の金属加工会社を検索した。埼玉に近い地域で、最近廃業した金属加工業者は一社だけだった。

佐良の携帯が震えた。ちょうど信号に引っかかり、取り出すと毛利だった。

「マルタイが動きました。バイクです」

即座に時刻を確認する。一時過ぎ。よほどの事情がない限り、一度帰宅した人間が再び外出する時間ではない。

「撒かれるな」

「了解です」

「こっちは練馬に向かってる」

そうですか、と毛利は朗らかに言うだけだった。通話を切り、皆口にも毛利の状況を説明する。

「相手はバイクですか。なかなか厳しい行確になりそうですね」

「毛利に任せるしかない」

信号が青になった。走行車線にも対向車線にも自分たち以外に車はない。

調布市、三鷹市を抜けて武蔵野市に入った。さらに北へ車を走らせる。佐良は自分の携帯を皆口に渡した。

「折々のタイミングで毛利に連絡をとってくれ」

ＯＫです、と皆口が早速メールを打ち込んでいく。

須賀から一報がない以上、榎本の自宅と仕事場に動きはない。西新宿のキッチンカーを抜け出した榎本はどこに消えたのか。練馬の元町工場に身を隠した？　監察に気づいた？　だとしてもなぜ？　何をしようとしている？　榎本のキッチンカーを片付けた百人町の男は、こんな時刻にどこに行く？　佐良の脳裏には次々と答えの出ない疑問が浮かぶ。

五分、十分と運転を続けた。

「毛利君、返信がないですね」

「あっちは一人だ、仕方ないさ」

「ですね。榎本の件、廃業した町工場という点が気になりませんか」

「ああ。警察には日々そういう情報が集まる。何しろ毎日パトロールしてるんだ。互助会の誰かが榎本に教えたのかもしれない」

「かもしれない、じゃないですよ。だって」

「中西さんの件があるからだな」

はい、と皆口は重々しい声音だった。皆口も同じ筋書きを考えているらしい。

「皆口、少し頭の中をまとめたい。箇条書き風でいいから、今回のヤマを順々に整理してくれないか」

「わかりました」皆口は少し間を置き、口を開いた。「まずは渋谷中央署の帳場からYK団の捜査資料が流出した疑いがあり、佐良さんと私が帳場内勤班員の事前行確に入る。最初の朝、私たちは銃撃された」

「その銃は」佐良が口を挟む。ここは皆口に言わせられない。「弾の線条痕で、二年前の件と同じ拳銃だと判明した」

斎藤に二発の銃弾を放った銃……。佐良と皆口がこうして人事一課に配属される大元となった事件。

「ええ。続けます。YK団幹部が二人事故死していて、幹部の名前が晒されたサイトも発見。帳場の峰が夜中に小金井公園近くの廃病院に行き、中西さんが大怪我を負う。峰は正体不明の男から電話があり、廃病院に向かったと説明。廃病院が崩壊したのは鉄筋が崩れたり、柱が折れやすくなったりした仕掛けがあったため。その後、峰は元警官の榎本が西新宿で営むキッチンカーに行く。キッチンカーには他にも警官や新聞記者が訪れていた。資料流出の件を新聞各紙が報じる」

すっ、と皆口が息継ぎをした。

「西新宿では、佐良さんが西新宿署に連行されそうになった男性を救出。後日、同じ男性が新宿中央公園で暴行を受ける。また、明らかに拷問を受けたとわかる、YK団幹部の殺人事件も発生。捜査一課が動き出し、新聞は警察の不手際を論じ始め、インターネット上では殺害犯に同調するコメントが多数寄せられている」

マスコミには榎本がリークしたのだろう。

「峰が出したゴミを分析すると、YK団幹部の名簿らしき紙片を発見。監察の聴取に対して、峰は勘違いで裁断したと供述」

峰も互助会の一員と見るべきだ。渋谷中央署の帳場に詰める捜査員には、他にも榎本のキッチンカーを訪れた者がいる。互助会は新規メンバーには不自由しないだろう。警視庁には毎年大量の警官が入り、正義感に燃える者も多い。日々の仕事で消えたとしても、種火は残っている。そこをくすぐってやればいい。

「また、佐良さんと私が尾行され、いずれも榎本の指示だった。佐良さんを尾行した人間は中野署で、私を尾行した人間は『互助会』を通じて榎本と知り合っていた。なお、私を尾行した吉祥寺署員と府中署員は、新宿中央公園の暴行犯でもあった」

皆口は区切ると、ゆっくりと言い添えた。

「肝心の榎本は、私と毛利君の目をかすめて西新宿から見事に姿を消した。目黒のマンションで、またＹＫ団幹部が殺害される。その幹部はかつて女子高生殺しの前科を持っていた。そして今晩、榎本のキッチンカーを片づけた男が動き出し、私たちは榎本が買ったらしい練馬の古い町工場に移動中」

佐良は一瞬だけ懐かしさに気を取られた。捜査一課時代、斎藤とよくこうして状況を整理した。皆口同様、斎藤も簡潔に整理してくれた。

「どう考えても榎本を確保しないとな。榎本の人物像は？」

「正義感旺盛。おそらく恩人同然の祖母が振り込め詐欺の被害に遭った。祖母は自殺したと思われ、彼女の死から三ヵ月後、榎本は警察を『一身上の都合』で退官」

「榎本は元警官だ。ＹＫ団を次々に手をかけるだろうか。またはさせるだろうか」

「正義感が間違った方向に走れば、ない話じゃありません。吉祥寺署の彼だって、私刑で悪者が死んでも自業自得だと頭から信じてました。練馬で発見された、拷問を受けたような殺人事件も榎本主犯説の傍証になります。現場近くに榎本は仕込み場を構えてます。土地勘があるんです。榎本は韓国マフィアとの繋がりも疑われますし」

「拳銃はどこで入手した？　互助会経由か、韓国マフィアか？」

佐良は自分で言って身震いした。改めて事の重大さを突きつけられる。問題は捜査資料流出程度ではない。殺人、しかも現役警官と元警官が絡む事件なのだ。世論は沸騰する。『治安維持を警察には任せられない』と私刑が増え、社会がますます揺らぎかねない。そんな馬鹿な話はない、と一笑に付せたらどんなにいいだろう。

「先ほど佐良さんが仰った通りです」皆口の声に力が入る。「何があろうと榎本を確保しないと」

3

関越《かんえつ》自動車道の大泉《おおいずみ》ジャンクションを越え、東京外環《とうきょうがいかん》自動車道沿いに北進し、古い戸建てが並ぶ住宅街の一角に廃町工場はあった。隣は神社で、廃町工場の建物も敷地もそこそこ広い。一般的な小中学校の体育館程度か。道路と敷地をブロック塀が隔て、塀の中央部にはめ込まれた鉄門を抜けると、車寄せがあり、その先が建物の出入り口らしい。ここを個人が購入……？

真っ暗な建物は夜の闇に沈んでいる。佐良は少し離れた位置に車を止めた。周囲の状況を把握できていない段階で、むやみに近づくべきではない。

「あそこに」と助手席の皆口が指さした。「バイクがあります」

運転席からは見えにくい、ブロック塀脇に停車してあった。鉄門まで五歩という位置だ。鉄門はしっかり閉まっている。バイクに長い間乗り捨てられた雰囲気はない。放置された自転車やバイクには独特の気配がある。誰かが乗ってきたのだ。この時間、廃町工場や神社に用事がある者がいるとは思えない。佐良は視線を移していった。

近くに人影はない。目顔で皆口に次の行動を示した。二人揃って滑るように車を下り、足音を殺して廃町工場に歩み寄っていく。建物の表側にはいくつか窓が並んでいるようだ。佐良は拳を力強く握り、ぱっと開き、手の指に血を流していく。冷え込みが厳しくなり、指先がすぐにかじかんでしまう。

二人から見るとバイク越し、二、三十メートルほど先にお馴染みの捜査車両が止まっていた。毛利が運転していた車だ。バイク……。榎本のキッチンカーを片付けた男が訪れているのか。

佐良は点と点が結ばれた思いだった。榎本のタコライス店に、韓国人らしき若い男の集団が来たのを見た。連中はバイクに乗っていた。毛利が追った男は大久保の百人町にいた。百人町には韓国人も多く住む。

なぜ毛利はここに来たことを連絡してこないのか。佐良は訝りつつ、慎重な足取りでバイクに近づいた。エンジンに手を当てる。まだ温かい。

鉄門まで進んだ。鎖が巻かれ、そこに頑丈そうな南京錠もかけられている。

視界の端で皆口の腕が上がった。その人差し指が示す。

廃町工場の窓……表からはもっとも見えにくい位置の一枚を開け、忍び込む人影がある――。

毛利だ。百人町の男が入ったのか。連絡もせず、なぜ勝手に動いている……。毛利が建物内に消えた。佐良は湧き上がる怒りを腹の底に沈めた。引き戻したいが、ここで毛利の携帯にかければ、振動音で百人町の男に存在を気取られかねない。

パンッ。甲高い音が廃町工場内から聞こえた。

銃声。佐良は湧きたったばかりの血が冷え、にわかに心身が引き締まった。横目で皆口を窺うと、硬い表情で廃町工場を見つめている。

パンッ。再び銃声。

佐良の脳裏に、二発の銃弾を撃ち込まれた斎藤の様子が蘇った。咽喉を撃たれ、ぱくぱくと動かす口から血の泡を吐く斎藤……。

あるいは毛利も――。佐良は身を硬くした。腹を括る。

「皆口、須賀さんに連絡して外で待機。十分に気をつけろ」

「佐良さんは？」

「町工場に忍び込む」

「丸腰です」

「仕方ない」

ＹＫ団の幹部が殺される事件があるとはいえ、自分たちが拳銃とまみえる事態は想定していなかった。防弾チョッキはむろん、警棒すらない。外部と連絡を取り合える、イアホン仕様のワイアレス無線もない。それでも侵入すべきだ。撃たれたのが毛利なら一秒でも早く救い出さねばならない。まだ死んだと決まったわけではないのだ。

「次の銃声が聞こえても突入するな。様子を見続けろ」

「なぜです、私も行きます」

「だめだ。確実に須賀さんに説明できる人間が要る」

皆口は唇を引き結び、開いた。

「承知しました」

「くれぐれも無理するな」

「今から無理する佐良さんが言っても、全然説得力がないですよ」

佐良の頭と体の強張《こわば》りがほぐれていった。皆口は緊張を見て取り、わざと茶化《ちゃか》すように言ったのかもしれない。いざという時、心身が強張っていると判断が遅れる。

「緊張してないのか？」

「まさか。心臓が口から飛び出しそうなくらいしてますよ」

「よかった。俺一人じゃなくて」

佐良は頷きかけ、静かに駆け出した。

まずはブロック塀の周囲を確認する。毛利が忍び込んだ窓は使えない。窓から入った後、撃たれた可能性がある。相手は同じ場所から別人が侵入しないよう警戒するはずだ。

時折ブロック塀越しに建物の様子を確認しながら、裏の神社側に回った。境内の木々が冷え込みを一段と厳しくしている。ブロック塀からひそやかに覗き込む。少し先に廃町工場の窓があった。夜でもガラスの透明度が低いとわかる。ちょうど佐良の顔辺りに位置していて、幅は約一メートル、高さはその半分くらいか。

左右を素早く見回した。誰もいないし、ひと気も感じない。

佐良の鼓動は速まっていた。皆口の一言があったにもかかわらず、また緊張している。須賀が潜入先で身元がばれた仲間を助けようと、雑居ビルに侵入した際もこんな心境だったのだろうか。『やるべきことをやっただけだ』。須賀なら素っ気なく言うだけか。思った途端、佐良は落ち着きを取り戻していた。

佐良はブロック塀を乗り越え、廃町工場の敷地側に飛び下りた。ジャリ、と足元で靴底が小石を嚙む音が散る。足元には空き缶や瓶も転がっている。呼吸と動きも止めて、耳を澄ます。建物の方で音はしない。裏に回ってくる足音もない。

窓に手をかける。開かなければ別の場所を探すまでだ。指先に神経を集中させる。窓枠が震える。動かない。もう一度だけ試してみよう。佐良は両手で窓枠をスライドさせようとする。目が一点に吸い寄せられた。

レールに埃がこびりついている。虎島との会話を思い出した。

――サッシのレールに埃やら枯葉やらがたまって……。

――なんなら、もう開かないかもな。

佐良は指先で大雑把《おおざっぱ》にレールの埃を取り除いた。土や枯葉が固まった塊だ。ハンカチで指先の汚れを拭き取ると、もう一度窓を動かそうと手をかけ、指先に力をこめた。窓枠が先ほどよりもぐらつく。

ギッ、と音がして窓が少々開いた。そのままいささか待つ。何も動きはない。

銃声は二発で止まっている。撃つ必要がなくなった？　毛利はどうなった？

吐息が白い。無風で良かった。風が吹いていれば、隙間から中に吹き込み、勘づかれただろう。神様のご加護かもしれない。神社境内の木々が風を遮ってくれている。

佐良は自分の体が入る幅の目算をつけ、しずしずと窓を開けた。

建物からは話し声も聞こえなければ、人が動き回る気配もない。機械油のニオイだけがする。

目を凝らす。暗闇だ。佐良はサッシに手をかけ、地面を蹴って体を持ち上げた。頭から落下しないよう、足がつりそうになりながらも膝をたたみこみ、足から内側に入れた。そろりと飛び下り、膝のクッションで音をかき消す。

本当に真っ暗だった。外よりも暗い。窓を閉め、目を慣らしていく。闇雲に飛び出しては、自分も撃たれかねない。

十秒、二十秒。次第に金属加工用の機械らしき影がうっすら滲《にじ》んでくる。あの陰に身を隠せそうだ。佐良は身を屈めて、大きなプレス機の陰に小走りで移動した。床には油の染みが至る所にある。少し先に小型のスパナが落ちていた。警棒も何もない。すがるように手を伸ばす。スパナは芯まで冷えきっていて、触れた指先が痺れるようだった。スパナをズボンのポケットにねじ込む。

プレス機の向こう側を、そっと覗き込んだ。別のプレス機の輪郭が浮かんでいる。まだ人影は確認できない。足音を殺して、一つ先のプレス機の物陰に移動した。さらにもう一つ、二つとプレス機の間を速足で抜ける。

微かに呻き声がした。佐良は目を凝らす。人影は現認できない。次のプレス機、その次と身を隠しながら進んでいく。

建物中央部のプレス機に辿り着いた時だった。血と硝煙のニオイが鼻を突いた。発生源の方向をゆっくりと覗き込む。

二十メートルほど先に男があおむけに倒れていた。他に人影は見えない。男の少し前方には別のプレス機がある。あの男は誰だ。百人町の男？　毛利……ではない。

　正体不明の男は腹から血を流しているようで、ピクリとも動かない。先ほど耳にした呻き声の主は別人らしい。どう動くべきか。あの男に二発撃ち込まれたとすれば、毛利はどこにいる？　はたまた男は一発食らっただけで、毛利も撃たれた？

　毛利も、拳銃を持った人物もまだ見当たらない。倒れている男の先にあるプレス機までいけば、二人の姿を確認できるかもしれない。しかしあの男がまだ生きていて、叫びでもすれば自分が撃たれるだろう。だいたいここには何人いる？

　ポケットの携帯も使えない。液晶を手で覆っても光が漏れかねず、あとは皆口に任せるしかない。

　佐良は物陰を飛び出して、男の横を駆け抜けた。男はこちらを一瞥もしなかった。目は見開いているが、何も見えていないようだ。呼吸をしている様子もなかった。

　息を整え、佐良がプレス機の陰から覗き込もうとした時だった。

「……こっちにこい」

　かすれ声がした。佐良はどうするべきか逡巡《しゅんじゅん》した。またかすれ声がする。

「助けに来たんだろ」

　かすれ声の主は引き攣《つ》るように呼吸をした。苦しそうだ。佐良はコートを脱ぎ、プレス機の陰から放り投げた。

銃声はない。

「用心深いな。まだ撃たない。安心しろ」

ままよ。佐良はコートを放り投げた方とは逆側から、プレス機の陰を離れた。ぐっとその場で踏ん張る。

床に座り込み、ベルトコンベアーに背を預けているのは、黒いコートを着た榎本だった。自分の前に毛利を座らせ、そのこめかみに拳銃を突きつけている。建物表側の窓から入る僅かな街の灯りで闇が薄らいでおり、二人の表情もわかる。二人がいる床には血だまりがあるが、毛利に撃たれた様子はない。撃たれているのは……榎本。床に倒れていた男と撃ち合いになった？　榎本がどこを撃たれたのかまではわからない。佐良は、毛利と無言で情報交換できるほどの付き合いもない。毛利の表情は危機的な状況にもかかわらず普段通り柔らかく、目には恐怖の色すらない。神経が図太いのか、感情を殺しているのか。

自分と毛利との距離を十メートルほど、と目算で弾き出した。一歩進もうとすると、毛利のこめかみに銃口が食い込み、足を止めるしかなかった。

「やはりアンタか」榎本がかすれ声を発した。「西新宿の俺の店の近くで、西新宿署の警官が絡むいざこざがあった。様子を注視してたんだ」

「お前が仕組んだんだろ。自分や仲間への行確に気づいたのか」

「何となくな」

やはり才蔵への職務質問は、行確されている点を確認するための仕掛けだったのだ。

「通報者は、互助会のメンバーだな」

「アンタに話す義務も義理もない」

榎本は否定も肯定もしない。佐良は話を続けた。

「これからどうするつもりだ。撃たれてるようだな。救急車を呼んでやろうか」

救急車を呼べば、榎本の身柄を警察が確保できる。

佐良は気づかれぬよう、榎本の右腕に注意を払った。銃はいつまでも構え続けられるものではない。かなり重たいのだ。話を引き延ばし、右腕が下がる瞬間を狙おう。

「どうして撃ち合いになったんだ」

「撃たれたから撃ち返した」

「銃はどこで手に入れた」

「入手方法なんていくらでもある。アンタも警官なんだ。常識だろ」

「詐欺グループを五人殺したのはお前だな」佐良はカマをかけてみた。「まずは事故に見せかけ、次は拷問まがいの手法で、近ごろは拳銃でズドン」

「シンプルにまとめてくれてどうも。正確に言えば、やったのは私じゃない。アンタの後ろに転がってる男だ。切り捨て時だと踏んだら、このザマだ」

榎本は自嘲気味に口元だけで笑った。佐良は顎を振った。

「あの男は何者だ」

「韓国マフィア」

「この廃町工場は、連中を切り捨てる処刑場として買ったのか」

「ノーコメント」

「接点ができたのは杉並署の時か？　韓国マフィアの大型詐欺事件を立件してたよな」

「ご想像にお任せする」

「互助会を通じて詐欺グループのリストを受け取り、それを使って、韓国マフィアに話を持ちかけたんだろ。彼らのシノギを横取りしないか、とでも言って。連中がまんまと食いついてきたので、お前は詐欺グループを逃がし、連中の始末を任せた」

榎本は両眉を軽く上下させた。

「金の力は偉大だよ。俺だって腐っても元警官さ。人殺しにはなりたくない。警官に誰かを殺させたくもない。詐欺グループが潰れるなら、それでよし。反対に韓国マフィアが犠牲になっても、悪党が社会から減るだけだ。悪党同士が潰し合っても誰も困らない」

元警官の榎本が直接的にYK団幹部を殺す構図や、警官に殺させる構図に佐良は引っかかりを覚えていた。その解決方法は須賀の読み通り、韓国マフィアを使うことだった――。

「なら、なぜ撃ち合いになった?」

「連中に聞いてくれ。想像はつく。ハナから俺を利用するだけ利用して、始末する気だったんだろう。こっちとしても連中の切り捨て時を見計らってたが、この手で殺すなんて予定外だった」

「文書だな」

「あ?」

「韓国マフィアの上層部を根こそぎ検挙できる内容の文書だよ。YK団を潰した後、文書で韓国マフィアを壊滅させる腹だったんだろ。韓国マフィアが本当にYK団の後釜に座ったら、意味がない。連中はお前の目論見を読み、文書を取り返そうとした。お前を殺してね。あるいはお前が文書に近づけないと悟り、騙されたことに憤った。お前は詐欺グループのシノギとともに文書も餌にしてたんだ」

榎本は表情を変えず、答えない。佐良は細く長い息を吐いた。

「韓国マフィアを殺さなくとも、お前が人殺しって事実は変わらない。振り込め詐欺の被害に遭い、自殺した祖母の復讐でYK団の幹部を殺したんだ。マリオネットの操り師のように」

「操り師？」榎本が軽く眉を寄せる。「俺は違う」

「よく言うな。韓国マフィアを道具にしたのもそうだし、互助会を通じて捜査情報を入手したんだろ。渋谷中央署の帳場にいる峰も互助会じゃないのか」

「本人に訊け」

榎本はぶっきらぼうな物言いだった。佐良は数瞬考えを巡らせた。

「訊いても無駄ってわけか。互助会は各自が部品で、自分以外にどんな人間が何してんのかを知らないんだからな。お前から連絡があったことは言えても、核心部分は誰も何も言えない」

「どんな組織も似たようなもんさ。カイシャにだって、誰が何やってんのか外部には見当もつかない部署があるだろ」

自分はその一員だ。警察組織を引き締める責任がある。

「これまで互助会が行っていた程度の『懲らしめ』では、足りなかったのか」

「それなりに調べてんだな」

「警官をしてれば、不可解なケースに出くわす時もある」

池袋西署時代の、犯罪者として裁けない児童虐待者や強姦野郎の身に降りかかった暴力。あれも懲らしめだろう。

「互助会メンバーは、お前の思惑を知った上で協力してたのか」

「さあな」

本当かどうかは読み切れない。榎本の目つきが険しくなった。

「十分な復讐が警官のままじゃ果たせないのは確かだ」

「なぜ極端な行動に走らなきゃいけなかった？　警官として動き、詐欺グループ逮捕に全力を尽くす道もあっただろうに」

「詐欺でパクったって量刑はたかがしれてる。時間がたてば、しれっと外に出てきて、また誰かが苦しむ。量刑が被害者の傷と釣り合ってないのが現実だ」

「法律と量刑の問題には頷ける面もあるが、ルールはルールだ。治安を守るのが警察の仕事だろうが」

榎本は鼻先で嗤った。

「ある程度までしか守れないんだよ。警察――法律には限界がある。詐欺罪で詐欺グループ全員をパクれたとしても、振り込め詐欺は日本から消えない。壊滅した連中のナワバリを、別の連中がすぐに引き継ぐ」

「今の理屈だとお前が何をしようと、また別の詐欺グループが出てくるだけだ。連中全員を殺す気か？　できるわけないだろ」

「できるところまで、やるんだよ。詐欺団の無限ループを断ち切るには、無慈悲な実力行使しかないんだ。連中に情けをかける必要はない。アンタが把握してるかは知らんが、YK団には根っからの悪人もいた」

「二十年前の生き埋め事件だな」

「他にもひったくり常習犯に、あおり運転男」

「再犯や振り込め詐欺は割に合わない、正体不明の連中に殺される――。裏社会にそんなメッセージを送ったとでも？」

「これで再犯者が減り、すべての振り込め詐欺犯が手を引くなんて甘い考えは抱いちゃいない。けど、宣戦布告にはなる。インターネットやSNSを通して世論、特に若者が騒げば、出し子や受け子を引き受けるバカも減る。理屈より、単純な道理ほど人間を惹きつける。裏社会へというより、社会全体への愛を込めたメッセージさ」

榎本は肩を大きく上下させた。毛利のこめかみの銃口は動かない。

「アンタ、こう思った経験はないか？　虐待された幼児が殺され、親が逮捕された時、親がまったく同じ目に遭えばいい――と」

「ある。何度もな。幼児虐待以外だって、犯罪が酷ければ酷いほど思う」

今でも心のどこかでは榎本に同調する自分がいる。同時に、醒め切った目でそれを捉える自分もいる。私刑を認めた末の社会が見えるからだ。

「でもな」佐良は小さく首を振った。「そいつは認められないんだ。思ってもやってはならない。現実に起きたら、目を瞑ってちゃいけない」

「寝言は寝て言え。アンタは『懲らしめ』を知ってる、監察なのに見逃してる。意見が時々で揺らいでんだよ。俺は違う。大事をなすための、ぶれない芯がある」

「揺らぎ？　……そうだ。人は変わる。いや、直面した出来事によって変われる」

「流されてるだけだろうが」

「変化と流されることは違う。芯がどうこう言ってるが、お前の方が流されてんだよ。人間には越えちゃいけない一線がある。悪党を懲らしめるためなら、こっちも悪党になっていいって理屈こそ、その一線だ。お前は感情に流され、一線を越えた」

「なんだと……」榎本は充血した目を見開いた。「どうして九十歳にもなって自殺しなきゃならん？　俺が警察官の自分に誇りを持っていることを、祖母は知っていた。祖母は俺が仕事で金を横領して、早く返さないとクビになると言われたそうだ。俺が警察を追放されるのが無念でいたたまれず、連中に金を渡した。俺に一本電話をくれれば――そう思った夜は数えきれない。だがな、祖母が俺のために急いだ証拠でもある。人の善意につけこむ輩を野放しにできるか？　九十歳にもなって善意につけこまれた恥ずかしさと悔しさを想像できるか？　自殺した祖母の仇をとられずにいられるか？」

「気持ちはわかるが、お前の理屈を認めれば法律は必要なくなる。感情だけでは世の中の秩序も保てない」

「法律なんて不要だッ」榎本は息荒く吐き捨て、唾を飛ばす。「『目には目を歯には歯を』。秩序維持のシステムなんて、これで充分だ。犯した罪と同じ仕置きをすんなら、誰しも感情的に納得しやすい」

毛利のこめかみに突きつけられた銃口は、まだ微塵《みじん》も動かない。榎本が会話に乗ってきている以上、このまま続け、隙を待とう。毛利は依然として身動き一つせず、会話に入ってこようともしない。恐怖心すらも持ち合わせていないかのようだ。

「まさか」榎本が挑戦的な眼差しになった。「今の社会の仕組みが最善とでも思ってんのか」

「いや」

「だったら邪魔すんな。俺は誰もが安心して暮らせる社会を作りたいだけだ」

「お前の行動は単なる正義感の暴走だ」

「先に社会から逸脱し、暴走したのは詐欺グループの奴らだよ。賛同の声はネットやSNSに溢れてる。誰もが世の中の仕組みがおかしいと思ってる証拠さ。治安を守る者は、賛同の声を真摯《しんし》に受け止めるべきだ」

「ネットやSNSの声がすべてじゃない。たとえ大多数だろうと、誤った意見を真に受けてどうする」

「なぜ誤った意見だと断言できる？　アンタこそ誤った価値観で物事を見てるんだ。常識や固定観念は誰かにとって都合がいい見方ってだけだ」

「誤った意見だと断言できるんだよ」

佐良は声に力を込めた。

「暴走はさらなる暴走を呼ぶ。もう実際に起きてる。お前らは悪党を懲らしめるという錦の御旗を掲げ、無関係の人間にも暴力をふるった」

才蔵は一歩間違えれば、死んでいた。互助会が処してきた私刑にも、同様のケースがあったのではないのか。そこを自分は見逃していた。

「あの男には……」榎本が思い出すように言った。「警官のニオイこそなかったが、裏のニオイはした。『詐欺グループが勘づいた』と見たまでだ。あの男が詐欺と無関係でも大事の前の小事さ」

「それで誰もが安心して暮らせる社会なのか」

「時代の過渡期には、無辜《むこ》の人間の血も大量に流れる」

榎本はしたり顔で言い捨てた。

ふざけんな、と佐良は押し込むように応じた。

「ただの開き直りだ」

「なら、どうする？　アンタ、監察だろ。仕事は警官の不祥事を闇に葬ることだ。俺は警官じゃない。どうする気だ」

佐良は深く息を吸い、ハアッと一気に吐いた。

「決まってんだろ。監察も警官だ。警官ってのはな、身体を張って犯罪を食い止めんのが仕事なんだよ」

「ご立派だ。監察にしておくのはもったいない」

会話が途絶え、無言で睨み合う時間が続いた。三人の呼吸音が廃工場で混ざり合っていく。

その時、榎本が左手を左の太腿に動かした。微妙に体勢が崩れ、銃口が毛利から少しだけ逸れる。

すかさず佐良はポケットに手を突っ込んだ。

「謝れッ」

毛利は間髪を容れず、体を床に投げ出すように上体を一気に左前方に転がした。佐良はポケットからスパナを抜き出し、投げつけ、同時に駆け出す。

榎本の首筋をスパナが抜けていく。カン。榎本の背中側で甲高い金属音が鳴った。

佐良は榎本まで三メートルという位置まで間合いを詰め、足を止めた。

失敗だ……。

榎本の銃口は、佐良にぴたりと据えられていた。

4

「毛利と呼ばれた男、俺の視界から外れたら、同僚は死ぬ」榎本は冷え切った声だった。「さっきの『謝れ』ってのは合図か?」

「結果的にな」

佐良は答えながら、榎本の全身を視界に入れた。左太腿から血が流れている。先ほど榎本はあの傷を抑えようとした。かなりきついはずだ。微妙に体勢が崩れたのは、意識が薄れたからか。傷口を刺激して意識を覚醒させようとしたのでは……。

佐良は銃口を見つめ、榎本に視線を戻した。

「トカレフだな。弾が詰まる不良品も多い」

「試してみるか。射撃の成績は悪かったが、この距離なら外さない」

「腕に自信がないから、韓国マフィアに私刑を任せた面もあるんだな」

「その分野に得意な人間がいれば、そいつがやればいい」

「なぜさっさと撃たない?」

「こっちにも事情がある」

榎本は険しい顔つきだった。

「警官の血を流したくない――って偏ったヒューマニズムを気取ってるんじゃないよな。小金井の廃病院が崩れ、警官が一人、今も重体なんだ」

「あれは見事な仕掛けだった」

一秒が一分以上にも感じられた。榎本が指先を少し動かせば、自分は死ぬ。斎藤を撃った拳銃もトカレフ。斎藤は銃口を見る間もなく撃たれたのだろうか。

重く、鋭利な静寂が降り積もっていく。これまでも何度か命の危険はあったが、銃口を真正面から向けられるのは初めてだ。皆口と銃撃された時とは切迫感が違う。小さな銃口は間近にある。ドクドクドク。佐良の耳元では脈動が速まり、己の緊張を伝えてくる。かたや頭の芯は白々と冷えていた。恐怖以上に佐良の心を占めているのは、斎藤が残した難解な問いへの責任感だった。

殉職。人は仕事で、社会に対する役目のために死んでも仕方ないのか。斎藤に報告できる結論を導き出せていない。自分なりの答えを見出せないまま死ねない。死の現実感をここまで間近に味わう経験は滅多にできないだろう。この局面を切り抜けた時、自分は何を思うのか。いつ死んでもいい、という覚悟は腹にない。その程度で開き直れるのなら、誰の人生ももっと楽になる。誰だって数分後の命の保証もないのに生きているのだ。

榎本の銃口はまったくぶれない。感心する。普通なら銃の先がだらりと下がる頃合いをとっくに過ぎた。射撃成績が悪かったとは思えないほどだ。

なぜ撃たないのだろう。いくら先ほど意識が薄れたとしても、指を動かすだけだ。撃たないことで榎本はこの難局を切り抜けられる？　何を狙っている？　どうやって廃工場から抜け出そうとしている？

そうか。佐良と毛利を撃って逃げる選択はハイリスクだ。まだ韓国マフィアの仲間が周囲にいる恐れがある。傷ついた体では対抗できず、自分以外の目が不可欠。榎本は、佐良か毛利を自らの側に引き入れるしかない。

榎本の頭にある選択肢は一つだろう。どちらかを撃って『同僚を助けたければここから出せ。さもないととどめを刺す』という強圧的な一手。警官なら仲間の命を見捨てられるはずがない、という考えだ。そう踏まえると、会話を続けてきたのにも納得できる。榎本は探りを入れてきていたのだ。

佐良と毛利、どちらを撃った方がいいのか——と。

榎本は決めかねている。

佐良を撃っても意味はない。佐良が死のうと、公安の手法が染みついている毛利は動かないからだ。毛利を説得できる余地はない、と榎本は見ているだろう。なにしろ公安は得体が知れない。須賀が仲間を助けた件は例外だ。今の毛利は明らかに典型的な公安畑のニオイを色濃くまとい、警察経験者ならそれを嗅ぎ取れる。かといって、毛利を撃っても無意味。今までの会話で、佐良が暴力を許さない心境に至ったとわかる。

なので、現在の膠着《こうちゃく》状態が生まれた。

「榎本、俺は互助会にもメスを入れる。お前の側には立たないぞ」

「そいつはどうかな」

背後でカタリと音がした。皆口がしびれを切らせて入ってきた？　小動物の類？　顔を向ける余裕はなく、佐良は正面を見据え続けた。

榎本の顔はだいぶ青くなっている。

「きつそうだな」

榎本は返事をしない。

「もう話せないほど弱ったのか」

榎本は無視を決め込んだ様子で黙っている。

今後の動き方を思案しているのかもしれない。狙い通りに脱出できたとして、どうやって二人の警官と離れるのか。大怪我もある。銃創は警察に必ず通報されるので、もぐりの医者か、金で口を閉ざす病院に駆け込まないとならない。治療は何とかなったとしても姿を消す算段は？　警察にも韓国マフィアにも追われるのだ。

背後でまたカタリと音が鳴った。榎本の視線が強くなり、その口が動いた。

「謝れッ」

佐良は右斜め前方にガバッと飛び込んだ。

パンッ。パンッ。

二発の銃声。自分は撃たれていない。毛利か？　いや。

背後で何者かが駆け出した。足音からして皆口ではない。先刻の二度の物音を立てた張本人か。佐良は顔を上げた。

榎本が腹部を新たに撃たれ、床に崩れ落ちていた。振り返ると、全身黒ずくめの男が銃を片手に背を向けて走っている。左腕はだらりと垂れ下がり、指先からは血が滴り落ちているようにも見える。銃声は二発。榎本が放った弾が当たったのか。佐良は視線を飛ばす。男の進行方向には正面入り口。

あの向こうには皆口が一人でいる——。佐良は血の気が引き、すぐさま立ち上がった。

「毛利、榎本の拳銃を押収して一一九番に通報ッ」

走りながら声を張り上げた。

黒ずくめの男が正面ドアを力任せに開け、体を滑り込ませる。数秒遅れで佐良もドアを出た途端、目が釘付けになった。

門扉の向こうで、皆口が男に背中を向けている。あれは——。

皆口の回し蹴りだった。男の右腕を蹴り飛ばし、ガシャッと重たい音が続く。男は佐良の方に顔を向けて一歩二歩とよろめくものの、また駆け出した。皆口も男を追う。佐良も門扉を乗り越えた。

男は毛利が追ってきたバイクに荒っぽくまたがった。即座に野太い音が響き、バイクがあっという間に遠ざかっていく。あの男はもう一つ鍵を持っていた。韓国マフィアの一員か。

「皆口、バイクのナンバーは？」

「控えてます。タイヤの空気も抜いとけばよかった。蹴りは中途半端なヒットだったし」

皆口は口惜しそうだった。

「須賀さんに連絡。緊配を手配してくれ」

「あ、佐良さん、手と顔が汚れてます。これで拭いて下さい」

皆口がポケットから出してきたのは、見覚えのあるハンカチだった。かつて斎藤が使ったもの。佐良はハンカチを受け取ると、駆け足で正面ドアに戻った。

黒い点に視線が吸い寄せられる。

ひび割れたコンクリートに落ちているトカレフだ。耳に残る重たい音。皆口の回し蹴りで男の手から落ちた。一歩間違えれば、皆口は撃たれた。

斎藤のハンカチを広げ、トカレフを包み込んで手に取る。

佐良は深い息をついた。榎本はどうなったのか。自分が撃たれなかったのは、反射的に体が動いたおかげだ。榎本の合図があったので可能だった。謝れ――と。榎本は、佐良が毛利に投げた一言を利用した。いま逃げていった男に悟られないように。どんな考えで放った言葉だったのか。

足早に建物内に戻ると、毛利が榎本の傍らに立っていた。榎本は仰向けに倒れ、腹部は力なく上下し、そのたびに傷口から血が大量に流れ出ている。

「一一九番通報しました」

いつもの声ぶりで言い終えると、毛利はもごもごと口を動かした。何か言い足りなそうだが、続く言葉はない。

佐良は榎本の傍らに屈みこみ、尋ねた。

「なぜ俺を助けた？」

「……助けた？　邪魔だっただけだ」

榎本は力なく笑った。佐良は榎本の意識を保つため、話しかけ続ける。

「さっきの男も詐欺グループを殺した実行犯か」

「ああ。パクっても口は割らんよ」

「もう一人の口を割れなくしたのは、お前だ」

「何度も言わせるな、切り捨て時だった」

「こっちこそ何度も言わせるな。私刑は認められない」

榎本が顔を歪《ゆが》ませた。かなりの痛みが走っているらしい。

「おい……」榎本の口から数秒前とは別人の、消え入りそうな声が漏れる。「アンタにとって正義ってのは何だ？　警察や法律か？　警察や法律で守れない人間はどうなる？」

「守れるよう動くしかない。お前のように実力行使には出ずに」

「どうやって」

一瞬、佐良は言葉に窮《きゅう》した。

「ここで簡単に答えが出るほど易しい問題じゃない」

「……ただの逃げだな」

榎本は言い捨てると、ゆっくりと目を閉じた。

もう呼吸は止まっていた。

長い瞬きをして、佐良は緩やかに立ち上がった。辺りに漂う血のニオイが急に濃くなった気がする。なおも柔和な面相の毛利と目が合った。

「さっき何を言いかけたんだ」

「どうして建物に入ってきたんですか」

「答える前に教えてくれ。なぜ報告もせず、一人で侵入した？」

「私が死体となっても、携帯電話の位置情報でいずれ場所が判明します。佐良さん、皆口さんと私の三人が死体になるより、私一人が死体になる方がベターだと判断しました。警備時代は何度も一人で行動していました。成功すれば、西新宿でのミスも取り戻せます」

ミスを気にかけていたのはいい。だが、周りに誰かがいれば足手まといになるとでも言いたげだ。毛利が突出しなければ、榎本は生きていた見込みもある。

「俺が侵入したのは銃声がしたからだ。毛利を助けるためにな」

「どうして助けようと？　自分は佐良さんにとっては見ず知らずの他人同然です」

「見ず知らずの他人を助けるのが警官の仕事だ」

「だとしても理解できません」毛利が真顔になった。「我々は部品です。欠けた場合、次の部品を補充すればいいだけです」

カァッと頭の中が真っ赤になり、我知らず佐良は右腕を伸ばした。毛利の胸倉をむんずと摑み、力任せに引き寄せ、目を見開いて睨みつける。

「捜査中に心ならずも死んだ人間もいる。彼らを侮辱する言葉を二度と吐くなッ」

喉が熱くなっていた。佐良は唇を引き結び、荒ぶりそうな呼吸を抑え込んだ。

構成員が変わった程度でぐらつくようでは、組織は立ちゆかない。そう言った意味では毛利は正論を述べた。所詮、自分たちは組織の部品。しかし——。

自分も周囲も最初から部品だと軽んじる主張は認めない。斎藤はただの部品ではなかった。

毛利の柔和な表情はまったく崩れない。佐良は、突き飛ばすように毛利の胸倉から手を放した。よろけたものの、毛利は服装の乱れを速やかに正している。

「ひとまず救急車の要請を止めます。生存者がいない以上、現場保存が最優先なので」

口のきき方も平素通り穏やかだった。

毛利の通話を聞きながら、佐良は無機質な天井を見上げた。今晩、榎本にも難解な宿題を課せられた。斎藤からの宿題にもまだ結論を見出せないというのに。

死は数メートル先に迫っていた。いや、数十センチ先か。榎本の合図で伏せなければ自分も弾丸の餌食となった。

死の危険をかろうじて潜り抜けたにもかかわらず、仕事のために人間は死なねばならないのか、という問いへの答えは導き出せていない。

三十分後、須賀が倉庫に姿を見せた。それをしおに毛利は近くの病院に、皆口は別班の係員と百人町に向かった。銃を蹴り落とした韓国人の行方を追うためだ。

佐良はあらましを須賀に告げた。

須賀は無言のまま聞き終えると、倉庫の壁際にいき、何本か電話を入れて佐良のもとに戻ってきた。

「行確当初に佐良と皆口が銃撃された一件について、榎本は何か言ったか」

「すみません、当ててません」

「仕方ないな。それどころじゃなかっただろう」

榎本の銃を突きつけられている時、一瞬、その疑問が脳裏をかすめた。だが、目の前の危機をどう切り抜けるかに思考が向かい、思い至れなかった。

なら、と須賀が平板に続ける。

「廃病院の一件も質せなかったか？」

以前、須賀には見立てを話している。銃撃は警告で、それを無視したため、小金井の廃病院の仕掛けに至ったのでは――と。

「いえ。ただ、『あれは見事な仕掛けだった』とだけです」

「どこか他人を評価する物言いだな」

佐良は軽く拳を握った。まるで気づかなかった。緊張状態だったがゆえの失態だ。

他にも聞き逃した、耳にしたのに理解できなかった言葉がありそうだ。榎本とのやり取りを反芻《はんすう》しないといけない。幸いというべきか、当時の様子はつぶさに記憶している。銃口を突きつけられた極限状態で、神経が鋭敏になっていたのだろう。

素早く思い返していくうち、ハッとした。

つい今しがた自分が口にしたばかりの言葉、以前からの推測、聞き流していた一言を嚙み締める。

榎本は練馬の廃町工場で『佐良たちを引き込もうとした』。

佐良と皆口が行確当初に銃撃されたのは『警告だった』。

榎本が発した、佐良が互助会には与しないと告げた際の返事。

——そいつはどうかな。

全てを重ねると、一枚の絵が浮かびあがる。佐良は須賀に気づかれぬよう、ごくりと唾を飲んだ。

斎藤は互助会メンバーだったのだ。斎藤は、佐良や皆口について他のメンバーに話していたのではないのか。ゆえに榎本は佐良を自分の側にできると考え、韓国マフィアに撃たれなければ、この事実を口にしたのでは？　斎藤は互助会に勧誘されるほど真正直すぎる正義感の持ち主ではないが、何か理由があったのだろう。

すると、佐良と皆口への銃撃が持つ意味合いは百八十度変わってくる。

佐良と皆口の二人だからこそ狙い、わざと外したのか。ゆくゆくは互助会に引き入れるために、斎藤が撃たれた銃を使って——。

線条痕は、『我々互助会は斎藤の死に関係している、真相を知っている』というメッセージだ。この二年、二人にメッセージを発する機会を計っていたのだろう。監察に食い込めれば、『懲らしめ』もよりしやすくなる。最初から斎藤が互助会だったと言わないのは、証拠がないと佐良と皆口は一顧だにしないからだ。互助会に入ればその経緯がつまびらかになる——という餌で、榎本は最終的に練馬の廃町工場から抜け出す目論見だった……。

自分と皆口を撃ったのは榎本ではない。射撃が下手だと言っていたし、警察に残る記録も発言を裏づけている。韓国マフィアでもないだろう。重要証拠の拳銃を渡せないし、彼らだっておいそれと引き受けまい。一歩間違えば警官殺しとなり、警察組織全体を相手にする結果になる。

他方、警察には射撃が得意な人間がいくらでもいる。その誰かが互助会メンバーなのだ。佐良と皆口が詐欺グループの捜査情報漏洩を調べる——と知った榎本が、警告射撃をするよう指示した。いずれ互助会に引き入れる狙いを持って。監察相手の発砲なら表沙汰にならない、と読み切っていたのだろう。

また榎本は、斎藤が携わった捜査が外事マターとは知らず、一課事件での殉職と認識していたのだ。外事マターだと把握していれば、廃町工場から抜け出すべく、もう少し毛利を説き伏せようと努力する。公安畑にも話がわかる人間がいると知っているのだから。

いや、待て。いくら詐欺グループへの復讐心に燃え、互助会と韓国マフィアを利用したにせよ、榎本がここまで大きな絵を描けるだろうか。

けれど、他に説明がつく筋立ては思いつかない。どこかに事実の取り違え、まだ見えてないパーツがある？　そうかもしれない。いみじくも皆口が言っていた。論理、理屈、解釈の仕方なんて数限りなくある——と。

「榎本がすべてを計画したのでしょうか」

「私も疑問に思っている」

そういえば須賀は昨日、佐良と皆口への銃撃や中西の件に関して、指示役が榎本かどうかについて『落とせばわかる』と素っ気ない物言いをした。あの時、すでに疑念を抱いていたのかもしれない。

須賀の電話が震え、佐良から離れていく。

佐良は顎を引いた。最初から潰していこう。そもそも斎藤を撃った拳銃をなぜ互助会が持っている？　互助会が斎藤を殺した？

これはない。そうならわざわざ再び使う必要がなく、さっさと処分している。なにしろ犯罪の証拠だ。『いつか何かに使える』と考えて所持しており、今回自分と皆口を引き入れるべく使用したとみるべきだろう。以後、監察係員の誰も狙撃されていないのも証左の一つだ。

　では、どうやって拳銃を見つけたのか。

　拳銃は警視庁と埼玉県警の合同ローラー作戦で探された。何度も別の人間が三十センチ単位で同じ場所を探したにもかかわらず、発見できなかった。互助会のメンバーが探索班にいて、実は見つかっていた？

　ありえない。現場でこっそりポケットに入れるのは不可能だ。他の捜査員の目がある。周囲全員が互助会だとすれば可能だが、さすがに考えにくい。たまたま互助会の捜査員が一人でいる時に緊急逮捕した人間が、当該銃を所持していた確率もゼロに等しい。

　斎藤が死んだ現場から逃げた男を追い、奪うしかない。あの現場には自分たち以外の誰かがいた——。仲間の斎藤が撃たれても犯人追尾に徹せられる、互助会の人間が。

　もっとも、銃を奪ったのも警官。犯罪、しかも殺人に使用された銃である以上、普通はすぐ公にする。まったく無駄な拳銃捜索を大規模にする羽目になるからだ。しかし、公になってはいない。この齟齬《そご》を埋める筋道がないのか。

　ビュウッ。入り込む隙間風の関係なのか、強くて甲高い音がした。佐良は思考を深めていく。

　実際、斎藤を撃った銃の捜索は無駄だった。そして、斎藤が互助会メンバーに外事事件の特命捜査に携わっていることを話したはずもない。この二点を合わせると、斎藤が死んだ現場にいられたのは、当の外事事件捜査に関わる者に限られる。外事捜査員は、犯人から斎藤を撃った銃を奪った。だが、当該事件がまだ継続中のため、その事実を表に出していなかったのか。

だとしても、今回斎藤を撃った銃を使用した謎は残る。外事捜査員が互助会メンバーだろうと、継続事件の証拠を勝手に使うわけがない。

佐良は息を詰めた。

警察上層部にも互助会がいて、その人物がゴーサインを出せば可能では――。公安の捜査は秘密裏に行われており、手法の是非を公に問われる機会はない。榎本が大きな絵を描いたと見るよりも、こちらの方が腑に落ちる。

榎本も韓国マフィア同様、上層部にとっては駒の一つか……。

思えば、刑事畑の榎本がYK団のシノギ乗っ取りを韓国マフィアに持ちかけたのも得心がいかない。かつて韓国マフィアの事件を手掛けたからといって、刑事畑の人間なら、まずは国内の敵対暴力団への接触を想定する。誰かが指示したのだ、それは外事事件捜査に従事する者ではないのか。

つまり……。

斎藤を撃った銃の使用を許可したのは、警察上層部の中でも公安畑の人物、もしくはそんな権限を持つ人物に接触できる者が働きかけた――。

榎本が皆口の顔を知っていた点にも合点がいく。外事事件を管轄する公安畑の上層部か、そんな人物を動かせる者かなら、斎藤殉職の真相を把握していて不思議ではない。そして業務の詳細を省き、死の部分だけを榎本に伝えた。

その人物――指揮官が榎本を使った意図も浮かんでくる。互助会メンバーは主に警官だ。いくら裏組織といっても、互助会は韓国マフィアにＹＫ団の話を持ちかけられない。韓国マフィアに弱みを握られてしまう。そこで元警官の榎本というワンクッションを置いた。

指揮官は、韓国マフィアに関する極秘文書の存在も耳にしているに違いない。何らかの目的を達成次第、ないしは韓国マフィアが逆らった段階で、文書をもとに幹部を根こそぎ検挙すればいい。彼らが『警察に利用された』と供述しても信用性はなく、証拠もないはず。公判で証言が採用される可能性も皆無だ。

榎本は文書の存在を知らない様子だった。こちらが把握していると示した以上、黙す必要はない。言い換えれば、重要な役どころを演じた榎本にすら、指揮官はすべてを話していない。佐良の素性すら榎本に伝わってなかったのだ。榎本が才蔵に西新宿署員をけしかけたのは行確の有無を確かめる一手で、あの時点でこちらの顔を確認している。佐良だと認識していれば、才蔵を襲う指示は出さない。ニオイがしなくても監察の一員かもしれず、余計な面倒を抱えるだけだ。一方、指揮官は佐良と皆口の素性をわかっている。銃撃の段階でこちらの動きを捕捉しているのだ。監察が目をつけそうな帳場捜査員の自宅や渋谷中央署を張っていて、そこに二人が引っかかった線は考えにくい。佐良と皆口への銃撃には、互助会が『懲らしめ』をしやすくなるという以上の理由があるのか。

韓国マフィアを使ってまでYK団壊滅を計ったことも、榎本が語った内容とは異なる意図が存在すると見るべきだろう。

一体、指揮官は——あるいは通じる者は誰だ?

銃撃された段階で、今回の行確を知っていた人間は限られる。

能馬、中西。廊下で報告する恰好になった六角。人事一課長の真崎。最初に話を監察に持ちこんだ捜査二課の管理官。長富も候補に入る。同じキャリアの六角や真崎と深く繋がっていて、情報を得ている可能性も高い。

入院先で意識不明の中西と、刑事畑の六角は候補から外せるか。管理官もノンキャリで刑事畑なので外せる。残すは……いや、誰も外せない。誰しもに本件を指揮官に伝えた余地がある。迂闊《うかつ》にこの推測は口に出せない。能馬との関係性を鑑みれば、須賀にでさえも。

須賀が電話を終え、足音をたてずに戻ってきた。

「吉報だ。中西の意識が回復したぞ。まだ話を聞けるような状態ではないそうだが」

佐良は素直に喜べず、深い闇の縁に立っている気分だった。

終章　グッドラック

なるほど、と警務部長の六角が鷹揚《おうよう》に頷いた。

「能馬君の説明に何か補足は？」

「ありません」

佐良は正面の六角に短く応じた。午後一時、警務部の会議室は底冷えしていた。正方形に組まれた長机の、窓を背にした位置に六角が座り、隣に真崎、右側の机に能馬、左側の机に捜査二課長の長富がいる。昨晩榎本から聞き出した内容やＹＫ団殺害事件の経過を、先ほど能馬が語った。佐良は榎本が死んだ現場にいた人間として、会議に出るよう言われた。二課捜査員の不祥事を告げるという意味で、長富も会議に同席している。

長富は、部下が捜査情報を榎本に漏洩したと聞いても顔色を変えなかった。二課長のポストは腰かけと高を括っているのか。現に起きた事態は変えようがないという達観か。問題は今後の対応だと割り切っているのか。能馬が『今回の行確では、佐良と皆口が銃撃されました』と告げた際も、長富は眉一本動かさず、『そんな事件があったとは』と起伏のない口ぶりだった。

会議に先立ち、午前中、佐良は皆口と毛利とともに諸々の確認作業に動いた。

最初に手をつけたのは、峰が須賀の聴取後に電話した相手の特定だ。榎本との繋がりを示すかもしれない。榎本は昨晩、峰との関係性に言及していない。通信会社に問い合わせると、峰の通話先は購入に身分証明が要らない時代のプリペイド携帯だと判明し、新宿での電波発信が確認できた。もっとも、通話後にバッテリーを抜いたのか、電波解析で所持者を追うまではいかなかった。峰を呼び出して問い質すと、『榎本さんの緊急連絡先です。いつもの携帯は通じなかったので』と言った。しかし、榎本の自宅や仕事場などから当該携帯は発見されていない。この事実を突きつけると峰は、『風邪のようで、いつもの声ではなかったですが……』と戸惑っていた。中西が大怪我を負った廃病院に峰を呼び出したのもプリペイド携帯だが、今回の番号とは違い、こちらも所有者は依然として不明だ。

すでに須賀が仕入れた榎本の通話記録も再度洗った。記録に二課員の名前がなくとも、捜査員と繋がる第三者がいるかもしれない。峰をはじめとする帳場の捜査員への行確を優先していて、そこまで手が回っていなかった。

その結果、一人だけ正体不明の人物が浮かび上がった。榎本はレタスやトマト、肉類の仕入れ先に加え、正木義一《まさききよしかず》なる人物に何度も電話していたのだ。通信会社との契約書には、正木は大手商社に勤務とあった。大手商社に問い合わせると、当人は現在アメリカ東部に長期出張中。会社に連絡先を聞き、時差には構わず電話を入れた。正木は身に覚えがないと気味悪がり、嘘の気配もなかった。

——知らないうちに携帯の名義人になってる人間なんて結構いますよ。

才蔵の言う通り、地下では闇携帯が溢れている。正木も勝手に個人情報が利用されたのだろう。正木と帳場の捜査員との間に、今のところ接点は浮かんでいない。榎本が連絡をとりあった者は誰なのか、もはや洗い出しようがなかった。

続いて佐良たちは、新たに追加で取り寄せた榎本の携帯電話通話記録も精査した。須賀が確かめた以降に手がかりがあるかもしれない。

こちらにも一件だけ相手を特定できない着信があり、それは昨晩一時過ぎにかかってきていた。相手は山田太郎名義の携帯で、通信会社によると、五年前に契約されているにもかかわらず、電源が入り、使用されたのは昨晩が初めてだった。契約書に記された住所も勤務先もでたらめで、料金引き落とし用の山田太郎名義の口座からも使用者は突き止められなかった。

山田太郎名義の携帯には二件の発信履歴があった。

一件目は榎本宛。二件目は、廃町工場で死んだ韓国マフィアが現場に残した携帯の番号と一致した。いずれも発信場所は新宿の一画だと特定されたが、監察聴取後の峰が連絡を入れたプリペイド携帯の電波発信エリアとは微妙に違った。最近では発信エリアを偽装できる技術もあるらしく、防犯カメラ映像を集めても特定できるかどうかはわからない。ピンポイントで発信場所を特定できる技術もまだない。

山田太郎名義の携帯も通話直後に電波が途絶えている。現在、どこに山田太郎名義の携帯があるのかは不明だ。

また、昨晩の練馬区内の廃町工場は登記上、確かに榎本が手に入れていた。借金をした記録はなく、資金をどう工面したのかは定かでない。実力行使の舞台として、指揮官が榎本名義で用意したと見るのが相応《ふさわ》しい気がする。

なお、榎本と韓国マフィアから押収したトカレフは、斎藤を撃ったものではなかった。皆口が拳銃を蹴り落とした韓国マフィアの行方も摑めていない。

雲の動きの加減で、会議室の窓に射し込んでいた陽が翳《かげ》った。

六角が片手でネクタイの結び目を締め直した。

「榎本はなぜ君にぺらぺら事情を話したんだ？」

佐良は、榎本が自分と毛利を使って廃町工場を脱出しようとした――という推測を話した。

「二人を使う、か。都合が良すぎるようにも思えるな」

六角が訝ると、いえ、と長富が落ち着いた声音で割り込んだ。

「急場をしのげればいいんです。町工場を出た後、韓国マフィアが周囲にいなければ、二人を始末すれば済みます。冷酷な判断にも思えますが、この場合は常道でしょう」

榎本が死んだ今、確かめる術はない。

「やれやれ、厄介なヤマだ。面倒な時に、面倒な役職に就いちまった」

六角が冗談っぽく肩をすくめた。

「お互い様です」

真崎が軽く言い、間を置かず長富も会話を引き継ぐ。

「腕の見せ所でしょう。実力のある者や実行できる立場の人間は、苦難から逃げるべきではありません」

キャリア同士の気安さからなのか、三人の口調は親しげだ。それをポーカーフェースの能馬が眺めている。

佐良は四人を見渡す。ここに榎本を操った真の指揮官がいるのかもしれない。

タイミングを鑑みれば、峰が電話を入れたプリペイド携帯の持ち主も榎本ではなく、指揮官だろう。峰も声がいつもと違ったと供述した。電話の声音は容易に変えられる。

さらに榎本が頻繁に電話を入れた正木名義の携帯の所持者もおそらく指揮官だ。

山田太郎名義の携帯が発信した二本の電話の意味も、自ずと導き出せる。

絵解きはこうだ。まず、指揮官はプリペイド携帯の方で峰から監察の動向を聞き、榎本を切り捨てる頃合いだと悟る。峰が『榎本の緊急連絡先』と認識していたのは、榎本に何かあった場合、指揮官に繋がる番号だったのだ。しかし、互助会は各自に必要最低限の情報しか与えない組織なので、峰は『榎本の緊急連絡先』についての仔細《しさい》を知らなかった。榎本が峰の電話に出なかったのは、二十年前の生き埋め事件に関与したＹＫ団幹部の射殺に動き出していて、韓国マフィアとの連絡などに集中していたためだろう。そして、この選択は榎本の命運を決めた。

指揮官は山田太郎名義の携帯で、ＹＫ団幹部殺害に動いた後の榎本と韓国マフィアに連絡を入れたのだ。榎本名義の廃町工場で、両者を激突させるために――。狙いはものの見事に実現した。どちらの携帯も、もう使用されまい。

互助会はメンバーですら全体像が摑めない仕組みの組織だ。これは、平気で〝下〟を切り捨てるやり口を悟られないためではないのか。連絡役だったと思しき榎本が死んだ今、佐良たちが突き止めた互助会メンバーに指揮官を知る者はいないだろう。存在を知る者がいたら、今までの行確でとっくに影が浮かび上がっている。

榎本と撃ち合った韓国マフィアも結局、ＹＫ団のシノギを引き継げない。ＹＫ団が使用した高齢者や多重債務者のリストを、振り込め詐欺を心底憎む榎本が犯罪組織に渡すはずがないからだ。これも指揮官の計算の内なのか。

とにかく、と長富がやや甲高い声を発し、六角を見る。

「彼——榎本は目的を達成した。彼の祖母が振り込め詐欺の被害者かどうかはどうあれ、詐欺グループの象徴としてYK団幹部を次々に殺し、互助会という組織を使い、SNSやインターネットを通して私刑への肯定的な意見を社会から引き出したんです。当該事件は市民にとって対岸の火事ではなくなりました。二十年前の生き埋め事件との関係も出た。今後、いよいよ騒ぎに拍車がかかります」

新聞各紙、今日の朝刊で生き埋め事件の犯人がYK団にいて、殺害されたと大きく報じた。波紋は早くも広がっている。例えば、六角と帝国ホテルで会合を開いたと思しき民自党有力議員は、午前中の党防犯委員会で『由々しき事態で、法の在り方自体を問い直さないといけない。社会全体をもっと厳しく管理できる法整備を検討すべきだ。国民も納得してくれる』と言及した——とNHKが昼のニュースで報じた。

「ともすると私刑が頻発しかねんな」六角はやや首を傾げた。「さすがに考えすぎか」

いいえ、と長富が慎重な声音で続ける。

「ありえます。たとえ僅かだろうと、その恐れが生じただけでも大問題でしょう。市民の心に私刑の種が植えられたんですから」

「そういう意味では監察は負けたのか」

六角が不服げに言うと、長富はかすかに首を振った。

「違います。警察全体の敗北です」

会議室の空気が重たくなった。

そう。このままでは警察の敗北だ。第二、第三の榎本が私刑を繰り返せば、彼らを擁護、支持する声がますます増えるのは明白。行き着く先は『目には目を』の世界。反対する者はいるだろうが、彼らも容赦なく坩堝《るつぼ》に放り込まれる。本当に罪を犯した者だけでなく、ただ怪しいという噂だけで私刑に遭う者も出てくる。気に食わない者や、敵対勢力を排除するために『あいつは悪党らしい』と噂を流すなど、私刑擁護の動きを利用する輩も生まれるだろう。長富の指摘通り、僅かでも懸念があるのが問題なのだ。それを抑えるのは法律の力だが……。

あまつさえ治安を巡り、きな臭い政治の動きも出始めている。国民をより厳しく監視する法案整備について政治家の口から出る状況自体、『警察は既存の法では治安を守れない』と指摘されたに等しい。曲がりなりにも政治家は国民の代表だ。どんなに愚かな人物であっても。

もしや指揮官は治安の乱れ、ひいては社会の混乱を狙っているのか？　警察官僚だと目せる人物が何のために？

佐良は顎を静かに引いた。監察に、自分に今できることは限られている。

互助会の全容解明――。

かなり困難を極めるだろう。丹念に一つ一つの筋を追い、指揮官に到達するしかない。

能馬が軽く首を動かした。それだけで全員の視線が能馬に吸い寄せられる。

「六角部長は互助会の名を耳にした憶えはありますか」

「いや」

能馬が六角から正面の方に首を直す。

「長富課長はいかがです?」

「私もありません」

長富は整然と言った。能馬が首を次に向ける。

「真崎課長はどうです?」

「ない」

「佐良は?」

「私もありません」

一体誰なのか。榎本を駒のごとく扱い、死んでも平然としている指揮官、はたまた知る者とは。

「君は?」と六角が能馬に促す。

能馬は、六角、真崎、長富の順に見やり、無機質に応じた。

「私も皆さんと同様です」

会議室から音が引いた。陽が射し込まない部屋に満ちる無音が耳を圧してくる。能馬が言い足した。

「監察としては、互助会の全貌を明らかにするのが急務かと」

「ああ、頼む。乗り掛かった船だ。佐良君が現場の中心になってくれ」六角は目配せしてきて、視線を振った。「長富二課長も協力するように」

「もちろんです。佐良君、大変な業務だが、しっかりな。私にできることは何でも協力する」

「ありがとうございます。よろしくお願いします」

さて、と六角が組んでいた腕をおもむろに解いた。

「会議は以上だ。長富二課長、少し残ってほしい。他の三人はもういいぞ」

佐良は静かに席を立った。まず先に真崎が会議室を出ていき、能馬が続いた。最後に佐良が一礼してドアを閉めかけた時だった。

佐良君、と長富が穏やかな声をかけてきた。

「なんでしょうか」

長富は真剣な面持ちだった。その口が動く。

「グッドラック」

解説

香山二三郎
（コラムニスト）

警察小説の一ジャンル、悪徳警官ものの影が最近薄くなったのではあるまいか。

悪徳警官もしくは悪徳刑事ものとは、もちろん犯罪行為に出たり、不正に手を染めたりする警察官を描いた作品のこと。実際、悪徳警官がいなくなったわけではなく、表向き正義の味方を装いつつ、裏であくどいことをする悪賢いタイプもいれば、中には平然と暴力行為に及んだりする輩もいるから始末に悪い。

ミステリーの世界で悪徳警官ものが描かれるようになったのは、第二次世界大戦後の一九五〇年代のことだ。アメリカの作家ウィリアム・P・マッギヴァーンは『殺人のためのバッジ』（一九五一）でギャングから金を巻き上げる非情な刑事を描いて話題を呼んだ。警察権力の腐敗を告発する社会派の作風はたちまち人気を博し、日本でも、刑事殺しの捜査活動と犯人視点から成る二部構成で描かれた結城昌治『夜の終る時』（一九六三）が日本推理作家協会賞を受賞するなど注目を集めるようになる。

もっとも、日本で悪徳警官ものというと、何らかの事情で悪事に走らざるを得ないような悲劇仕立てに傾きがちなのは否めない。それというのも、内部事情をなかなか外に明かさぬ警察の閉鎖的な事情にも因るのだろうが、一九八〇年代から九〇年代にかけて、規制緩和が進むと同時に作家側の取材力も向上、リアルな警察社会を背景にした悪徳警官ものが描かれるようになった。そう、時代は変わっても、権力を持つ警察の犯罪には常に警鐘を打ち鳴らし続けなくてはならない。本書『ブラックリスト警視庁監察ファイル』は警視庁警務部人事一課監察係の活躍を描いた、そうした新世代の警察小説シリーズ第二弾。つまり「四万人を超える警視庁職員の不正を突き止める」側から警官の犯罪を描き出した悪徳警官ものである。

その内容に踏み込む前に、シリーズ第一作『密告はうたう　警視庁監察ファイル』についてざっと紹介しておこう。一年前に人事一課に配属された佐良主任は、監察官の能馬から府中運転免許試験場の皆口菜子巡査部長を三日間行動確認するよう命じられる。免許証データを売っているという密告があったのだ。佐良は課内に須賀機関と呼ばれる一派を持つ須賀係長と組んで皆口の監視につくが、一年前、彼女は佐良と同じ捜査に携わっていた。当時捜査一課強行班第四係の兵隊頭だった佐良は、皆口と彼女の婚約者である部下の斎藤とともに銃撃事件に巻き込まれ、斎藤は殉職。佐良は監察へ、皆口は府中へ左遷させられたのだった。行確から、やがて皆口が見知らぬ男と会っていることが判明、佐良は旧友の弁護士・虎島に素性調査を依頼するが、彼女はさらに佐良たちのかつての同僚・高井戸署の宇田刑事や同じ高井戸署の元組織犯罪対策課員・石黒とも会っているらしい……。

果たして皆口は免許証データの横流しに関わっていたのか、捜査は一年前の銃撃事件、さらには五年前、佐良たちが池袋西署にいた頃の事件も絡んで混迷を深めていく。

というところで本書であるが、物語はそれから一年後の一一月下旬のある日、佐良と皆口がコンビを組んで悪徳刑事をつかまえる場面から幕を開ける。前作で窮地に陥った皆口は佐良の下で働き始めており、二人が所属する中西班に上司の能馬から新たな仕事が命じられる。本庁二課は渋谷中央署に捜査本部を置いて暴力団山北連合の息のかかる大型特殊詐欺グループYK団の捜査に当たっていたが、そのYK団に関する資料が流失したというのだ。佐良と皆口は翌朝内勤班の一人を事前行確し始めるが、直後何者かに狙撃される。能馬は動じず行確の続行を命じるが、やがて佐良たちを銃撃した弾丸の線条痕が二年前の事件で斎藤の命を奪ったものと一致したという衝撃的な知らせが飛び込む。

そうした中、なおもYK団の捜査関係者への行確は続くが、なかなか手がかりはつかめない。数日後、何者かが作ったサイトに捜査資料が公開される。程なくその閲覧記録からYK団の幹部らしき者たちが相次いで死んでいることが判明する。監察係は行確用の人員を増強して対応、佐良は自ら現場班を希望した本庁二課の峰警部補の行確につく。峰は西新宿の高層ビルに挟まれた広場でタコライスのキッチンカーで夕食を買うが、その行動を怪しんだ佐良は前作で知り合った情報屋の猿飛才蔵にキッチンカーの店主の調査を依頼する。だが同日の深夜、峰の行確中に入り込んだ建物で悲劇が……。

前作と同様、容易に先を読ませない展開であるが、まずは佐良たち監察係の捜査ぶりにご注目。彼らの仕事の軸は行確、つまり監視と尾行である。監視に尾行と口でいうのは簡単だが、マルタイ（捜査対象者）に気づかれぬよう距離感を保ちつつ、なおかつ見失わぬよう張り込み続け、追いかけるのは並大抵の技ではない。それが真冬ともなればなおさらだ。車内監視であっても、通報されぬよう暖房は入れないとか、銃撃戦などせずとも命を縮めそうな所業というべきか。中には、真夏でも長袖の須賀係長のように、神出鬼没、不眠不休の怪人もいるけれども、その現場のありさまは限りなくリアルといえよう。

むろんそうした厳しい状況下に佐良たちが耐えられるのは、正義の遂行というストイックな信念があるからだ。ストイックとはもともとギリシア哲学のストア派に根差しており、理性による苦難の克服が唱えられた。佐良は自らの仕事について「やり遂げても誰にも感謝されず、身内には仲間を刺したとのレッテルを貼られ、嫌悪される仕事」と規定しながらも、「それでも、監察の一員として生きる覚悟を決めている。捜査一課で相勤だった後輩・斎藤の、せめてもの供養にと」と述べている。本来の職務に、自らの運命を受け入れそれを乗り越えようとする覚悟が加わり、彼をまさに不屈のハードボイルド・ヒーローに仕立てているのである。

その反面、捜査劇自体は地味なものになりそうだが、著者は佐良のサポート役として、旧友の虎島弁護士や情報屋の猿飛才蔵など一癖も二癖もある男たちをからませて物語のダイナミズムを途切らせない。行確に終始するのかと思いきや、前作ではカーアクションからの水中脱出劇が用意されるなど思わぬ演出が繰り出された。本書も出だしから、皆口の空手が炸裂するし、中盤の廃病院の崩壊劇もハラハラドキドキさせられる。そして練馬の廃町工場で繰り広げられる銃器アクションの迫力。作品を追うごとに活劇度もパワーアップしているようだ。

社会派ミステリーとしては、まず警察組織内の権力闘争劇が浮き彫りにされるところに注目。佐良たちの上司である能馬監察官は何が起きても顔色一つ変えない能面男、その仕事ぶりも毎日届く密告を自ら選別して事前行確したうえで改めて監察するかどうかを決める自己中型だが、その一方で警視総監のポストもうかがっている警務部長・六角に利用されぬよう立ち回ることも忘れていない。警視庁の上層部ともなると、多かれ少なかれ出世闘争に関わらずにはいられない。新聞記者出身の著者はそうした暗闘劇も目の当たりにしてきたのだろう、きちんと背景に織り込んでみせる。

また、本書は前作に引き続き佐良の視点で描かれていくのだが、今回は随所で犯人らしき人物の独白が挿入される。それが誰なのか、フーダニット的な興味が高まるのはいうまでもないが、その独白内容もまた見過ごせない。前述したように、佐良を支えているのは正義の遂行というストイックな信念だが、犯人らしきこの人物も悪党どもの跳梁跋扈を許さぬ正義漢なのである。もっとも登場するごとに、その主張はエスカレートしていくのだが……。

ちなみにそこから筆者が想起したのはクリント・イーストウッド主演の映画『ダーティハリー』シリーズだった。そういえば、アメリカで起きた白人警察官の黒人男性殺害事件に端を発する、人種差別と警察の暴力への抗議運動が今も世界的規模で続いているのであった。著者がえぐり出そうとしている、警察の闇の向こうにある社会問題の深刻さに、改めて震撼とさせられよう。

なおシリーズ第三作『残響　警視庁監察ファイル』では、本書でいよいよ明るみに出た一連の事件の黒幕が佐良たち監察課に襲いかかる。これまでの謎が一気に回収されるだけでなく、前二作以上のアクション演出も満載とのことである。乞うご期待！

最後に映像化のお知らせも。前作『密告はうたう　警視庁監察ファイル』がＷＯＷＯＷの連続ドラマＷで映像化された。主人公の佐良にはＴＯＫＩＯの松岡昌宏が扮する。上司の能馬は仲村トオル、皆口は泉里香、係長の須賀は池田鉄洋が演じる他、個性的な脇役が揃えられた。全六話で、二〇二一年八月二二日、放送・配信スタート。

二〇一九年十月　小社刊

本作品はフィクションであり、実在の個人・団体とは一切関係がありません。（編集部）

実業之日本社文庫 い13 2

ブラックリスト 警《けい》視《し》庁《ちょう》監《かん》察《さつ》ファイル

2021年7月25日　初版第1刷発行
2024年9月5日　初版第3刷発行

著　者　伊《い》兼《がね》源《げん》太《た》郎《ろう》

発行者　岩野裕一
発行所　株式会社実業之日本社
〒107-0062　東京都港区南青山 6-6-22 emergence 2
電話 [編集]03(6809)0473 [販売]03(6809)0495
ホームページ https://www.j-n.co.jp/
DTP　ラッシュ
印刷所　大日本印刷株式会社
製本所　大日本印刷株式会社

フォーマットデザイン　鈴木正道(Suzuki Design)

ISBN978-4-408-55673-4（第二文芸）